D1387846

Steffie van den Oord

Vonk

Een noodlottige liefde

Uitgeverij Atlas Contact
Amsterdam/Antwerpen

© 2013 Steffie van den Oord
Omslagontwerp Marry van Baar
Omslagbeeld: Carel Fabritius, *Zelfportret* 1654 (fragment)
Foto auteur © Annaleen Louwes
Typografie binnenwerk Perfect Service, Schoonhoven
Drukkerij Ten Brink, Meppel

ISBN 978 90 450 2479 0
D/2013/0108/798
NUR 301

www.atlascontact.nl

You can't start a fire without a spark
Bruce Springsteen

I

28 maart 1713

Vonk

Ze zocht hun kleine gestalten, onder haar in het gewoel, en ze hoopte hen toch niet te zien. Het licht was te fel en niet fel genoeg. Omdat ze het maandenlang niet had gezien, omdat het niet op haar kinderen scheen. Waar waren ze? Thuis, met de luiken dicht tegen het geschreeuw, 'Moordenares!', of toch in dit geweld van lijven, waartussen ze geplet konden worden, tussen stadgenoten en honderden onbekenden die van ver waren gekomen – voor haar. 'Hoer!' Met geheven hoofd bleef ze zoeken naar hun gestalten, die gegroeid konden zijn in de maanden van kou.

Even maar liet ze haar hoofd zakken en keek omlaag, tussen de vers gezaagde, kierende planken van de verhoging die was opgesteld voor haar – en voor haar luitenant.

Een kind! Onder het schavot.

Het werd weggejaagd, zag ze, het was er geen van haar. Als vanzelf was haar lijf al in beweging gekomen, touw sneed in haar polsen, maar ze voelde alleen de pijn in haar borst, die hen gevoed had, en zelfs dat voelde ze amper. Want ze zocht.

De zon liefkoosde haar wonden; zachter dan luitenant Behr. Hel of hemel – voor háár? – leken verder weg dan ooit. Zij stond op het schavot en leefde.

Met een stok duwde de zoon van de beul de kinderen weg die ondanks de afzetting met militairen te ver naar voren drongen: niet de hare helaas en godzijdank. Zolang zij hoopte hen niet en toch wel te zien, was het niet afgelopen. Voor zover het kon, aan de paal, rechtte ze haar rug. Daar stond een buurjongen te grijnzen;

9

tussen vreemden en bekenden dook hij weg, door haar blik.

Ze wilde hen bij zich roepen en nooit meer zien – niet hier, zo niet.

Marieke!

Johanna!

Teuntje!

En haar Hendrik, in schone doeken of in vuile, op wier arm? Ze wilde sterven om het nooit te hoeven weten, om alles goed te maken wilde ze langer leven dan zevenentwintig jaar. Onmogelijk was het niet.

Ze nog één keer te zien – en niet aan te kunnen raken? Even maar sloot ze haar ogen.

Ze zag een beschaamd wegkijkende vriendin van Marieke, maar nergens Marieke, rossig en blozend, die de jongsten bezighield in de nog altijd van brood en vis voorziene keuken achter gesloten luiken, waar zij weer gewoon achterom en met rein geweten terug zou keren, rechtop in haar grauw geworden jurk, in plakkerig hemd. Door niemand bespuugd.

Ze was de ongelukkigste vrouw van Nijmegen en nu zou het tij keren; twee doodsvonnissen, maar het waren er drie geweest: gratie was uitgesproken, net, buiten het stadhuis, voor de knecht van Behr. Ook zij kon nog gratie krijgen, al leek het moment voorbij. En ze zocht.

Daar! Dat meisje, op de schouders? Net Teuntje.

Waar bleef het teken?

Haar blik gleed van de menigte af op zoek naar een gebaar van verlossing, wat voor teken ook, en juist toen zij achterom probeerde te kijken naar haar beul en een glimp van Behr opving, meende zij hun stemmen te horen: 'Mama...!'

Alles werd zwart.

Omdat ze waren gekomen.

Haar beul kende hen.

Daarom werd ze geblinddoekt.

En deze strak vastgebonden, stinkende doek – mededogen – duidde op een goede afloop.

Om tussen al die stemmen die van hen te horen, moest ze zich inspannen; al had ze er geen recht op, al had ze hen verraden. Al zou het beter zijn van niet.

Het werd stil, en stiller nog. Wat gebeurde er?

De Grote Markt zweeg en Hendrik huilde; hij krijste de longen uit zijn lijf, het kon geen andere zuigeling zijn die iedereen het zwijgen oplegde: was dit het teken?

Van Anhout

Het was een prachtige dag voor een executie, en toch voelde Andries van Anhout niet de voldoening die zich meestal aandiende als hij op het punt stond het schepengericht te dienen. Als jongen was hij al gewend zijn vader op het schavot te assisteren, maar zo juist, toen hij haar kinderen had opgemerkt, kon hij, scherprechter op leeftijd, maar één ding doen, in een niet bij zijn ambt passende opwelling: grijpen naar zijn zwarte lap, voortijdig, zodat ze haar niet zouden herkennen en de illusie konden koesteren dat hier een andere vrouw stond, niet hun moeder. Ook had hij het gedaan voor haar. Vonk, zo was hij haar kortweg gaan noemen.

De stilte die altijd kwam maar die nu volkomen leek, was met het blinddoeken ingetreden. Een zuigeling krijste: een stem die scherper was dan zijn gewette zwaard. 'Mama...!': hij hoorde het opnieuw. Kon dan niemand haar kinderen weghalen, ontsnapten ze nu al aan hun voorlopige voogd? Als ze die hadden. Zo kon hij zijn werk niet doen. Hij vloekte onhoorbaar, alweer onprofessioneel, hij keek naar de heren schepenen die – nogal ongebruikelijk – met elkaar in discussie waren gegaan. Hij wachtte op een teken dat hij verder kon, of niet; al zou dat raar zijn, zelden vertoond.

De hele stad wachtte. Langer dan anders wachtte hij. De eerste zonnige dag was het, de laatste dinsdag van maart, 1713 alweer.

Andries van Anhout had zijn eerste lijfstraf, twee harige rechtervingers, al dertig jaar achter zich – in één slag –; talloze keren had hij in deze stad en elders de doodstraf voltrokken, met het zwaard, met het koord; zelden tot nooit had hij zich ergens iets van aangetrokken, vakkundig roofde hij vet op misdadige lijken voor zijn heilzame smeersels; maar deze vrouw, Vonk, om wie een moord was gepleegd – en terecht! dacht hij in een opwelling –, deze vrouw beroerde hem. En dat mocht niet. Het kon niet: ze beroerde hem. Niet eens omdat ze rossig was en met duizend sproeten bedekt en zelfs halfnaakt toch waardig, nee, dat was het niet; het was omdat ze anders was dan wie ook met wie hij te maken kreeg.

In haar diepste nood had hij haar gezien en misschien wel beter gekend dan haar man ooit, misschien zelfs beter dan haar minnaar: ook haar geest werd opgelicht door iets mysterieus, een inwendig soort sproeten, iets dat hij nog niet eerder was tegengekomen en waarover hij in het boek dat sinds generaties in de familie was, bondig alle geheimen bevattend, een losse aantekening had gemaakt: *Standvastig, doch niet van godsvr. of devote aard.* Op een los blad. Niet bedoeld om te bewaren voor toekomstige generaties scherprechters, laat staan voor zijn zoon, die stevig optrad met de stok.

De heren schepenen beraadslaagden nog, enigszins nerveus, goed gekleed en op afstand. Van Anhout nam zijn kalme pose aan, zijn armen losjes in de pezige, smalle zij, om de massa onder hem rustig te houden. Overal stond hij als scherprechter boven, en buiten; zelfs buiten de liefde, die hij zichzelf niet toestond en zichzelf nooit had toegestaan – een scherprechterszoon huwde een scherprechtersdochter. Nog net binnen de muren woonde hij, maar in deze stad – waar hij niet toe behoorde – had hij Vonk zien lopen; als meisje al, met korte krullen, maar nooit had hij die alles te weten kwam – tot op het bot, tot in de laatste minuut kende hij de criminele mens, en wie had er niets op zijn kerfstok? –, nooit had hij haar kern kunnen vatten. Zelfs niet na het laatste scherpe verhoor. Was dat haar man ooit gelukt? Of die andere kerel? Een luitenant die zijn dood stond af te wachten; geestelijk allang gestorven.

Niet langer gemijmerd nu! De menigte werd ongeduldig en kwam in beweging. Als één organisme; een ongeschonden, opgewonden lichaam, op zoek naar voldoening – een vorm van liefde? Gemarteld door eigen ongeduld: verlangen, dat viel te onderdrukken. Voor hun kreten hield hij zich doof.

De vrouw, Vonk, fluisterde hem iets toe. En nog eens: '... losmaken.'

Losmaken? Hij had het goed gehoord. Die blinddoek was zwakheid geweest. Hij vroeg zich af wat hem bezield had haar – in dit stadium! ongevraagd! – te blinddoeken, hij beroerde haar krullen en trok hem los, net ruw genoeg; en ze zocht, zag hij, ze wilde de dood – die uit zijn handen kwam en die haar kinderen tot wees zou maken – recht in het gezicht zien, zelfs in hun ogen weerspiegeld, want ze stonden te snotteren, al probeerde hij er niet op te letten. Hij zag het toch, de hele stad zag het of voelde het; niets laten merken! Waren het de jaren die hem zwakker maakten?

Zij leek nog sterker dan hij. Daarom had hij zich in haar verdiept. En in haar geval. Een 'liefdesmoord', zoals de sentimentele volksmond wilde. Moord, de dood, kende hij, al kreeg hij niet vaak een moordenaar of moordenares in handen, maar liefde fascineerde hem, altijd nog, al had hij nog tot afschrik en exempel met overspelige mannen en vrouwen door de straten gelopen. Liefde en wat daarvoor doorging was gecompliceerder. Goddank waren de zware schandstenen die hij om halzen had moeten hangen op zolder opgeborgen.

Zelfs op de daken zaten mensen te kijken. Nooit eerder kreeg hij twee geliefden op zijn schavot. Als het liefde was. Was liefde dan destructief? Door zijn hoofd schoot de oude spreuk: *Hangen en huwen wordt door het lot bepaald*. Het lot? Dat was maar een woord. Mooiigheid! Hij moest het uitvoeren: bij de les blijven.

Heremijntijd...! Niet op haar kinderen letten. Hij gebaarde gauw en onopvallend naar de stockmeestersvrouw dat ze weg moesten.

Zijn laatste executie viel samen met het begin van de zaak rond Vonk: destijds, pas een halfjaar terug, had hij er opluchting bij gevoeld een leven te beëindigen, uitzonderlijk genoeg toen ook dat van een vrouw – maar een krankzinnige. En nu kwam alles in hem, die overal buiten stond, in opstand.

Denk daaraan, vermaande hij zichzelf. Denk aan die vorige executie; die viel zo licht, zo gemakkelijk.

Waren de heren er nou nog niet uit? Het vonnis was toch geschreven? Al hadden de schepenen niet eensgezind geleken – en terecht.

Heremijntijd...! Gerrit kwam aanvliegen met zijn poten naar voren en landde al op zijn schouder; alsof hij niet aan de slag hoefde. Voorzichtig duwde hij de krassende kauw van zich af, zijn geduld kende grenzen. Weer maakte hij het gebaar: haal die kinderen daar weg!

Eindelijk trok de stockmeestersvrouw hen weg. De oudste van een jaar of acht, ook rossig, met een zuigeling op de arm, sputterde het langst tegen.

II

Een halfjaar eerder, september 1712

Vonk

'Marieke!' Nog gauw drukte Anna Maria Vonk, de vrouw van Cock, haar dochter een munt in handen. 'Alleen de mooiste appels.' Haar mand zou ze zelf nodig hebben. 'Eén schort vol.'

'Maar er zijn jongleurs! En marskramers,' sputterde Marieke.

'Vooruit.' Nog maar een muntje dan. Marieke griste het al uit haar hand. 'Maar niet te dichtbij gaan staan straks. Anders komt het 's nachts terug.'

Johanna trok aan haar arm. 'Ik wil met Marieke mee.'

'Als je maar bij je zus blijft!' riep ze Johanna na, die al weghuppelde.

Ze trok haar kraag op, behaaglijk, even alleen de drukte in; daar kwam de trieste, korte stoet al aan, een pater openlijk voorop, geen dominee zo te zien, dan de beul, dan tussen gerechtsdienaren Sofie van Bemmel, aan kettingen; voor een onthoofding viel de drukte mee, misschien omdat Sofie krankzinnig was; makkelijk kon ze erdoor, nog gauw even, bekenden toeknikkend: zij, de vrouw van procureur Cock, waardig dus en hopelijk elegant, al had de procureur nauwelijks nog een cent.

Vlug langs knolraap, kool, een lamsbout met vliegen; haar blik bleef kleven aan een onwerkelijk glanzende, groenige vlieg. Een gewone vlieg, maar niet in dit licht; even bleef ze staan. Zelfs in een vleesvlieg kon ze een aanwijzing zien dat het goed was geld uit te gaan geven.

In dit nuchtere en toch zachte licht van september was alles zo eenvoudig en helder als glas en ze kocht er twee: een smal schortje van neteldoek en toch ook maar het evaatje, een sierschort van zwarte zijde met de vliegenglans, afgezet met kant, had ze al gezien in de dure uitstalling achteraf. Ze had niet kunnen kiezen, kiezen was verliezen en ze wilde winnen, aan glans. IJdelheid was het niet alleen. 'Die. En die daar,' wees ze.

'Beide... voor u?' De koopvrouw keek verbaasd op.

'Allebei ja.' Glans mocht nooit verloren gaan, maar het leek de laatste tijd wel te gebeuren, langere tijd al. Cock zou het waarderen, uiteindelijk, vooral als hij beschonken was; lichtelijk, niet te. Dan juist niet. Hun huurder, luitenant Behr, zou zijn ogen langs haar heupen laten glijden. Maar die mochten er nu eenmaal zijn.

Met bijeengeschraapte munten betaalde ze, met nonchalance; de koopvrouw hoefde niet te weten dat het haar laatste geld was; en gauw terug, langs nieuwsgierigen en mensen die zich afzijdig hielden, een enkeling stond stil te bidden, langs marskramers met hoge, lege korven en jongleurs met hun handen op de rug.

Om nachtmerries te voorkomen had ze Marieke op het hart gedrukt niet te ver vooraan te gaan staan; maar met één hand haar schort met appels omhooghoudend en met de andere een appel etend, met een jongensachtig nieuw hoedje op en met dicht naast zich Johanna, die kersen at, haar rok zat al vol vlekken, stond ze toch vlak voor een klein, geïmproviseerd schavot: 'Marieke!' Er was geen doorkomen aan. 'Johanna!'

Ze wilde nog harder roepen, maar werd op haar schouder getikt. Ze kleurde, al verdoezelden haar sproeten veel, veronderstelde ze, terwijl ze koelbloedig – daar was ze sterk in – haar wenkbrauwen optrok: 'Luitenant?'

Te lang lagen zijn vingers op haar schouder. Met zwarte ogen die verre landen hadden gezien, veldslagen, en waarin verveling lag, een leegte, keek Behr haar te lang al aan, maar ze weigerde haar ogen neer te slaan; en met een bezorgdheid in zijn stem die misschien maar gespeeld was, en half in zijn taal, het Hoogduits, half in de hare zei hij: 'Ik haal ze wel even. *Moment mal!*' Te arrogant verdween hij in het gedrang, naar het schavot van gekke Sofie, en hij kwam al – iets te paraderend – terug met Marieke en Johanna.

Johanna leek zich ongemakkelijk te voelen bij hem. Nog geen week woonde hij in de kamer boven: voor goed geld, vond Cock.

Uit zijn ransel stak de lamsbout: 'Ik zag u kijken eerder, bij de vleesbanken,' zei Behr, 'en kreeg ook *Lust*.'

Ze keek hem strak aan, hij keek eerder weg. 'Dan had u me wel even mogen groeten.' Ze kon moeilijk zeggen dat ze naar een vleesvlieg had staan staren.

Sofie van Bemmel, zagen ze, trad al naar voren, niet langer aan kettingen. Alleen haar polsen waren met touw vastgebonden; ze glimlachte vreemd. Sereen.

'Duiken jullie maar achter mij weg,' zei Behr joviaal tegen haar dochters, maar hij keek alleen haar aan, 'als het te bloederig wordt.'

'Of u achter mij,' lachte ze.

'Moordenares!' riep iemand. 'Duivelin!'

'Wat is de geschiedenis van deze vrouw? Ze lijkt te willen sterven,' zei Behr oprecht geboeid, en ineens ernstig.

'Sofie van Bemmel, de arme ziel, heeft met een bijl haar moeders schedel ingeslagen.'

'En dat noemt u een arme ziel?'

'Drie keer. Tot de meid haar de bijl afnam, op een gewone maandagmorgen. Ze gaf zichzelf aan met bijl en al.' Dat er een geschiedenis met een soldaat aan vooraf was gegaan, vertelde ze er maar niet bij.

Stiller nog werd het: Sofie van Bemmel werd geblinddoekt. Onbewogen stond ze op het bescheiden schavotje, als een van de standbeelden op het stadhuis, onder de medaillons met deugden; grauw als de lucht boven de Sint Steven, grauwer was ze dan het water van de Waal.

'Ze had zich nog willen verdrinken,' hoorde ze zichzelf zeggen.

'Dat was beter geweest,' fluisterde Behr. '*Viel besser*.'

'Nee,' zei ze – golden voor een luitenant soms andere regels? Zondig was het en strafbaar, zelfs als het was gelukt werd je nog achteruit de stad uit gesleept en ondersteboven opgehangen. 'De Waal is geen oplossing.'

Behr leek het niet te horen en nam haar mand over. De pater die Sofie werd toegestaan, sloeg nog snel een kruis. De beul, een bekende verschijning, zette zijn hoed af en trad aan met het zwaard; lang, flinterdun was het, onbegrijpelijk scherp en met een inkerving voor elke executie, wist ze van Cock: Van Anhout heette hij en zoals altijd als hij een vonnis voltrok – niet eens zo vaak –, was hij niet langer de vertrouwde verschijning op de achtergrond, maar werd een vreemde, niet vergezeld van de tamme kauw die vergroeid was met zijn hoge, smalle schouders en de last die hij daarop droeg.

'Arme vrouw!' riep iemand en een ander ging ertegen in: 'Hoer!' Maar hij die het riep, zweeg toen de beul iets onhoorbaars zei en Sofie op haar knieën ging zitten.

'Hij doet het zonder blok. Ik hoop dat jullie *Scharfrichter* zijn vak verstaat,' fluisterde Behr, 'en kan mikken.'

Nu Sofie knielde, was ze niet goed meer te zien. Maar Behr duwde iemand opzij, zakte iets, zodat zijn been een opstapje werd voor een stel biervaten waarop iemand voor de gelegenheid een plank had gelegd, en ze kreeg een duwtje; alles zag ze hier. Al te goed: het gebogen hoofd van Sofie, haar nek die ze aanbood. Visachtig wit, maagdelijk bijna. Alsof ze toch in de Waal hoorde.

Marieke probeerde ook op de vaten te klimmen, maar ze duwde haar omlaag. 'Blijf bij Johanna.'

Luitenant Behr stond dicht naast haar toen het zwaard geheven werd, iemand gilde – gekke Sofie? – en toen het vliesdunne zwaard dat ze door de lucht hoorde suizen – of was dat inbeelding? –, toen dat zwaard viel, in één snelle beweging, en ook de menigte plechtig stilviel en zich voor even haar eigen dood kon voorstellen, greep Behr haar hand; niet meteen liet ze zijn vingers los.

'Gruwelijk.' Ze sprong van de biervaten af, duizelig. Johanna was gillend weggedoken achter Marieke.

Ze trok haar dochters mee: 'Het is genoeg geweest.'

'Heel even nog,' Marieke sprong op om meer te kunnen zien, 'nu komt het hoofd.'

'Vakkundig,' zei Behr, '*ganz professionell*.'

Het lag op een bergje zand dat bloed opnam: het hoofd van Sofie. De beul pakte Sofie bij haar grijze haren om het te tonen: wasachtig en onwerkelijk met de weggedraaide ogen, zoals bij vissen op de markt. Zonder ziel.

Marieke moest en zou nog zien hoe het in een korf werd gezet. Johanna dook weg achter haar mand, want de klicksteen, die het laagste van het laagste was, legde het ontzielde lichaam op een draagbed van leer en balken; daarop zou het, met de korf, de stad doorgaan.

'Meekomen!' Ze duwde Marieke voor zich uit. En terwijl ze met Johanna's klamme hand in de hare naar huis liep, achter Behr aan met de lamsbout – met vliegen – die ze nauwelijks verdroeg, de massa door, de opgewonden stilte in die nooit lang aanhield, hoorde ze Marieke al te druk tegen Behr praten: 'Ze heeft ooit een kindje gekregen, gekke Sofie. Maar dat mocht niet. En dat heeft ze toen doodgemaakt, daar komt het allemaal door. Dat kind zou nu even oud zijn geweest als ik,' ging Marieke verder. 'Mijn vader hoort altijd alles.'

'In Het Swarte Schaep zeker.' Ze hoorde Behr lachen.

'Een meisje was het, niemand weet haar naam. Gekke Sofie liet het eerst dopen en toen heeft ze het gedood. Van de duivel bezeten. En misschien ook van haar ouwe moeder. Die zat erachter, volgens papa dan. Die ouwe moeder, zegt papa, die verdroeg de schande niet.'

'Aha, en daarom doodde ze die uiteindelijk ook maar?' Behr keek om of ze volgde, hij lachte, met goeie tanden, stralend lachte hij – ze kreeg er buikpijn van.

Ze concentreerde zich op de kasseien, uit Luik; een en al steen moest Luik zijn. Wat kon gekke Sofie eraan doen? Sofie was niet verblind door de duivel en aanvankelijk ook niet gek, maar gepakt door een soldaat. De garnizoensstad zat er vol mee, sinds de wapenstilstand zeker: goed voor de centen, zei Cock altijd. Sofie was dikker geworden terwijl ze het thuis niet breed had en toen iedereen het wist en haar soldaat verdwenen was, een veldslag in, was Sofie de Waal in gewandeld.

Maar ze was gered: opgevist.

Misschien was ze net pas gered. Zoals haar moeder was gered door de bijl; gered van haar eigen gezeur, van het kleineren van haar grijs geworden, gek geworden dochter die in het blote hemd over straat was gegaan, op klaarlichte dag, haar schande tonend; om ervan verlost te worden?

Behr hield de deur al voor hen open, vrijpostig weer. Alsof hij hier woonde en zij, haar kinderen en haar man zijn gasten waren.

Cock, die executies verafschuwde, had zitten slapen bij het uitgedoofde vuur en rekte zich slaapdronken uit.

En Behr – het wit van zijn ogen stak af tegen zijn donkere huid – gaf de lamsbout aan de meid. Zijn haar, dik eigen haar, droeg hij in een met zorg gecreëerde, achteloze staart.

Cock

Het kwam niet alleen door zijn lome houding, zijn ogen nog half dicht, het zat 'm ook in zijn karakter en in zijn situatie van de laatste tijd, dat procureur Huibert Cock eerst de lamsbout zag binnenkomen en daarna pas zijn nieuwe huurder, een luitenant, geen slechte vangst, wel wat drammerig, die het lam al aan de meid gaf met de opdracht het onmiddellijk te bereiden; met munt, vooral veel munt: '*Sofort* aan het spit!'

Het water liep hem in de mond. Dat drammerige 'meteen aan het spit' was dus wel in orde.

Hij zat in de weg bij het uitdovend vuur, dat al werd opgepord. Marieke duwde hem van zijn stoel, gewillig liet hij zich vallen en ze begon hem gejaagd te kietelen; het bijwonen van terechtstellingen was niet goed voor haar. Zelf ging hij allang niet meer.

Verwijtend keek hij op naar Anna Maria, die wat nerveus leek, ongetwijfeld had ze weer te veel geld uitgegeven; en hij gaf zich over aan de kieteldood. Woedend worden kon straks ook nog wel. Hij spaarde het op.

Pas toen hij de altijd al wat bleke Johanna wel erg beteuterd zag zitten bij het spit waaraan de lamsbout werd geregen, riep hij: 'Heb genade met een ouwe man...!' en met gespeelde moeite kwam hij overeind, duwde zijn stoel achteruit en trok Johanna op schoot, Teuntje klom er ook bij.

De huurder bleef.

'We eten pas over een uur of anderhalf,' zei Cock. Was dat niet duidelijk?

De huurder keek, hij zag het, naar de borst waaraan Hendrik zich te goed deed. De huurder voelde zich hier wel erg op zijn gemak.

Zonder de huurder iets aan te bieden, stak hij zijn pijp op – was het nu dan duidelijk?

De lamsbout geurde, legde over alles een laagje; een deken waarmee hij werd toegedekt.

Hij lurkte aan zijn pijp, hoestte; maar hij had het voor elkaar. In de Hollandse loterij en in de herbergen had hij weer kansen, niet langer al te krap bij kas. Dankzij de huurder, Behr.

Zijn vrouw staarde stug – gespannen? – in de vlammen. Marieke zwaaide met een mes en riep: 'Dit is scherp genoeg voor het hoofd van Johanna!'

'Leg neer dat mes!' Hij hoestte weer onbeholpen. 'Anna Maria,' zei hij, weer tot zichzelf komend, 'naar executies gaan ze nooit meer.'

Zelfs als hij zijn vrouw een verwijt maakte bleef de huurder zitten. Dan ging hij zelf maar. Hij klemde de pijp tussen de brokkelige, maar aanwezige tanden. Pakte zijn grijze geitenharenpruik, plantte hem op goed geluk – slechts ietsje scheef – op zijn platgedrukte, maar nog altijd blonde haar. Het bloederige deel was nu wel voorbij.

De kinderen hingen hinderlijk aan zijn benen, maar hij stapte onder zijn wolk rook vandaan, smeet de deur al dicht.

De schepenen en de beul deden zich te goed aan hun gebruikelijke maaltijd na de executie, zag hij en hij groette, en toen Mijntje hem zonder dat hij iets had hoeven vragen zijn bier toestak en hem een blik gunde in het graanschovenlandschap van haar spitse boezem, was bijna alles goed, bestonden moeilijkheden nauwelijks en hij zette zijn – te dure – schoenen met de flinke hakken wijd uiteen zoals hij na een gewonnen zaak in de schepenhal zou doen; nu was hij nog bijna blut, des te beter; des te rijker zou hij zich voelen wanneer hij weer zou winnen. Iemand pakte de draailier van de muur, kaarten werden geschud, een dronken deuntje deed de rest.

En slechts een flintertje irritatie bleef er steken, als de hinderlijke splinter die hij opliep aan de ruwhouten tafel.

Een week later zat hij er opnieuw, zoals elke namiddag, te kaarten; daar hielp geen lievemoederen aan, en meestal ook geen echtgenote die hem haar vrouwelijke plicht weigerde. Maar nu liet hij zijn pijp zomaar op tafel liggen, sprong ineens op zonder te betalen, zoals meestal, maar hij liep sneller dan anders naar huis, ging zachter dan anders – hij merkte nu pas dat hij sloop – naar binnen, via de voordeur, niet gewoon achterom. De splinter was gaan irriteren.

De meid was er niet en toch hoorde hij gelach. Achter het tochtgordijn stond hij, procureur Huibert – opgeklommen maar voor iedereen gewoon nog Huib – Cock, in zijn eigen huis, te luistervinken: hij kon niet verder en niet terug, dan zouden ze hem horen. De vreemde, al te aanwezige huurder en zijn vrouw. Wat voerden ze buiten zijn blikveld uit?

Zonder nog een stap te durven zetten, met ingehouden adem, trok hij het tochtgordijn iets opzij. Hij zag de vreemdeling, Behr, op de rug, breed en donker, zijn patserige hoed nog op, en alsof hij haar voor het eerst zag: zijn vrouw, het licht dat op haar wangen viel. Die stralende, goudgroene blik. Verwekt door het laatste invallende licht; en door de huurder, die vreemdeling? Door Behr! Even was het alsof hij met diens ogen keek: voor hem was ze nieuw, al moest hij alle denkbare vrouwen hebben gekend. En gehad.

De slechte kaarten klemde hij nog in zijn hand. Met bovenop een harten drie.

Hij moest hoesten, hield zich in en schaamde zich; was hij in een klucht beland?

Op zijn tenen deed hij een stille stap achteruit, nog een paar stappen en luidruchtig hoestend kwam hij binnen: opnieuw.

Nog vol schaamte, achterdocht was vernederend, riep hij nog jovialer dan anders tegen de meid: 'Haal maar een kan molbier bij Het Swarte Schaep!'

Wantrouwen! Hoeveel processen, om de kleinste onenigheden, waren daaruit niet geboren? Kostte uiteindelijk alleen maar geld. Nee, schei uit zeg, wantrouwen kon hij zich niet veroorloven. Zeker nu niet, nu hij binnenkort zou winnen.

Diep ademde hij in. De huiselijke, wat muffe lucht, zijn geluk ademde hij in: al moest het nodig gelucht worden. Er was ook benauwdheid, een geur van zweet en zenuwen in aanwezig.

Hij opende een raam, daar kwam de meid al uit de kelder. Met bier? Dat was dus al gehaald?

Ach. Hoe dan ook, de velden – weidsheid – stroomden met het gerstenat zijn verhitte lijf in toen hij, procureur Huibert – altijd Huib – Cock, een koude slok nam. En nog een. Zolang er bier is, zei Mijntje altijd, en Mijntje was zo oud als deze stad, op Romeinse grondvesten; zolang er bier is, is er hoop.

Wanhoop desnoods, dacht hij toch even. Maar verse mol had zuiverende kracht.

De huurder had geweigerd met hem te drinken, stond op. En vertrok, net nu het gezellig begon te worden, naar zijn kamer boven.

Behr, weken later, oktober 1712

Een brief moest hij haar schrijven – *ach, nein!*

Zinloos.

Gekweld verliet Johann Ligorius Behr het pand vol dronken Duitsers – Brandenburgers, Hannoveranen –, wat Schotten en een handvol Hollandse militairen: een stukje samengeraapt Staatsch Leger zonder oorlog. Zonder handlantaren dook hij het duister en de regen in; de zwartglanzende kasseien leken op zijn afgesleten hart, meende hij, en meteen ook dacht hij: raak getroffen, kan zo in een brief.

Over zijn afgeleefde, zwarte hart doolde hij, of over de harten van gesneuvelden. Ook ik, dacht hij – en van de dichterlijkheid van zijn gedachten kikkerde hij toch iets op –, ik sneuvel nog in deze slaapdronken stad. Niet in de slag bij Oudenaarde, die voor niets gewonnen was, niet bij het beleg van Bouchain, maar hier in Nijmegen. Tijdens laffe vredesonderhandelingen. Van dodelijk verdriet.

Douleur! Alleen dat Franse woord dat hij had opgepikt, de taal van het allegaartje aan geallieerden en ook die van de tegenstander, ja; alleen '*Douleur!*' – met uitroepteken – dekte de lading.

'*Und es duncket mich schon,*' mompelde hij in zijn moedertaal, '*dass alles, was ich sehe, schwarz sei, und zur Trauer bereitet...*' Alles was zwart, zonder lantaren zeker. En vol droefenis. De dreigende gevels leken hem te willen verzwelgen, een kerktoren stak als een vermaning boven de zwarte stad uit.

Wie had dat toch ooit bedacht? Dat verliefdheid, of bevlieging, móói was? Hij trapte tegen een kelderdeur, zomaar, wie zou hem wat maken? Hem, luitenant, plaatsvervangend kapitein van zijn compagnie. Koorts! Dat was het. Dolle razernij.

Maar naar oorlog was hij toch niet op zoek? Of toch weer.

Zijn voet deed zeer, maar dat verzachtte de pijn van zijn hart; dat bonkte nog, het zijne wel, als dat van een op hol geslagen paard – hij had ze zien lijden op het slagveld, en vaak uit hun lijden verlost.

Met een benen stokje stak hij nerveus zijn tanden schoon; niemand zag hem zonder lantaren.

Zachte, liefdevolle streling, kon hij die nog opbrengen?

Misschien wel.

Voor haar.

Hij rilde, legde een hand op zijn voorhoofd; koortsig, letterlijk. 'Snel!' Hij dacht hardop. 'Geen domme dingen doen,' en hij dook een herberg in, gooide zijn mantel van zich af: met alle onrust.

Zum Donnerwetter! Daar zat zijn knecht boven een glas te glunderen – jonge jongen nog, meisje aan de haak, zoals het moest: nog niet eens zwanger, plannen al gesmeed. Werd zijn knecht dan zijn voorbeeld?

Johann Ligorius Behr knipte met zijn vingers en gebaarde: iedereen kreeg een glas. Zet maar op de rekening. De compagnie mag betalen. Hij had niet voor niets overleefd. Hij hield zich nog in ook, nog wel. 'Voor de compagnie van kapitein Drost!' Die er niet was.

Wat hij nog in zich had, moest hij omzetten – hij sloeg zijn bier maar voor de helft achterover – in goud. Van zwart naar goud, als een alchemist. Al werden het maar woorden, in een brief. Hij sloeg een pijp af. Al was het maar een moment – ultiem – met de vrouw van Cock. Hij was nog jong, jong genoeg nog, al was hij ouder dan

Methusalem. En zijn vleselijke lusten, die eens zijn raison d'être waren? Sneuvelden die ook; waar precies?

Een restant was hij. Het overblijfsel van een man die zich had onderscheiden; steeds weer, met of zonder erkenning. Vooral zonder. Als een idioot.

Zijn ringkraag, een maanvormig stuk zwart metaal, drukte op zijn borst; een overblijfsel van het ridderkostuum, het ereteken van de officier, al was hij de laagste officier in rang: nog altijd luitenant. En ridderlijk voelde hij zich niet bepaald. Een dolende ridder hooguit. Don Quichot.

Nog altijd luitenant, al verving hij in een beneveld stadje tijdelijk zijn kapitein.

Niet nog een glas!

Hij sloeg zijn nog natte mantel alweer om: de onrust zat er ook nog in. Zijn hoed had hij niet eens afgezet.

Weg! De nacht in, het afgesloten stadje door, op en neer, tussen gesloten poorten. In de val.

De vlasblonde korporaal Kummer zwalkte een stukje met hem op, door regenplassen: 'Behr, *du Lümmel*! Tegen tienen al en nog nuchter?' Alles aan Kummer zwalkte: zijn snor, die in twee lokken tot over zijn kin hing, en zelfs Kummers ogen gingen alweer zonder focus langs hem heen; verdwaasde motten.

'Ik voel me anders dan ooit,' biechtte hij Kummer op, die zich dit gesprek morgen niet eens zou herinneren. 'Ziek. Van alles.'

'*Ich bin an Kummer gewöhnt*, ik ben wel erger gewend!' lalde Kummer zoals zo vaak. 'Kom mee dan, naar de Grote Straat. Of beter nog: naar het Rozemarijngasje, het langste gasje van deze stad. Daar ga je 's avonds in en kom je 's ochtends pas uit.'

'Nee! Bedankt.'

'Een meisje of een moederlijke matrone van de lichte cavalerie maakt je beter.'

'Onmogelijk.'

'Je bent...' Even keek Kummer hem gefocust aan. Schoot toen

in de lach, sloeg krom voorover van het lachen en zei tegen zwarte luiken – lééfde hier dan niemand? – en tegen een trillende, misselijke maan die werd weerspiegeld in een plas duisternis: '... hij is verliefd!' Kummers snor trilde mee.

'*Ach, nein!* En doe het maar niet in je broek als je nog naar de Rozemarijngas gaat.' Dit was geen verliefdheid, dit was een ziekte: misschien was liefde een longontsteking of een soort griep en dus dodelijk, maar Kummer hoefde het sowieso niet te weten.

Dit was heilig. Dit gevoel. Dit kon hem redden, ziekte of niet; nee, juist als het dat was! Voor een zieke bestond alleen zijn kwaal, al het andere verdween. Alles waaraan hij niet denken wilde, wat hij moest uitbannen.

'Ik ga plat. Adieu, korporaal!' Snel sloeg hij af, kauwend op een muntblad. Hij hoorde Kummer nog lachen; maar Kummer was een banjerend vat buskruit, niet bang en nooit nuchter, sprong altijd voor hem in de bres, van jongs af aan, en vergat snel.

Sneller dan ik, dacht Bchr. Alleen in het vergeten was Kummer beter.

Over de zwarte kasseien, vergalde harten, verloren levens, zevenentwintig doden bij Oudenaarde, bij Bouchain zeventien van zijn regiment te voet, liep hij duidelijk een richting op: naar de Korte Burchtstraat.

Haar man zat bij Mijntje. Kon hij vergif op innemen.

Hij moest haar zien. *Jetzt!* Ongebruikelijk en ongemakkelijk tijdstip of niet. Even maar, dan zou de koorts zakken.

Achterom! Via de Gapersgas. Maar alles was donker?

Te laat! Hij tikte al met een Duits muntje dat hij altijd bij zich had op het keukenluik, harder dan in zijn bedoeling lag; iets nam het over, als in het heetst van een gevecht, zoals vroeger, toen hij nog harten brak en brieven schreef, zonder nadenken. Op instinct had hij alles overleefd – zevenenzestig gewonden bij Oudenaarde, negenenzestig bij Bouchain, zelf verloor hij er een vingerkootje.

En op verstand toch ook? Dit werd niets, dit was onmogelijk.

Hij zette zijn hoed af. Om af te koelen. Te verregenen en dan weer op te kunnen warmen, om een reden te hebben ergens naartoe te gaan, naar binnen te willen, íéts te willen.

Maar het zou mooi zijn als zij opendeed. Al had hij een sleutel in zijn zak.

Hij draaide zich om, kon toch maar beter een herberg opzoeken. Hij sloeg een natte sliert haar uit zijn gezicht en keek om: toch nog! Zwavellicht ontbrandde.

Boven een kaars verscheen haar gezicht. Als een devotieprent, waar zijn moeder zo'n hekel aan had, uit Meersburg.

Van Anhout, maanden later, 7 januari 1713

Scherprechter Andries van Anhout was al naar binnen geglipt toen hij zag dat zijn laarzen toch niet schoon waren; hij had ze nog wel opgewreven met zijn zwarte lap. Bruinrood staken ze af tegen de heldere, zwart-wit betegelde vloer van de schepenhal, waar alles duidelijk moest worden: schuldig of onschuldig, zwart of wit. Varkensbloed was in het leer gedrongen; misschien zou hij zijn laarzen wel nooit meer schoon krijgen? Weer voelde hij irritatie en ontroering, of iets grijzigs daartussenin dat hem buikpijn bezorgde: het zwaard had hij gescherpt, het varken vastgehouden. In twee snelle halen kreeg Jan, zijn zoon, de varkenskop op een bergje besneeuwd zand. Twee slagen: dat was er één te veel geweest.

Het verhoor begon. Twee buurvrouwen uit de Korte Burchtstraat verklaarden de waarheid te zullen spreken. De ene vrouw nerveus, de andere met ingehouden woede, zo leek het: jegens wie? Met het rekeningenboek dat zijn aanwezigheid in de zaal legitimeerde, mocht iemand hem opmerken, installeerde Van Anhout zich achterin, in een vergeten bank. Niemand zag zijn vieze laarzen hier.

Rommelend door zijn rekeningen hoorde hij hoe een van de oudere schepenen, Singendonck, zijn zinnen deftig afraffelde en – nogal onprofessioneel, vond Van Anhout – doorspekte met zijn persoonlijkheid: 'Hier volgen enige vragen betreffende de *huysvrouw*,' dit sprak hij spottend uit, 'van wijlen de procureur Cock,' hier liet hij een stilte vallen, alsof hij hem miste. 'Om daarop onder ede te verhoren en te examineren,' streng keek hij over zijn knijpbril, 'eens zien... ene Marie? Marie de Vriend.'

De vrouw, Marie, wilde op haar nagels bijten, zag Van Anhout, maar schrok er zelf van op toen haar hand haar mond al raakte.

'En met wie hebben we nog meer de eer? Met, eens even zien...' Singendonck sprak neerbuigend en met een natuurlijke spot: 'Met Francijn van Wanray?'

Die niet wist of ze hierop moest antwoorden, maar er zin in leek te hebben iets recht te gaan zetten; en daar was Van Anhout – hij moest toegeven: onprofessioneel – nieuwsgierig naar.

Soepel trok de schepen Singendonck één wenkbrauw op: 'Ouderdom?' Zijn borstelige wenkbrauw vormde een vraagteken boven zijn knijpbril, daar moest hij op geoefend hebben. Of hij was werkelijk als schepen geboren? Zoals al die voorvaderen Singendonck. En zoals ikzelf in de wieg lag als meester van het scherpe zwaard, mijmerde Van Anhout. Maar daarvan is toch hopelijk niets te zien?

Niet slecht gedaan: die onverschilligheid. Ook Singendoncks desinteresse hoorde bij het ambt, al was die gespeeld, zag Van Anhout, zeker in deze zaak. En competent? Ha! Dat waren die buurvrouwen op z'n minst: de een al afgeleefd en in haar derde huwelijk, de ander ook al tegen de dertig.

'Competent,' meldde een gerechtsdienaar, de buurvrouwen knikten ten overvloede en nog gretig ook.

Op Singendoncks vraag of ze in de Korte Burchtstraat woonden, naast Anna Maria Vonk, 'de *huysvrouw* van Cock', knikten ze al, terwijl Singendonck zijn vraag nog uitbreidde: 'En u kunt uit een venster in haar huis zien?'

'Ja,' verklaarden ze tegelijkertijd. De een ferm, de ander zacht, beschaamd; die heeft staan gluren, dacht Van Anhout.

De schepenhal begon voller te stromen. Van Anhouts niet noodzakelijke aanwezigheid viel al minder op; al was het niet de eerste keer dat hij de zaal in was geglipt bij deze zaak. Stilletjes kneep hij wat slakkenhuizen stuk in de zak van zijn jas: de kalk kon bruikbaar zijn bij botbreuken, voor de bijverdiensten. Aan een nieuw poeder werkte hij, ook van nut voor pijnbankpatiënten na het scherp examen; om aan te sterken dan, nooit brak hij een bot. Heremijntijd! Dat zou zijn eer te na zijn. Mocht het ooit zover komen, dan gaf hij er de bui aan, dan was zijn zoon Jan aan de beurt. Al moest hij dat uitstellen zolang hij kon.

Singendonck was rechter gaan zitten, zag Van Anhout, en vroeg luider: 'Of de getuigen niet op een avond...' Maar een jongere schepen fluisterde hem iets toe en met zichtbare tegenzin moest Singendonck zichzelf corrigeren: 'Of de getuigen niet op een mórgen vrouw Cock op haar stoep zagen staan, en naar haar toe zijn gegaan?'

'Ja,' verklaarde Francijn van Wanray al.

Maar Marie de Vriend twijfelde, wilde precies zijn, het ging toch om leven en dood. Zachtjes zwetend en wiebelend zei ze: 'Nee.'

Onverstoorbaar vroeg Singendonck of de getuigen vervolgens niet aan vrouw Cock vroegen wat zij gisteravond zo laat nog buiten voor de deur deed.

'Ja, dat heb ik haar gevraagd,' zei Francijn van Wanray; opwinding klonk in de zaal.

Nauwelijks hoorbaar zei Marie de Vriend: 'Ik heb het Francijn wel hóren vragen.'

Een bode maande tot stilte. Singendock zette gefascineerd zijn knijpbril af, vergat zijn onverschilligheid. Op het puntje van zijn zetel in de machtige, rijkversierde schepenbank zat hij toen hij vroeg: 'Of vrouw Cock toen niet klaagde dat ze die officier, die luitenant Behr dus, in huis hadden en dat haar man zo lang uit was gebleven en dat ze... Stilte! Stilte in deze zaal! En dat ze bij die officier alleen in huis níét wilde wezen?'

'Ja,' zei de ferme buurvrouw.

De precieze en verlegen buurvrouw mompelde: 'Ja. En ze zei ook: "Ik ben er bang voor."'

'Bang?' Verrast keek Singendonck op en Van Anhout vroeg zich af: angst of liefde? Of angst én liefde; wat was de combinatie, het verband? En hij haalde zijn schouders op. Misschien waren het de basale ingrediënten, van alles; tegenpolen die bij elkaar hoorden? En elkaar uitsloten. Als goed en kwaad.

'En sprak vrouw Cock,' ging Singendonck met slecht verborgen woede verder; de jongere schepen stootte hem met zijn elleboog aan om hem tot rust te manen. 'Sprak ze,' herstelde Singendonck zich, 'die óchtend na die ávond geen woorden waaruit bleek dat ze die officier, Behr dus, erúít wilde hebben?'

'Ja,' verklaarden de buurvrouwen. Bevrediging gleed over hun gezicht; Van Anhout zag opkrullende neusvleugels.

'En verhaalde ze niet ook aan u, getuigen, dat ze haar man daartoe aangezocht had...'

Ze knikten al, gretig.

'... maar dat,' zei Singendonck en hier gooide hij zijn aantekeningen terzijde en zonk weer achterover, 'maar dat hij haar ten antwoord had gegeven: "*Wel, juffer,*"' en hij kuchte en zette een vreemde basstem op, die van wijlen de procureur Cock, met wie Singendonck gedronken en gewerkt had, hier in deze zaal, jarenlang: '"*Wel, juffer, bent gij zo'n grote madam dat ge twee kamers moet hebben? Het is jaarlijks toch tweeënvijftig gulden.*"'

De buurvrouwen verklaarden dat het gevraagde waar was. Singendonck schudde zijn oude hoofd, zijn voorname wangen trilden, rumoer zwol aan. Van Anhout kneep een groot slakkenhuis stuk – bah, er zat nog een slak in – en stond op. In combinatie met

33

schelpengruis moest het kalkgehalte hoog genoeg zijn.

Hij had genoeg gehoord. Hij ging zijn poeder bereiden, een aanvulling op het aloude mensenvet. Hij zou het nodig hebben. Deze zaak was niet eenvoudig.

Hij glipte de rumoerige zaal uit, veegde zijn hand af aan zijn zwarte lap. Gerrit kwam al aanvliegen toen een derde buurvrouw verklaarde de waarheid te zullen spreken.

Vonk, maanden eerder, half oktober 1712

Zonder licht te maken sloop ze naar de achterdeur. Door de kier in het luik zag ze een man zonder hoed in de regen, zijn hoofd gebogen als Christus aan het kruis, zonder er iets om te geven kletsnat te worden; dan hoefde ze dus ook niet open te doen.

Maar hij was hun huurder. Hij sliep hier slechts, hij zou direct naar boven gaan; de meid was er afgelopen nacht al uit geweest omdat Johanna een nachtmerrie had, die ging ze nu niet storen. Stel dat hij zich aan een oudere maagd vergreep; de luitenant, doorweekt al, leek tot alles in staat. Cock kon nog uren wegblijven.

Haastig knoopte ze haar nachthemd dicht en sloeg een doek om. Ze hield een zwavelstok bij de smeulende kolen, een vonk sprong over.

De kaars brandde al, haar hand lag al op de klink toen iets haar tegenhield en ze verstijfde; ze zag dat hij zich had omgedraaid – om weg te gaan?

Maar hij keek om.

Ze opende de deur maar half, regen sloeg in haar gezicht, nu pas zette hij zijn hoed op; voor haar? Hij bleef in de regen staan staren, naar haar.

Zijn woorden, in een langdradige zin, verregenden. '... *entschuldigen Sie!*' was het enige wat ze verstond.

Ze schoot in de lach. 'Kom nu maar,' zei ze, 'en zorg dat u uw sleutel niet meer vergeet.'

Weer zette hij zijn brede hoed af, en wierp hem op Cocks stoel bij het bijna uitgedoofde vuur, er net niet in; een natte donkere sliert sloeg hij uit zijn gezicht; als kolen smeulden zijn ogen.

Had het maar niet zo geregend. Ze zette de kaars op tafel.

Hij kwam vlak achter haar staan toen ze afsloot, hij zei niets meer.

Met de deur in haar rug kon ze niet weg. Ze weigerde in paniek te raken en ze draaide zich om. Met koortsogen staarde hij haar aan, zijn adem die niet stonk kon ze voelen, ze moest iets zeggen nu, iets doen, maar er kwam niets, er gebeurde niets; uren verstreken in een paar tellen. Ze leek wel dronken. Hij rook broodnuchter.

Uit de bedstee klonk gestommel; de meid draaide zich zeker om in haar slaap. Behr legde een vinger op zijn lippen; in gedachten begon ze te tellen, een, twee, drie, vier, bevroren in de tijd, het zweet stond op haar rug, vijf, zes, zeven, acht. Hij bestudeerde haar hals alsof hij die in zich op wilde nemen, haar half losse haren, lippen, ogen weer.

Genoeg! Ze probeerde langs hem heen te glippen, weg, de keuken in, toen hij het deed: met gloeiende vingers – aan zijn ringvinger ontbrak een kootje – pakte hij haar pols vast, kneep erin, liet weer los en streelde haar onderarm.

Ze kreeg het bloedheet en rilde, ze stapte achteruit en voelde de klink tegen haar ruggengraat, bracht haar handen naar haar rug en draaide de deur van het slot; zachtjes duwde ze de klink omlaag: hij bleef haar aankijken, kon ze hem – en zichzelf? – vertrouwen?

Achteruit liep ze de regen in. Hij bleef staan. Achteruit de Gapersgas in, in haar nachthemd, op pantoffels die al nat werden, ze sloeg de doek van zich af en stond te zweten in de regen, in de gas achter haar huis; wat gebeurde er?

Niemand zag haar, zonder lamp. Met haar doek waaide ze zichzelf in de regen koelte toe: 'Pfff...!' Ze hoorde zichzelf zuchten en gauw ging ze terug naar binnen; hij was verdwenen, naar boven.

Rillend kroop ze in bed bij de meid, die gewoon doorsliep; met open ogen staarde ze naar de donkere planken van de bedstee die benauwder was dan ooit, klaarwakker wachtte ze op Cock.

Tellen of uren later hoorde ze de bekende geluiden die haar meestal irriteerden: te hard sloeg de deur dicht, en niet op slot, zijn schoenen met de hoge hakken werden uitgeschopt, Cock zocht naar eten, at met smaak en ging struikelend over zijn schoenen naar zijn kamer, de voorkamer; ze hoorde hem in zijn bedstee ploffen, snurken. En ze viel eindelijk in slaap.

Bij het eerste licht kroop ze over de meid heen, sloop naar Cock en vlijde zich tegen hem aan. 'Die luitenant,' begon ze meteen.

'Wat is daarmee?' Hij gaapte diep.

'Die wil ik het huis uit hebben.'

Hij grijnsde: 'Ben je gek geworden?' en hij streelde haar haren, ze verdroeg het, en hij viel alweer in slaap.

Later, nadat ze Hendrik had gevoed, probeerde ze het nog een paar keer. Cock was onvermurwbaar. Hij ging winnen met het geld van de huurder, hij geloofde het nog altijd: 'Ik kan hem ook niet uitstaan, maar we wennen wel aan hem.'

Tot hij kwaad werd toen ze nog langer aandrong: 'Wel, juffer, bent gij zo'n grote madam dat ge twee kamers moet hebben? Het is jaarlijks toch tweeënvijftig gulden.'

En weer kreeg ze te weinig geld.

Slordiger dan anders knoopte ze een oude schort van simpel neteldoek om haar middel. Het huis uit moest ze. Voordat Behr wakker werd. Dan kon ze straks, terug van de markt, met eieren, groene kaas en nieuwe indrukken – en toch ook maar een nieuwe omslagdoek, nooit meer die van vannacht –, makkelijker doen alsof er niets was gebeurd.

Toen zag ze haar natte pantoffels liggen; voor het raam moest ze die zetten, in de zon. Met haar vuist probeerde ze de bolling terug te krijgen in het leer, door de regen waren ze ingedeukt en plat geworden. Wat er met haar kon gebeuren, zag ze aan haar pantoffels: afgedaan hadden ze – toch neuriede ze toen ze de klink omlaagduwde en de vroegte in stapte.

Zodra ze achterom, in de Gapersgas, haar mand op zijn kop hield om het stof eruit te schudden, dook Francijn op haar af met in haar kielzog Marie: 'Wat deed je hier gisteravond zo laat nog buiten voor de deur?'

Voordat ze het antwoord gaf dat de buurvrouwen zich maanden later nog zouden heugen, staarde ze naar een perenboom in een aangrenzende tuin, naar de wond van een afgebroken tak.

Behr

Twee dagen later wachtte hij de vrouw van Cock op buiten de Hoenderpoort, die uitkwam op de bleekvelden. Cock, wist hij van zijn knecht, die af en toe met hem dronk, ging ook de stad uit. Vermoedelijk een andere kant op.

Geduld was niet zijn sterkste punt, besefte Behr weer, maar je kon ook stellen dat ongeduld werd onderschat; strategisch hadden ze elk hun verdienste. Hij begon zomaar wat te lopen toen het hem te lang duurde, wat om zich heen te kijken. Witte banen nieuw geweven linnen vingen zon bij de Waal, die tegen de stad aan schurkte en zich na een koele omhelzing weer met een bocht van de stad afkeerde, als na een gril: koeien kregen er natte poten in, zag hij, het kabbelen kalmeerde hem. Vrouwen drenkten hun lakens in het grijze water, dat alles – miraculeus genoeg – toch wit waste.

Zo had zijn moeder met de meid staan wassen in de Bodensee. Met enige goede wil hadden de contouren van de Valkhofburcht boven hem wel iets van de trotse burcht van Meersburg; hier, buiten de stad, voelde hij zich rustiger. Ontspannen bijna.

Kraakwitte hemden, borstrokken, onderjurken lagen uitgestrekt op het veld en bolden op, alsof de wind er leven in blies. En in een flits zag hij zijn moeder weer, die de Lutherbijbel voorlas in het katholieke Meersburg; wat een lef, haar lef had hem meer geraakt dan wat ze las. Hier waren het juist de katholieken die stiekem naar een schuilkerk moesten.

Met stenen legden meiden, die hem niets deden, hun opstandig wasgoed plat. Een vrouw holde achter een wegdansende kussensloop aan, een lakentje maakte een sprong; een *grand jeté*.

Maar háár zag hij niet.

Zijn officiersjas benauwde hem hier. Uit dat ding!

Hij wist dat niet de meid maar zíj vandaag de was zou bleken: het huis was gehorig. Hij smeet zijn jas van fijne, blauwe stof op de zanderige oever, al keken een paar meiden om en giechelden. Hij zette zijn hoed af en maakte een overdreven buiging. Verbaasd lachten ze, enkelen gilden het uit.

Hij trapte zijn schoenen met de zilveren gespen uit en stroopte zijn lange kousen af; zijn tenen speelden met het zand, zomaar, schepen gleden voorbij. De driekleur in de masten herinnerde hem niet eens aan vaandels in een veldslag, besefte hij toch even, en dat verpestte het gevoel een kwajongen te zijn. Zijn plicht kon hij niet te lang verzuimen.

Hij weigerde om te kijken waar ze bleef. Dan zou ze sneller komen.

Hij liep het water in. De warmte van de zomer zat er nauwelijks nog in, het werd te koud, maar met jongensachtige bravoure stroopte hij zijn kniebroek nog hoger op om een afdrijvend laken te redden: die vrouwen maalden toch ook niet om de eerste kou? De Waal zoog aan zijn benen, een onverwacht krachtige stroming. Maar hij kon zwemmen als het moest; en de meiden lachten niet toen hij het laken nonchalant overhandigde: een buitgemaakt, nuttig vaandel.

Al een hele tijd had hij niet omgekeken en even was hij het zelfs vergeten, toen hij op zijn jas zat om op te drogen.

Des te groter was de verrassing toen ze voorbijgleed, als een schip. Het wasgoed hoog opgetast in de mand op haar heup: haar nog niet gehesen zeilen. Elk van haar bewegingen was geolied, zij was het vlaggenschip. Omringd door gewone schepen en bootjes die slechter in de verf zaten; oudere en jongere vrouwen.

Ze had hem niet gezien, het was zonnig en dus druk, of ze had gedaan alsof ze hem niet zag. Ze leek geen plek te vinden voor haar wasgoed, praatte wat hier en daar; hij herkende een van haar buurvrouwen. Daarna liep ze weg.

Naar een bleekveld verderop? Elke beweging volgde hij.

Hij stond op, volgde haar op modderige voeten met zijn schoenen in de hand. Au! Hij stapte in een scherpe schelp.

Weer stond ze stil om een praatje te maken. Gauw trok hij zijn schoenen aan en liep voor haar uit, verder, vlug; naar het poortje in de aarden vestingwal verderop. Daarachter moest nog een bleekveld liggen, tijdens oefeningen op wacht had hij het gezien: achter die poort!

Met de bedaagde aarden wal in zijn rug wachtte hij haar op en de spanning waar hij niet zonder kon, nam weer toe. Het was niets vergeleken met Meersburg, dat uitzag op de Bodensee, omringd – nee, omhelsd! – door bergen; maar toch leek hier de hemel hoger en de wolken waren ijler: van parelmoer. Van het kijken naar omhoog kreeg hij pijn in zijn nek; zo groot was het geheel, zo klein het aards geploeter: regels en gezeur waren van geen belang. Hij had een schelp geraapt en als een jongen in zijn zak gestoken. Een grijze, bijna zwarte schelp met inkervingen, littekens, maar van binnen toch met die wittige, violette schittering.

Daar kwam ze! Zonder iets te zeggen liep hij achter haar aan en nam de wasmand van haar heup, zijn vingers raakten de hare, want meteen pakte ze hem terug: 'Iedereen ziet ons hier.'

'We hebben niets te verbergen, *oder*?' zei hij. 'Nog niet.'

'Waarom besluipt u me dan?'

'Welnee! Ik verraste u. En *vielleicht* kan ik u helpen.'

'U?' Hij had haar aan het lachen gekregen. 'Liever niet. Ik heb veel wasgoed, mede door u.'

Ze zinspeelde op zijn verse linnen; dagelijks liet hij warm water en schoon linnen aanrukken, waslapjes zelfs, zo had hij het zich aangewend, om alles van zich af te spoelen, maar lastig was het natuurlijk; hij moest zich matigen. 'Wijf!' had Kummer hem toegeroepen toen hij ervan hoorde.

'Kom.' Hij knikte in de richting van de lunetten, die hij op zijn duimpje kende: 'Ik laat u zien waar wij oefenen.' Met haar wasgoed – en het zijne – onhandig voor zich, het zand knarste nog in zijn schoenen zonder sokken, probeerde hij haar in de richting te manoeuvreren van de plek die hij voor ogen had, waar op dit uur vermoedelijk niet werd geëxerceerd; hij gokte erop van niet en zijn kameraden, tenzij van de cavalerie, zwegen sowieso. Die keken nergens meer van op.

Hij wist een plek waar niemand kwam. In de punt van een ster. Een hoek in de fortificatie, al was dit het oude deel, die de Fransen op afstand had gehouden in het begin van de oorlog – om die verdomde Spaanse troon – die van hem een omhulsel had gemaakt, een levende dode; hier, of eigenlijk in de nieuwe fortificaties een eind verderop, was een aanval nog net afgewend: en de Fransen met hun stokoude Zonnekoning, die zijn kleinzoon zo nodig op de Spaanse troon had willen zetten, de Fransen bliezen de aftocht. Dankzij de burgers die het garnizoen hadden geholpen, zo had hij hier in de herberg horen zeggen. Vrouwen voorop. Wat ervan waar was? Hij vocht toen elders voor het Staatsche Leger in diezelfde langdradige Spaanse Successieoorlog en had nog nooit gehoord van deze stad, waar hij misschien wel nooit meer weg zou komen.

Hij zette de mand neer, pakte haar hand: 'Dit is het zwakke deel van jullie vestingwallen.'

'Dan kent u de Nijmegenaren nog niet,' lachte ze en ze trok haar hand weg, maar hopelijk vergat ze haar wasgoed. 'Wij hebben uw leger geholpen toen u hier nog geen voet gezet had. Zelfs de dominee vuurde een kanon af,' zei ze, 'en de stad is niet bezweken.'

'Kom,' weer probeerde hij haar hand te pakken, 'ik zal u sterren laten zien op klaarlichte dag.'

Ze lachte hem uit, maar ze lachte tenminste: 'De Grote of de Kleine Beer? Aan wie spiegelt u zich?'

Wees een zondaar en zondig dapper, waren de weinige woorden van Luther, en van moeder, die hij had willen onthouden. Er kwam nog iets achteraan met Jezus, waar je nog dapperder in moest geloven. Niets mee te maken! Dat was het terrein van zijn vrome knecht.

Cock, diezelfde dag

Met verende tred – in zijn zak verse Betuwse tabak, plannen om haar zaken nog beter dan voorheen te regelen, en toch met zware stapelwolken in zijn hoofd – ging Huib Cock regelrecht naar het buitenhuis van de vrouwe van Heuckelom; één glaasje slechts dronk hij in het voorbijgaan bij Mijntje. Om weer een strakblauwe bui te krijgen.

En toen een warm gevoel – van hals tot kruis – hem doorspoelde, hij ging toch even zitten, dacht hij aan zijn vrouw; ze was bij hem in bed gekropen, eergisteren. Ze had zich tegen hem aan gevlijd. De oude plannen om van elkaar te scheiden, waren op de achtergrond geraakt: te ingewikkeld. Al waren de ruzies dat nog niet. Maar zoals ze even tegen elkaar aan hadden gelegen, dat voelde weer als een jaar, zeven maanden en bijna drie weken terug, toen Hendrik nog leefde. Hij glimlachte bij de gedachte aan zijn zoon. Veegde een traan weg. Mijntje zette hem nog een glas voor: 'Kop op, je hebt nu weer een Hendrik.'

'Een zuigeling nog.' Hij zei het te bangig.

Eén kind maar had hij verloren, waar anderen er drie of vier verloren, altijd jonger, vaak met hun vrouw erbij in het kraambed: nee, hij had geluk gehad en hij zou weer geluk hebben.

Alléén Hendrik maar verloren. Rossig als zijn vrouw en met haar trekken: zijn jongen die koortsig op bed had gelegen, steeds bleker, lustelozer. Acht al was hij geweest. Lang al. En alle chirurgijns van de stad hadden aan zijn bed gestaan; de koorts of griep, als het dat was, werd erger. Net toen zijn vrouw in uiterste wanhoop de stadsbeul wilde halen, die de geheimzinnigste middeltjes kende – zelf was hij erop tegen geweest: de man werd Magere Hein genoemd –, net nadat hij had toegegeven aan zijn vrouw, kreeg zijn jongen een opleving: zijn wangen kleurden, de koorts zakte, hij probeerde overeind te komen. 'Hoe gaat het, jongen?' Hij had het misschien opdringerig, te vlug gevraagd. 'Beter al?' En zijn jongen had geknikt. Van ja.

Tranen stroomden over zijn wangen, toen en nu, hij legde zijn pruik op tafel en veegde ze niet weg.

Zijn jongen had geknikt.

Hij had het duidelijk gezien, soms zag hij het nog. Maar goed ook, zo bleef hij bij hem, maar op slechte dagen nog maar wazig, en steeds waziger.

Zijn jongen vervaagde.

Blootshoofds stapte Huib Cock het felle licht weer in. Doorlopen nu, dacht hij. Stevig tempo. Over de oude weg liep hij de stad uit, door zand en modder, in het karrenspoor, zijn hakken – die hier belachelijk waren – staken telkens in de blubber, om zijn verhitte hoofd gonsden vliegen, vogels rommelden in de struiken buiten zijn blikveld. In de verte bleekten vrouwen hun was.

Hij liep maar door. Met het beeld van zijn jongen, in vlagen, maar steeds scherper voor ogen: 'ja' had hij geknikt. Meteen had hij zijn vrouw teruggeroepen; Anna Maria stond al met haar sjaal om in de deuropening: 'Het gaat beter met hem, kom gauw!' Samen waren ze naar hem toe gegaan, nooit waren ze als man en vrouw dichter bij elkaar geweest; en samen hadden ze hem recht-op geholpen in de kussens; nog geen uur later hadden ze hem samen zien sterven.

Nooit hadden ze elkaar zo gehaat. Omdat ze van hun jongen hielden, meer dan van elkaar.

Marieke was nu even oud als Hendrik toen en probeerde op hem te lijken: altijd stoer. Daar werd ze te oud voor; met een jongenshoed! Iets om met zijn vrouw te bespreken. Niemand kon Hendrik vervangen. Zelfs de zuigeling niet; en misschien... misschien hoefde het ook niet?

Zijn tranen waren in de zon verdampt. Bevrijd – gauw zette hij de geitenharenpruik weer op, en nu eens recht –, bevrijd kwam hij aan bij het verre buitentje van de vrouwe van Heuckelom, de oude douairière; zijn plannen zag ze zitten. Al bleef ze met betalen karig.

Na slechts een kort oponthoud op de hoek, bij zijn niet in Het Swarte Schaep, kwam hij tevreden thuis; in zijn stoel, de brede hoed nog op, zat de huurder, die arrogante luitenant. Met een stuk brood met haring in de hand. De mand met wasgoed stond – on-gewassen, ongebleekt – naast zijn vrouw, die bier schonk in haar dure zwarte schortje. Een huiselijk tafereel dat onder zijn ogen – schaamteloos! – gestolen werd?

Hij slikte zijn woede in. Diefstal was het niet. Wat was er, feite-lijk, mis? Het draaide om de feiten. Hij was niet voor niets na veel geploeter procureur geworden, en een procureur hield het hoofd koel.

De huurder, dat was ook een feit, stond niet op, bood hem niets aan. En het was een perfecte dag geweest om te bleken.

Hij, wettig echtgenoot, bracht geen stom woord uit. Stond daar maar te staren: jonger en frisser leek ze dan de afgelopen anderhalf jaar, maar toch was Anna Maria een gewone moeder, al niet meer piepjong. Voor de luitenant was ze een gewone vrouw. Maar voor

43

hem was ze alles, want alleen in haar gezicht konden de trekken van zijn jongen nooit vervagen.

Kauwend, uitdagend, keek de luitenant hem aan.

Zijn woede, weer een feit, kon – nee, wílde – hij niet meer weg-slikken. 'U huurt alleen een kamer hier. En verder niets! In het vervolg...'

De luitenant kauwde rustig door.

'... u blijft voortaan boven. Hier, in mijn keuken, wil ik u niet meer zien!'

Vonk

Ze stak een pijp op en ze nam een trek, blies uit en stopte Hendrik toe in zijn wieg bij het vuur; dat kalmeerde haar. In de stoel van haar man volgde Behr alles wat ze deed. Maar ze had zich heilig voorgenomen zich niet meer door hem van streek te laten maken: 'U bent op verboden terrein.' Ze blies de rook zijn kant op. 'Wat wilt u van mij?'

'Alleen het allernoodzakelijkste.'

Zo geïrriteerd mogelijk keek ze hem aan. 'Een snee brood?'

'Brood, ja,' zei hij gauw.

'Dat kunt u krijgen.' Ze legde de pijp neer, sneed het brood, maar hij pakte haar hand toen ze het hem toestak. Het brood viel op de rood-blauwe tegels.

'Wat een verspilling.'

'Van wat brood?' Ze veegde het schoon, voor in de pap.

'Van zoveel schoonheid.'

'U kwam voor brood.' Ze sneed een nieuwe snee af en legde die voor hem op tafel.

Terwijl hij at, uiterst traag, keek hij naar haar; naar iedere bewe-ging, alsof die van belang was; en alles vertraagde.

Zolang Behr niets zei, kon ze net zo goed doen alsof hij er niet was. Ze pakte haar pijp weer op en wiegde Hendrik; neuriede, rookte.

Maar Behr bleef maar kijken en ze kreeg het er toch weer warm van: 'Moet u niet eens gaan exerceren? Of ergens op wacht staan?'

'Niet als ik hier kan zitten.'

'Maar niet lang meer.' Het sloeg elf uur.

'Het roken siert u. Dat zien we in de Duitse landen niet.'

'U bent nu hier. Te gast.' Bits moest ze blijven, anders kwam ze nooit meer van hem af.

Zuchtend zette ze de keukendeur open, misschien ging hij dan eerder weg.

'Deze keuken is eenvoudig, schoon en warm,' hij stond al op, 'en toch vijandelijk gebied. Maar nergens kom ik liever.'

'Misschien juist daarom?' Ze lachte koeltjes.

Hij pakte haar weer bij de pols en knikte naar de wieg. 'Die slaapt voorlopig. Ik stel een korte wandeling op neutraal terrein voor.' Hij lachte, onbevangen, of om zijn tanden te tonen. 'In het Kalverenbos kunnen we ongestoord van gedachten wisselen.'

'Als u me daarna met rust laat.' De meid was in Cocks kamer voor aan het werk, de kinderen waren bij haar moeder. Het kon wel even. Ze doofde haar pijp. 'Maar ik zie u daar pas.'

Op grote afstand liep ze voor hem uit. Zonder om te zien. Alsof ze voor een boodschap op weg was, met lege mand.

Ze leek wel gek; ze waagde het er maar op. Die bevlieging van Behr ging gauw genoeg over.

Halverwege, waar alles nog mogelijk was, groette ze in het voorbijgaan zo kalm mogelijk de zus van Cock; haar man, de bemoeial Becking, had Cock opgestookt: 'Je huurder wordt te familiair met je vrouw.'

Cock had het haar voor de voeten geworpen, het had tot ruzie geleid.

Ze lette erop dat ze haar pas niet versnelde bij De Oude Burchtpoort, de herberg van de buikige Sighman, waar Huib met Becking regelmatig een glas te veel hief, op kosten van Huib. Al zaten die er toch niet nu, zelfs voor hen was het te vroeg.

In het Kalverenbos, dat vlakbij lag, binnen de muren, kon ze twee kanten op: ze koos het brede, minst begroeide pad. Het viel niet meer te ontkennen; sinds Behr zijn eigenzinnige neus, zonder kloppen, de keuken binnen had gestoken, was ze nieuwsgierig naar hem. 'Is dit mijn nieuwe stek? En dus míjn keuken?'

Ze wachtte op de stenen rand van een stinkende poel, een waterreservoir voor als er brand was. Kinderen gooiden er steentjes in. Een vriendin van Marieke, zag ze, liet er een houten bootje met een zeil van keukendoek in varen.

Nee, dacht ze, en ze liep terug.

Ze nam het dichtbegroeide, smalle pad. Ze moest van hem afkomen, nu of nooit.

Achteloos kwam Behr aanslenteren, tussen lindetakken met hartvormige gele blaadjes met scherpe randen door, die hij opzij duwde; ze had er een opgeraapt, speelde ermee. Hij was een idioot, maar een charmante. En hij wist het. Zijn jas, die openhing, maakte zijn schouders breder, maar hij was lang en had geen buikje; hij dronk ook minder bier, minder dan Cock. Hij leek op een van de verweerde apostelen op de Latijnse School, bij de ingang van de Grote Kerk; een onherkenbare apostel die met een goed lijf was uitgehouwen uit een te zachte steensoort: zijn hoofd was weggeregend en weggevroren. Of misschien vernield ooit, door woeste gelovigen.

Behr spreidde zijn jas uit over een omgevallen boom. Hij zat niet eens dicht naast haar toen hij begon te praten, over Oudenaarde en Bouchain; en ze vergat dat ze er maar even tussenuit geknepen was. Na omzwervingen met zijn regiment – met de vreemdste kameraden, sommigen deed hij grappig na –, en door Meersburg aan een of andere zee of een meer in zijn jeugd, zag ze ineens haar mand staan: leeg.

'Ik ga eerst terug,' zei ze.

'Waarom zo stiekem?'

'U bent naïef of doet alsof. Ik krijg ruzie...' – hij trok haar achter een boom en kuste haar. Ze vergat te protesteren en holde weg, het eerste stuk holde ze, zonder last te hebben van haar been dat vaak iets sleepte.

Daarna zag ze de vriendin van Marieke weer en het viel niet mee om in normaal tempo te lopen. Het liefst was ze in de poel gesprongen.

Was die kus te zien? Ze voelde hem nog, wreef hem weg. Stom, dacht ze, dat valt pas op. En wegwrijven lukt niet meer, nooit meer; rustig! Normaal lopen.

's Middags kwam het briefje van een paar regels: in de mand die ze had laten staan. Ze las het en verbrandde het.

's Avonds kwam hij naar haar toe. 'Kom tegen tienen naar mijn kamer.'

Behr

Hij schopte zijn oude rijlaarzen onder het bed, bij de verborgen sokken die hij 's nachts droeg omdat hij kouwelijk was sinds de vrede die geen vrede was; hij zette zijn degen – zichtbaar! – in de hoek naast zijn blauwe officiersjas, die slap aan een spijker hing, de rode omslagen mooi omgevouwen. Hij plukte nog wat aan de bemodderde Franse generaalspruik, een buitgemaakt pronkstuk dat hij uiteraard nooit droeg, zelfs nu niet, het idee deed hem even in een nerveus lachje schieten, hij walgde nu eenmaal van alles wat onecht was, van pruiken in het bijzonder; en onder zijn ruste-loze voeten kreunde de planken vloer. Gauw die mislukte epistels nog in een kistje, onderkleren weg; steeds stond hij even stil om ademloos te luisteren. Hoorde hij de trede, de bovenste op één na, kraken?

Muisstil bleef het.

47

Allang – hoe lang geleden al? – had het tien uur geslagen.

'Een brief bloost niet.' Zo had zijn commandant het ooit uitgedrukt toen het misging, toen hij nog lijfgarde te paard was en op zijn best, maar te hoog had gegrepen met een onmogelijke liefdesbrief, die desondanks niet had gebloosd. Zelf kleurde hij al evenmin, al in geen jaren, al voelde hij nu een zekere schroom.

Leerde hij weer blozen? Als een jongeling?

Jachtig keek hij rond. Gauw zijn schrijfgerei nog op orde en opzij, naast zijn schelp uit de Waal. Haar omslagdoek die hij om haar geur had meegepikt, hing – perfect daar! – over de leuning van zijn enige, wat sneue stoel. Hoe waren zijn kus en brief – briefje: te kort – gevallen? Te snel pakte hij de blaker met de niet al te beste vetkaars op en zette die op zijn kledingkist, brandde zijn vingers; en in een doffe spiegel boven de walmende vlam ving hij zijn beruchte, oude blik die haar moest bewegen om zich aan hem... ach, als ze kwám was het al mooi.

Zijn zwarte blik, wist hij, was genoeg geweest. Voorheen. Al voordat hij kornet werd kon hij er vrouwen van gevarieerde leeftijd en komaf mee vastprikken, zoals bijzondere vlinders opgeprikt werden met spelden; korporaal Kummer had ze verzameld tijdens hun veldtochten. Iets scherps of iets kleverigs hadden zijn ogen gehad, voorheen, waardoor het zo gemakkelijk ging: een vrouw vasthouden, langer dan een ander, als een vlieg in de stroop. Met Kummer – zijn oude makker, streekgenoot – had hij er weddenschappen om gehouden en bijna altijd gewonnen. Eens, in een verveloze, Vlaamse herberg, had Kummer eigenlijk gewonnen; ze zagen dezelfde dienstmaagd zitten, liefkoosden haar in een hooiberg tot ze ruzie kregen. Die keer was ze voor Kummer; maar hij had niet willen wijken. En in verwarring was ze heengegaan: een aangeslagen vlinder, lang nadien nog had Kummer het hem verweten, mogelijk de beste en de enig levende uit zijn collectie; mateloos dronk Kummer sindsdien. De lichte cavalerie bood geen troost.

Behr probeerde zijn blik, zichzelf, vast te houden in de spiegel, maar raakte verveeld. Zijn blik had ingeboet aan scherpte en diepte. In jaren was hij even oud of iets ouder dan Cock, maar niet in voorkomen. Zonder vrouw en, vermoedelijk, zonder kinderen: wel met vrouwen, meervoud, maar met des te minder zorgen, aan niets gebonden, had zijn verschijning haar jeugd behouden. Alsof de regels van de ouderdom niet golden voor hem, die zich ook niet graag aan regels hield.

Nauwelijks rimpels. Nauwelijks grijs. Op een enkel haartje na, zag hij en hij trok het uit. Verraadden zijn ogen zijn leeftijd van vijfenzeventig of honderdtien jaar? Al stond hij met lege handen, twee, drie levens had hij in zevenendertig jaar gesleten.

Misschien verjongde de koorts zijn doffe blik en zijn gezichtsvermogen, het zien van perspectief, kleur.

Snel stak hij nog een laatste keer zijn tanden schoon, kauwde op meerdere muntbladen, nam nog een slokje brandewijn, bond zijn haar vast, losjes, niet te strak. Hij knoopte zijn hemd open, al waren de sporen te zien, dus niet te ver open: zou ze ervan schrikken?

Weer spitste hij zijn oren.

De trede kraakte!

Haastig trok hij de verendeken recht.

Op kousenvoeten kwam ze binnen en ze wilde, zag hij al, uitleggen waarom dit niet kon, maar hij was haar voor: met één hand op haar rug, helemaal onderaan, en één op haar lippen die al stopten met bewegen, met bezwaren opwerpen, en daarna streelde hij haar wang. De schelp van haar oor. Haar hals, met al zijn aandacht, en alles was vergeten; hij besefte het te goed, ook omdat hij dat – vervloekte – vingerkootje miste, dat desondanks nog prikte, brandde.

Haar adem stokte. Ze slikte iets weg misschien, haar bezwaren zeker; want haar ogen lichtten op, gouden ogen met het vlammetje van de kaars erin, de hemel had minder glans, goud was haar huid met sproeten.

'Vlug dan,' fluisterde ze.

Hij schrok. 'Waarom zo haastig?' En hij schrok van zijn angst. 'Cock blijft nog urenlang weg.'

'Vlug of niet,' bijna onhoorbaar sprak ze, 'even maar.'

Alles, maar niet deze haast, had hij verwacht; het was zo lang geleden. Nog sneller handelde hij om het te maskeren: de bolling van borsten die een zuigeling voedden voelde hij al, hij frunnikte aan veters van een lijfje; en even vreesde hij het niet te redden, ten onder te gaan, niets meer te kunnen volbrengen, ooit nog, en met de moed der wanhoop trok hij ruw haar rokken omhoog, haar flanellen onderrok met streepjes. Doodsbang streelde hij haar dijen.

En alles tintelde, en bloosde. En alles was vergeten; zelfs dat vergat hij.

Ziltig was ze, zoet ook. Ik bemin u, min u, wilde hij zeggen, maar elk woord kon het verpesten: hij overleefde niet, hij leefde gewoon; hij durfde niet. Pas toen ze veel te vlug – zomaar ineens – opstond, en ook haar sjaal meenam die hij had ingepikt, zei hij het hardop.

Het schaamrood stond op zijn kaken toen ze fluisterde: 'Hier blijft het bij.'

Traag reeg hij haar lijfje dicht.

En ze verdween, geruisloos.

Hij moest haar vastprikken, zoals Kummer met zijn vlinders deed in een leren mapje, al raakten die beschadigd onderweg; hij moest haar aan zich binden. Klaarwakker ontstak hij een nieuwe roetige kaars. Hij begon aan een brief in klad. Zijn knecht had een beter en anoniemer handschrift.

Hij begon te oefenen op een nieuwe signatuur: ineengevlochten initialen? Door elkaar heen gekraste initialen? Een passend monogram moest hij vinden. Zijn leven stond weer op het spel, dit was niet meer te stoppen; en in een brief bloosde hij niet.

Een anoniem monogram moet het zijn, dacht hij, jonglerend met zijn voorletters.

Een merkteken.

Zijn gekras op het papier was rusteloos en waaks als de gans aan wie de slagpen had behoord.

Van Anhout, maanden later

Van Anhout zat in een benauwd, gesloten rijtuig. En toch werd hij herkend, want toen ze op het laatste moment als de bliksem de gierpont op bolderden, verdwenen de meeste mensen die op dit vroege uur de oversteek wilden maken alsnog, zich plotseling herinnerend dat ze beter een pont later konden nemen, dat ze dringend elders moesten zijn. Vernedering wende nooit helemaal: rechtsomkeert maakten ze, haastig, op een holletje zelfs of te paard in draf. Ze durfden nu eenmaal niet met hem op een boot, dat bracht ongeluk, al was het maar een pont.

De koetsier aan wie hij extra geld gegeven had, stak het de schipper al toe, en nog wat extra; een enkeling voer toch nog mee.

Hij, 'Magere Hein', bracht ongeluk. Hij boezemde vrees in. Hij kon niets anders doen dan betalen, meer dan een ander, zonder ontmoedigd te raken. Met wat schokken van de kabel kwam de Zeldenrust in beweging en gleed al sierlijk onder een lucht vol kauwen, zag hij met het gordijntje iets opzij: in een troep, achter elkaar aan, om elkaar heen. Gerrit bleef op zijn schouder zitten. Zelfs Elsebeth, zijn vrouw, reisde mee, al waagde ze zich niet bij het raampje en keek strak voor zich uit.

Deze reis deed haar verdriet, vermoedelijk omdat zij haar familie zelden op kon zoeken en daar nu pijnlijk aan werd herinnerd. Uitzonderlijk was deze reis, hij had ertegen opgezien, zij zo te zien nog meer.

Alleen uit noodzaak verliet hij de stad, die hij van zijn slechtste kant kende, maar toch op zijn manier liefhad; telkens als hij het gordijntje wegtrok en naar buiten gluurde, wees een kinderarm in zijn richting of een vrouwenneus, nieuwsgierig, of er klonk een nerveuze, luide mannenlach: een groepje durfals had zich verschanst aan de andere kant van de pont, een paar stappen voor hem uit. Een eindeloze kloof – van een paar stappen – scheidde hem van hen, die tenminste niet voor onheil vreesden. Al was het uit al te prangende praktische overwegingen.

Elsebeth staarde nog altijd voor zich uit en huilde toch, geruisloos. Hij legde zijn pezige, koude hand op de hare. Heremijntijd! Waarom was hij niet wat warmer en troostrijker van bouw?

Ze trok haar kleine hand er al onderuit, precies zoals de allereerste keer; samen in een rijtuig, toen hij haar was gaan halen. In Schüttorf. In het graafschap Bentheim, het Holland van Nedersaksen. Lang, maar niet lang genoeg, was hij onderweg geweest die zomer, alleen, te paard, als in een roes; al wist hij dat ze 'ja' zou zeggen, dat alles al geregeld was, hij was vol geweest van iets luchtigs – verwachting, opwinding – toen hij zijn bruid ontmoeten ging; met een gewichtloze ribbenkast, helemáál licht was hij vertrokken. Halverwege, in een herberg waar niemand hem kende, had hij zich vrij gevoeld. Een paar uur lang. Bijzondere uren. En bijna had hij de scherprechtersdochter die hij nooit gezien had, laten zitten. Om de wereld in te gaan. Zijn lot te ontlopen. Maar plicht en verwachting, dat toch ook, hadden hem weerhouden. Dat zware en dat lichte gevoel.

Angst en liefde? Hij haalde zijn schouders op, Gerrit bleef zitten.

Halverwege de weidse Waal voeren ze nu en het licht werd hier op zijn mooist. Van Anhout duwde het klemmende koetsdeurtje open, tot schrik van Elsebeth, en hij stapte de optrekkende nevel in: die bange blik kende hij van haar, het was de eerste geweest die hij destijds op haar gezicht gezien had. Toch liep hij even de pont op, knikte naar het schimmige groepje dat hem scheef bekeek. Zijn armen losjes in de zij. Rustig maar, dacht hij nog net niet hardop, sterven moeten we allemaal. De dood, banaler dan jullie denken, slaat niemand over voor zover ik weet, zelfs jullie niet. Het groepje leek al iets te ontspannen.

Gerrit werd juist onrustig: zijn pootjes verplaatsten zich steeds en toch vloog hij niet weg, met de kauwen mee. Zoals hij, de jonge Andries, destijds in de herberg niet was weggevlogen van zijn plicht. Al had hij op de binnenplaats staan twijfelen.

Een roeiboot schoof als uit een wolk komend voorbij; de visser, die ook rommel, en soms kadavers, opduikelde uit de Waal, schrok op toen hun blikken elkaar net boven de nevel kruisten. Maar Van Anhout zette zijn hoed af, een windje speelde met zijn zilveren haren en hij wreef even lekker in zijn ogen.

Elsebeth had de koetsdeur meteen dichtgetrokken; destijds had ze de deur ook het liefst willen dichttrekken, toen hij zijn opwachting maakte. Ze was familie, maar ver weg, niet vertrouwd; dat lukte niet altijd. Eén Bossche verwant probeerde het ooit met zijn tante, een weduwe; na tien jaar procederen kon hij nog niet met zijn rimpelige bruid verkeren en zijn lijn stierf uit.

Het was, in uitgewisselde brieven, volmaakt geweest. En Elsebeths vader had meteen zijn houten kofferkist aangenomen, haar moeder had hem een stoel gewezen. Haar broers en zusjes hadden hem uitgelachen. Maar hun commentaar – 'Een bezemsteel! Te lang voor Elsebeth!' – had hij prima kunnen verstaan: een droom was het geweest. Toen was ze uit een binnenkamer, als uit een geheim, binnengetreden, haar ogen gericht op de vloertegels en het deugdelijke vloerkleed.

Het moment dat ze opkeek, ver omhoog, ze was opvallend klein: in haar ronde ogen lag kou – teleurstelling? En haar mond verwrong zich tot een streep onder haar rode wangen. Zo was het gebleven. Toch hadden ze vijf kinderen. Allemaal in leven. Het huwelijk was, zeker voor scherprechtersbegrippen, geslaagd. Maar begrepen had hij zijn scherprechtersdochter uit Schüttorf nooit.

Zonder zich te dicht bij het groepje te wagen drentelde hij wat heen en weer over een te klein oppervlak van het dek: zo was zijn hele leven, zuchtend stapte hij het rijtuig maar weer in, nam plaats naast zijn vrouw die hij niet kende; moest hij nu geen arm om haar heen slaan? Hij twijfelde te lang. Haar houding werd weer stug.

Hij gaf Gerrit maar weer een worm, al loerde die op brood van het groepje buiten. Gerrit, die kende hij; zelf gevonden en opgevoed. En anders dan zijn vrouw werd Gerrit jaloers, ronduit vervelend, als hij niet genoeg aandacht kreeg. Terwijl zijn vrouw juist bij zijn afwezigheid gedijde.

Aan de oever aan de overkant baadden arme, blote mannen zonder gêne in de te koude buitenlucht en hij, Andries van Anhout, vierenveertig jaar oud alweer, voelde toch een steek in zijn smalle borstkas: spijt of wroeging dat hij zo onbeschaamd niet was, al was het onbetamelijk. Wroeging was het misschien nog niet.

De koetsier wachtte, op Van Anhouts instructie, tot het groepje waaghalzen de pont af was en ging er daarna in vliegende vaart vandoor; over de rammelende planken van de gierbrug, de steiger en de zanderige oever, omhoog, de dijk op en verder, over natuurlijke wegen – och, dat waren de beste! – en over aangelegde wegen, met al dan niet gedichte kuilen en geslechte sporen, soms zaten ze vast, moesten ze een eind lopen, duwen; een reis als een huwelijk, stelde Van Anhout vast. Niet hardop. *Vier benen op een bed maken nog geen huwelijk*, zei men, maar men zei wel meer: hij moest het opgevangen hebben bij de zaak-Vonk, bij het leegstromen van de schepenhal.

Toen ze in de schemer over de IJssel reden – over een brug op scheepjes, geen pont gelukkig; sowieso kende niemand hem hier – toen verheugde Van Anhout zich erop zijn neef te zien; maar eerst, de deur stond al enige tijd open, herkende hij zijn neef niet eens. Zo lang was het al geleden. Zijn neef was ineens grijs geworden en in de war; daarom was hij gekomen.

De vrouw van zijn neef noodde hen binnen, het grote, schaars verlichte scherprechtershuis in, en na het bekijken van hun gegroeide en geslonken kroost – een pasgeboren dochtertje was heengegaan aan de stuipen – en na een versnapering – hun vrouwen waren ook verre familie van elkaar en hadden van alles te bespreken –, verdween hij met zijn neef maar meteen de werkplaats in. Onder elkaar.

'Ik doe het niet,' zei zijn neef.

'Je moet.'

'Het is bezopen. Ontuchtig leven? Amper bewezen. Ik kan het niet, ik voel...'

'Je voelt niets! Je voert iets uit. Een eerlijk en gewichtig ambt,' loog hij met overgave en daardoor, als vanzelf, toch ook gemeend. 'Het wordt voor je beslist. Voor jou zo een ander. Denk aan je zoons.'

'Daarom juist,' zei zijn neef. 'Het staat me máchtig tegen.'

'Ik blijf anderhalve dag. Dan is het voorbij.'

En zo redde hij, meende hij, het ambt van zijn neef: door op marktdag op afstand mee te lopen, toen de veroordeelde overspelige man de schandton omgehangen kreeg en de omgang in schande door de Zutphense straten maakte. Met zijn neef, toch, voorop. Voor de trommelslager uit. En de schout met zijn dienaren. 'Ontucht' stond er in krulletters geschreven op de zware ton, waaruit alleen hoofd, hoed en onderbenen van de veroordeelde staken; zijn neef moest maar aannemen dat het oordeel van de schepenen juist was, had Van Anhout hem op het hart gedrukt.

Maar na twee straten verdween zijn neef. Om bij het einde, de verbanning, pas weer op te dagen; toen het bijna voorbij was. Er zou nog wel een fikse vermaning volgen. Hopelijk geen ontslag.

Direct, al veel te lang had het geduurd, moest Van Anhout er weer vandoor; hij kreeg het weerspannige koetsdeurtje niet meteen dicht, stak nog een ferm bedoelde hand op naar zijn neef. Maar meer nog dan op de heenweg voelde het benauwd, verstomde zijn vrouw, kneep Gerrit, die de spanning voelde, in het vlees van zijn schouder, in het gesloten rijtuig: hun eigen schandton.

Hij was niet alleen. Zijn vrouw zweeg naast hem.

Achttien jaren waren ze getrouwd.

Schüttorf was niet uitgelopen. Maar scherprechtersfamilies – enkele neven, beider ouders, niet alle broers en zussen – waren toch van heinde en verre toegestroomd. Of althans: gedruppeld. De kerk van Schüttorf had dezelfde leer, meer op Calvijn gericht dan op Luther, haar *Graofschupper Platt* leek tot zijn vreugde meer op Hollands dan op Hoogduits. Meteen al had hij Elsebeth kunnen verstaan, al hadden ze nooit lange gesprekken gevoerd, ook later niet. Klein, met die streepjesmond en met nog rooiere wangen had ze haar jawoord wel aan hem moeten geven: ze scheelden maar twee jaar, hij had een vaste scherprechterspost. Twijfel was er nooit geweest. Bovendien had hij die vrijdag in augustus 1694 verlof gekregen om zijn 'particuliere zaken' te regelen; minder dan een volle dag later was ze in ondertrouw al de zijne, nog geen jaar later schonk ze hem onverwacht behendig en zonder één gil een zoon: de nieuwe scherprechter. Jan. Later nog een: Herman. En drie meisjes nog.

Maakten vier benen op een bed nog geen huwelijk? Een leugen! Dat maakten ze wel, dacht Van Anhout verward, al moest er meer zijn. Zoals in de zaak-Vonk ook duidelijk werd.

Soms dacht hij terug aan hun eerste nacht, in de zomer van '94. Dat prille... zou Elsebeth het nog weten? Nu hij de Waal weer naderde en zijn gedachten bij elkaar probeerde te houden, want de nare overtocht speelde in zijn maag al op, nu deed hij dat ook: details probeerde hij zich te herinneren. Hoe helder de maan was geweest. Hoe Elsebeth in het donker, in maanlicht gehuld, zijn bed in stapte. Naast hem lag; haar stil ademende borstkas die bewoog, dichtbij, vol leven. Zo vaak al had hij de beelden opgeroepen dat de waarheid van die nacht verdraaid kon zijn; als een verklaring, na te lang doorvragen, op de pijnbank.

Al is een béétje – stevig – doorvragen goed.

Een meisje stak haar tong naar hem uit en kreeg van haar moeder al een tik.

Hij wist wel dat minachting, en de mensen die alweer rechts-omkeert maakten, hem tot nu toe sterker hadden gemaakt; toch stapte hij dit keer niet uit. Samen waren ze alleen in een donker rijtuig, samen alleen op een lege pont, op de koude rivier. Net als toen, in die nacht, die hem toch had bekoord. In zijn herinnering zeker.

Eindelijk terug in Nijmegen ging hij meteen door naar het stad-huis om nog wat zaken af te handelen. Haastiger dan anders. Maar hij bleef dralen in de helverlichte schepenhal: Becking, de zwager van Cock, werd nog verhoord. Dit wilde Van Anhout niet missen; dit was, moest hij toegeven, de ware reden van zijn haast.

Met slordig verborgen nieuwsgierigheid – hongerig – stelde de oude schepen Singendonck de voorgekauwde vragen: 'Heeft Cock niet vaak geklaagd over de grote familiariteit die zijn vrouw dage-lijks had met luitenant Behr?'

'Jawel.' Becking, een forse kerel, zei het met een dun lachje, en hij bevestigde dat het had geleid tot ruzies tussen Cock en Behr.

'En heeft Cock ook niet verschillende keren tegen Behr ge-zegd: "Blijf in je kamer of je moet delogeren?" ... opdonderen dus,' mompelde Singendonck erachteraan.

'Jawel.' Becking bevestigde het met zelfgenoegzame blik. Waar-om? Omdat hij Cock gewaarschuwd had?

'En heeft Behr het niet ook aan u, getuige, belóófd? Op verzoek van uw zwager Cock?'

'Ja.' Becking keek trots.

'Is Behr zijn belofte nagekomen?' vroeg Singendonck streng.

'Ik heb mijn zwager horen zeggen van niet,' antwoordde Bec-king. 'En ik heb luitenant Behr na gedane belofte diverse keren in de keuken aangetroffen.'

'Van Anhout...?' Heremijntijd, mopperde Van Anhout bin-nensmonds toen hij werd weggeroepen. Om tijd te rekken zocht hij zomaar wat in zijn zakken en nam dankbaar een brief aan die iemand hem toestak; hij veinsde het belang ervan door de brief meteen te openen, maar las geen woord. Hij spitste zijn oren om geen woord van Becking te missen.

Op een namiddag, ving hij duidelijk op, kwam Becking bij Cock. Hij trof er alweer luitenant Behr aan, met de vrouw van Cock. In de keuken. Samen bij het vuur. Even later kwam Cock thuis. Cock klaagde dat hij flauw werd. Slap, alsof hij sterven zou. Wasbleek zag Cock, hij trok zijn hemd uit, hij was zichzelf niet meer. En viel zuchtend neer op een stoel. En...

'Van Anhout...?!' Hij schrok toen hij opnieuw geroepen werd; alles om hem heen was hij vergeten. Maar na twee dagen afwezigheid moest hij wel.

'Heremijntijd!' mopperde hij per ongeluk hardop toen hij de zaal verliet.

Overal stond hij buiten.

Vonk, maanden eerder, oktober 1712

Met twee zilveren lepels in haar goed dichtgeregen lijfje, beende Anna Maria Vonk naar de deftige Regulierstraat, waar de huizen zomerhuisjes heetten en enorme tuinen hadden, binnen de muren, en waar het niet stonk naar pekelharing, zweet, niet naar afval of verrotting; hoeveel zou mevrouw Ingenool voor het zilver geven? Twee gulden? Of wel drie?

Onder de Wymelpoort, een vroegere stadspoort waarin de gevangenis zat, versnelde ze haar pas altijd iets en begonnen de lepels te irriteren. Ze kwamen steeds omhoog, zoals de verzuipende katjes in de juten zak met de te lichte steen; Marieke was thuisgekomen met twee katertjes, maar had ze van Cock niet mogen houden: 'Geen katers in mijn huis!' Niets voor Cock; de felheid waarmee hij had geroepen, betekende: 'Geen Behr in mijn huis!' Maar de luitenant bracht het geld in dat Cock verspeelde en verspilde en alleen deze lepels die omhoogkwamen en dan weer in haar buik priemden, kon ze onopgemerkt omzetten in brood, kaas, bieten en appels en als het meezat nieuwe kinderhemden.

Onder Hendrik, in zijn mooiste doeken, duwde ze de hinderlijke lepels steeds ongezien omlaag; ze zaten er nog, diep weggezonken, toen de meid opendeed en haar te nieuwsgierig opnam voordat ze haar mevrouw ging halen. Er wordt over me gekletst, wist ze ineens zeker.

Voorzichtig viste ze de warm geworden lepels onder Hendrik vandaan. Rozig en met zachte knuisten sliep hij door. Wachtend in de hal wreef ze het zilver nog gauw wat op met de punt van haar jurk; en even zag ze haar grootmoeder voor zich die het bescheiden zilver hoofdschuddend poetste voor haar uitzet. Toch twijfelde ze geen moment.

'Alleen lepels?' Mevrouw Ingenool glimlachte gul. Of inhalig.

'Voorlopig.' Ze lachte er maar om. 'Er zullen nog wel messen en vorken volgen.'

Meewarig keek mevrouw Ingenool haar aan; maar mevrouw Ingenool was te betreuren, niet zij. Ze drukte Hendrik in handen van de meid, herstelde haar decolleté door vlug haar lijfje recht te trekken; zoals Behr het laatst gedaan had, zoals het ook kon, daarvan wist mevrouw Ingenool niets! En de meid kon het niet eens bevroeden. Zo traag mogelijk, om tijd met haar te rekken.

Hendrik schrok wakker toen de meid hem weer in haar handen drukte, hij spreidde zijn vingertjes alsof hij viel, begon te jammeren. Ze drukte hem stevig tegen zich aan toen ze achter de kaarsrechte, ruisende gestalte naar het riante 'kleine kamertje' liep.

Zuinig legde Ingenool de lepels op een weegschaal onder een raam met uitzicht; aan al haar bewegingen kon ze zien dat deze vrouw niet werd bemind. Pleitte ze daarom eerder al voor echtscheiding? Zoals niemand anders en zelfs tegen iedereen in.

Drie koude guldens kreeg ze, dat viel mee, en een eerste raadgeving: 'U moet uw plannen niet te vlug opgeven.'

'Gisteren heb ik er nog met Cock over gesproken, dank u.' Ervandoor, gauw. Straks vertelde ze deze vrouw, die alles leek te begrijpen, in haar opwinding nog over Behr.

Indringend keek mevrouw Ingenool haar aan: 'Er is een leven na een huwelijk. Al moet u overeen zien te komen wat er met de meisjes gebeurt. En met dit mannetje.' Te hard kneep Ingenool in Hendriks bolle wang; hij huilde weer, hij liep er rood van aan, met harde knuistjes.

Opdringerig – of gewoon gul? – was Ingenool met haar advies. Misschien omdat ze zelf had willen scheiden, lang geleden, van haar man, die ooit burgemeester was geweest en die ook verloederde – fysiek ook –, in de herbergen en in de Belvédère, de speeltoren; net als Cock. Maar zichzelf had mevrouw Ingenool opgegeven, muisgrijs was ze zich gaan kleden. Haar regelmatige trekken lagen al te diep in haar huid, als de voren in een goed onderhouden, maar uitgeputte akker; dat ben ik over tien jaar of eerder, wist ze. 'Een leven na een huwelijk, ik weet het, dankzij u. Nu Cock nog. We hebben weer... onenigheid.'

'Toch niet weer over geld?'

Niet zwichten. Maken dat ik wegkom.

Mevrouw Ingenool bood haar al een stoel aan, thee, ze kon uitzien over vogels in een prieeltje, zonder gezeur aan haar kop. 'Nog over andere zaken ook ruzie?' – wel een straatlengte groen, tot aan de stadsmuur toe. Op de waslijn zaten kauwen, als noten op een balk. Ze kon deze vrouw, die zoveel scheen te weten – en wilde weten – in vertrouwen nemen, in dit frisse nieuwe zomerhuis, een van haar vele huizen, waar ze ook in de winter verbleef omdat het zo aangenaam was, en stil.

Godzijdank begon Hendrik te krijsen. 'Ook over geld, ja,' zei ze verstrooid en ze lachte: 'Voordat ik ruzie krijg met de jongste Cock, ga ik hem thuis voor het vuur zijn zin geven.'

Toen ze het pand verliet, zag het gezicht van mevrouw Ingenool muisgrauw, van teleurstelling. 'Ga maar gauw.' Onbemind, en ook nog ongeïnformeerd, bleef ze alleen achter met haar zwijgzame clavecimbel.

Het was stormachtig gaan waaien. Met de wind mee ging ze terug, langs de forse nieuwe 'buitentjes' binnen de muren, en onder de Wymelpoort met het gehavende, oude Mariabeeld, daarna langs gewone, oudere huizen; en ook de luchtjes keerden terug, naar het hart van de stad waar stank uit op- en aflopende straten en gasjes en uit beerputten samenkwam met de zwavelachtige geur van gistend bier, kattenpis, rottende peren, manden met prei en pastinaken, maar ook verse uiensoep: de Grote Markt.

Achter de onbewogen Stevenstoren veegden wolken over de lucht als poetslappen over hemelsblauwe tegels, zag ze; en even, zomaar, glipte ze de kerk in. Ze liep naar het houten paneel waarop de stenen tafelen waren geschilderd:

VII GHIJ SULT NIET ECHTBREKEN

Wiegend las ze het, en nog eens, sneller wiegend, om Hendrik stil te houden.

VII GHIJ SULT NIET ECHTBREKEN

Toen gleed haar blik over het paneel van oude eikenhouten planken omlaag: *GHIJ SULT LIEF HEBBEN* – hier brak de tekst af, door een kier tussen de planken. Op de volgende plank ging het verder over *GODT, DE HEER*, maar haar ogen bleven gefixeerd op de derde van de zeven planken:

GHIJ SULT LIEF HEBBEN

Alsof de schrijnwerker – voor haar – zijn eigen gebod had achtergelaten; samen met de schilder van het paneel: ene Kruyper, wist ze van Cock, die de geboden had gesigneerd met elegante slakjes. Met hoge, kokette voelsprieten.

'Johanna...?' Op de markt moest ze haar hebben gezien; huppelend kwam haar dochter de kerk in en pakte haar hand.

'Kijk hier eens,' wees ze, 'zo mooi kan een slak zijn.'

'Is dat een gewone slak?'

De klamme vingers van Johanna knepen in de hare toen een kromme koster mompelend voorbijliep: 'Slak? Slak... Psalm 58:9! Een wraakpsalm.'

Die avond was de meid weg, met verlof. Lagen de kinderen er vroeg in, ze hoorde hen al niet meer lachen. Won Cock, volgens zijn eigen voorspelling tenminste, enorme bedragen in de Belvédère. En Behr bleef op zijn kamer. Zoals het nu was, moest het maar blijven: de vervoering hing nog in het huis, joeg door haar lijf; ze had gedwaald maar het hoefde nooit ontdekt te worden, ze was tot inkeer gekomen, en hij had haar niet gedwongen haar eer volledig te verliezen. Ze wist nu hoe het was om op de grens te staan, op de proef gesteld, en dan toch terug te keren; beheerst, zonder de bijslaap uit te oefenen.

Cock was ook niet heilig. Nu stonden ze quitte.

Als je nooit op de grens had gestaan, of iets eroverheen, was het maar makkelijk om deugdzaam te blijven. Of te lijken. In zijn stoel pookte ze het vuur op, dronk een glas scharrebier uit de kan die nog niet leeg was, rookte een pijpje. En alles blonk: de pannen, spatels, kroezen die aan de planken hingen. Stil was alles en vol schoonheid: potten en kannen hadden een eigen bestaan. Roerloos en zonder oordeel staarden ze haar aan en wierpen hun lange schaduwen op de muren om haar heen, zag ze, omringd door wasgoed – ook waslappen van Behr – aan lijnen. Eén spinnenweb dat ze tegen vliegen hield, bolde op door de hitte van het vuur; zoals de spin rustig heerste over zijn web, zo zat zij midden in deze keuken, zeker als Cock er niet was.

Ze hoorde een trede kraken en schrok toch niet op.

Ze dronk haar glas leeg, zonder beneveld te raken; zo gauw ging dat niet.

Daar stond Behr in de keuken, de vlieg in haar web; haar web was dit, niet het zijne.

'Niet hier,' zei ze. Hij wist toch dat hij hier niet moest komen?

'Boven dan. *Ich möchte...*'

'Nergens meer.'

'Ook niet heel even?' Onder zijn openvallende hemd liep een kronkelige, lange snee, zag ze, van maanden of van jaren terug; rakelings langs zijn hart. '*Ich möchte...* ik wil u een voorstel doen,' zei hij.

Op de trap ging door tocht de kaars uit.

In het donker liep ze toch naar boven. *Als een slak, die kruipend oplost in slijm.*

Ghij sult lief hebben.

Als een doorntak, die in storm verwaait.

Müller

Zo.

Hè hè. Met de handen in het haar, in wat ervan over was, ging Christoffel Müller, knecht in bruikleen maar eigenlijk soldaat, zitten op een kleine bierton om te kijken naar een rijtje prunussen dat in het gelid stond, kalend zoals hij: eerst vanboven, vanonder nog in het sprookjesachtig rode blad. Hij moest snel in ondertrouw, de dienst uit. Wegkomen. Om niet af te glijden. Zoals zijn baas, tijdelijk *Gott sei Dank*: Behr.

Licht beneveld woelde Christoffel Müller door zijn rossige haren, om te voelen hoeveel er nog zat; niet veel meer. Misschien wilde hij daarom barbier worden? Maar was dit rijtje vlammende bomen in de achterhoede nu niet op zijn mooist? En zijn kop leek door de kaalheid nog jonger dan tweeëntwintig.

De dienst uit, dacht hij, nu wil ze me: een degelijke meid van goede reputatie. Nu zit ik nog in het blad. 'Ik moet *schnell* trouwen...' Mompelde hij het nou hardop?

'Doe dat dan! Wegwezen hier,' lachte de tapvrouw, Mijntje Willems; en hij was nog niet opgestaan of ze rolde de lege bierton weg. Zo weggerold worden, door een resolute vrouwenhand, was alles wat hij wenste. Maar dan vol! Nee, alles met mate. *Voed me slechts met wat ik nodig heb.* Spreuken zoveel. *Veel wijn drinken!* Had Paulus daar niet toe gemaand? *Om uw maag en om uw zwakheden:* die heb ik genoeg.

Maar wee degenen die helden zijn in het drinken, die dapper zijn als er Nijmeegs molbier wordt geschonken – Jesaja; ja ja.

Zo.

Hè hè. Hij rekte zich uit. Binnen had Cock hem getrakteerd op dunschuimend mol: hij had Cock willen trakteren, als hij het maar had kunnen betalen. Cock was een goedzak. Een slapjanus ook: *ein Waschlappen*, zouden ze in Wittenberg zeggen, het waslapje van Behr. Slap misschien, maar goed. Cock leende geld uit, zonder omhaal, en eiste het niet op nu hij zelf door eisers werd achtervolgd. Liever blufte hij met kaarten.

Arme Cock.

Met de hand voor de mond liet Christoffel Müller een bescheiden boer ontsnappen. In de verte rolde de bierton weg, de laatste blaadjes fluisterden in de wind: hun ritselende, bange boodschap in het Hollands kon hij verstaan: elk moment konden ze vallen. En verrotten.

De biergele zon, onder een schuimkraagje wolken, werd ook alweer opgeslurpt door de onverzadigbare garnizoensstad; tijd om kalmpjes op huis aan te kuieren, naar zijn kamer – een hok. Cock had hem weer uitgehoord over zijn baas, Behr. Hij had zich op de vlakte gehouden. Maar wel had hij gezegd: eigenlijk ben ik de knecht van kapitein Drost, die afwezig is: tijdelijk! *Gott sei Dank.* En hij had de lof gezongen van Drost. Keurig en correct: dat was Drost. Stipt. Vriendelijk. Niet te. Dat leidde maar tot plichtsverzuim. Niet slap. Gauw had hij het afgezwakt, Cock kon het op zichzelf betrekken: niet té slap, maar precies op tijd vaderlijk: iemand voor wie je je best deed, alles deed. Dat was kapitein Drost. Maar nu moest hij alles doen, ook wat hij niet wilde, voor luitenant Behr. Over wie hij niets – en dus te veel? – had losgelaten.

Midden op straat bleef Müller staan. Ach. *Es wird schon schiefgehen*: zeg dat maar eens in het Hollands! Hij had Cock zomaar op de schouders geklopt: 'Het zal wel scheef lopen? Misgaan?' Misverstand, lange uitleg. 'Het zal wel loslopen!' had Cock uiteindelijk begrepen.

En dat deed het ook: mol verbroedert.

Müller kwam weer slenterend in beweging, werd geschampt door een kar, sloeg zijn mantel – ook al kaal – losjes om zich heen.

Het zat erop. De dagtaak was volbracht. Op naar Meindert de barbier: ondanks zijn bochel ook een voorbeeld! Kon geen toeval zijn dat hij bij een barbier in de kost was, terwijl zijn baas, Behr, iets meer op stand lag bij Cock – en bij zijn vrouw, dacht hij erachteraan. En hij vermaande zichzelf: *Stoffel!* Met de stem van zijn stokoude vader die hem met een half woord in het gareel kon houden, op het goede pad, in een rechte lijn op zijn doel af: Griet. Wat een schoonheid was de vrouw van Cock; maar Griet verbleekte er niet bij. Och, welnee.

Even hield hij zijn pas in; nog even langsgaan bij Griet? Nee, niet in deze toestand: niet riskeren!

Kromgebogen keek Meindert de barbier al naar hem uit, met duidelijk te veel werk. Ingezeept en in de olie zat de klandizie klaar; ga ik ze beneveld scheren?

'Neem ze maar gauw van me over.' Vermoeid drukte Meindert hem een mes in handen. Flonkerend lemmet, vlijmscherp. Hoe meer hij ermee schoor, hoe minder hij aan de gewonden dacht. Daar hadden ook brave lui bij gezeten. Goeierds. Gelovigen. Katholieken, dat wel. Hij trok zijn mes, zette het al op een wang.

'Snor laten staan!' riep de klant. Hij hoefde geen gewonden meer te verbinden! Wondheler was hij als soldaat geweest, voor zover er wat te helen viel, en baardscheerder: te scheren viel er altijd.

'Alleen de baard dus,' zei hij alert genoeg. Puisterig was de wang maar niet te vlezig, niet te mager: moest zo goed als nuchter lukken. Hupsakee! – het mes erop. Veldscheerder was hij officieel geweest; verbinden en scheren. Bloed – etter, ellende – en baarden. Dat was zijn oorlog. *Maar zij zullen hun ploegscharen tot zwaarden omsmeden*; nee...

'Bakkebaarden lang houden!' riep de klant nog net op tijd.

'Voor de meisjes zeker!' lachte een troebele, al ingezeepte soldaat.

Müller zuchtte. De meisjes. Altijd weer. Maar nooit: de trommelende maagden.

Loof de Heere!

Als hij, tijdelijk knecht, soldaat-veldscheerder eigenlijk, maar barbier in wording – géén wonden meer –, als hij eenmaal was getrouwd, was hij dáár vanaf: de meisjes. Kon hij rustig lezen. Korte stukjes, aandachtig. In de Schrift: zijn stil geluk. Met Griet op de achtergrond, en een kudde koters, compleet. Sola Scriptura! Haha, Luther was niet achterlijk. Al lag hij in Wittenberg.

En dan: naar vader! Als die ouwe reus nog leefde.

Ai! Hij sneed een puist open, maar aluin stelpte het bloeden. Van een puist wel.

Naar die ouwe. Als een soort verloren zoon. Misschien niet zijn echte zoon, dacht hij, en verbrast heb ik niks. Maar als een verloren zoon die was afgereisd, die er evengoed niet meer had kunnen zijn en die toch terugkeert om het goed te maken; op eenvoudige wijze. Als barbier; alleen baarden! Geen wonden meer. Gewoon. En eerlijk. Al groeide je van het raseren krom: éérlijk krom.

Drie, vier jaar terug al, toen hij zonder iets te zeggen dienst nam, had die ouwe met twee stokken gelopen, tegen de negentig moest hij zijn; en vanwege die bijna Bijbelse hoge leeftijd was hij, Stoffel – 'Hoerenzoon!' – Müller, van kinds af aan uitgemaakt voor bastaard. En vroeg in dienst gegaan: uit Wittenberg weg. Maar hoe meer hij er op afstand over na had gedacht, hoe meer hij was gaan geloven dat die ouwe reus toch echt zijn bloedeigen vader was; vanwege het goeiige. Had hij op het slagveld zitten staren naar paardendrek omdat er fascinerende, wendbare strontvliegjes op zaten, zo had zijn onwaarschijnlijk oude vader al wat vloog bewonderd, bestudeerd. En gevoerd, herinnerde hij zich.

Vredig, en zorgvuldig puisten omzeilend, volgde Müllers mes de contouren van een ongeschonden gezicht.

Na het strooien van broodkruimels op zijn voederplateautje zakte de ouwe reus soms onverwacht, tot Müllers schrik, diep door de knieën. Het einde! dacht hij dan. Maar nee: de ouwe begon als bezeten gras weg te plukken. Anders zagen de vogels de broodkruimels niet die in het gras waren gevallen...! Müller moest er weer om glimlachen en duwde, iets te ruw, een stoppelige kin omhoog. In zijn opgelapte, piepende schommelstoel keek de ouwe daarna naar zijn vogels. *Mutti*, zijn rossige vrouw, zichtbaar Müllers moeder, verdiende het geld; dertig jaren jonger was ze. Wat hadden ze hem uitgelachen: 'Hoerenjong!'

Hij depte een redelijk geslaagde kaak droog. 'Volgende!' En begon al in te zepen, trok een makkelijke wang strak. 'Puistloos,' stelde hij tevreden vast.

'Maar ik heb een zware baard,' waarschuwde de man in de stoel.

'Ik heb ze wel zwaarder gezien!' lachte Müller. En ik heb het wel zwaarder gehad ook, dacht hij. *Bastaard!* Nooit had de ouwe reus zich er iets van aangetrokken of zich verdedigd, eigenwijs van hart. *'Kouwe drukte.'* Koud liet alles hem. Drost! Die had iets van hem weg.

Voorbeelden had je nodig. Levende plaatjes. Goed lezen kon hij, prachtig schrijven; van de ouwe reus geleerd, die had toch alle tijd gehad. Maar een levend plaatje – een mens, kortom – bracht hem meer bij dan welk boek dan ook.

Ineens – had hij niet opgelet? – zat Behr in zijn stoel. Levende kopergravure van hoe het niet moest.

'Zo glad mogelijk.' Behr bood zijn hals al aan.

Met tegenzin zeepte Müller hem in en zette zijn mes op de nog nauwelijks stoppelige kaak: 'U kent mijn stijl toch?' Hij wist wel waarom Behr het nog gladder wilde hebben. 'Uw wang wordt gepolijst. Zoals altijd!' Even verloor hij, rust zelve, zijn geduld.

'We gaan straks nog even op pad, jij en ik,' zei Behr.

'Nu nog?'

'Nog even naar de Korte Burchtstraat.' Even voelde hij de aandrang om zijn scheermes te misbruiken. *Stoffel!* – de ouwe reus vermaande hem in zijn toch weer verhitte hoofd.

'Ik wacht buiten wel,' zuchtte hij bij Cocks achterdeur. En hij zag Behr perfect geschoren de keuken in gaan, bij het vuur zitten, een stuk brood eten; met haring? Het water liep hem in de mond, maar hij bleef buiten. Op zijn post. Het was niet anders. Het was tijdelijk. *Gott sei Dank.*

Potztausend! Waarom moest ik mee? Een halfuur blijf ik. Hooguit.

Niet veel later al, toeval of niet, kwam Cock eraan; licht schommelende loop. Met zijn zwager Becking: onsympathiek type, slecht geschoren baard.

Liever was hij door de grond gezakt, dwars door de kasseien heen; in de achterhoede had hij wel vreemdere dingen zien gebeuren, in de modder verdwijnende kameraden, rondvliegende ledematen; verbinden maar!

Liever had hij Cock hier niet, zo vriendelijk als hij kon, begroet: lichamelijk pijn deed het.

Wat had hij er niet voor gegeven om niet te hoeven zien hoe Cock met Becking de keuken in ging en daar Behr aantrof in zijn stoel. Maar hij, kalende knecht, bleef staan. Hij moest wel. Zo was het geregeld met kapitein Drost, wanneer kwam dic eindelijk terug?

Nooit had hij de stem van Becking willen horen, door de open-staande deur: 'Kijk eens zwager, daar zit die luitenant alweer! Tegen zijn belofte in.'

En daarna de stem van Cock: 'Sta op. En ga naar uw kamer boven.'

En Behr: 'Ik wil eerst eten.'

'U blijft hier geen seconde langer!' Cock weer. 'U gaat naar uw kamer. Nu!'

De scheldwoorden! Müller stopte zijn vingers in zijn oren.

En luisterde toch weer, toch ook nieuwsgierig; misschien moest hij iets doen. Wat verwachtte Behr wel niet van hem?!

'Nu nog niet,' hoorde hij Behr zeggen en hij zag dat hij nog steeds bleef zitten eten, 'al was u de duivel zelf.'

Geschokt opende Müller het raam dat op een kiertje stond. Becking, zag hij, maande zijn zwager Cock naar de voorkamer te gaan. 'Ga de keuken toch uit!'

En Behr? Die ging erachteraan.

Even keek hij, een knecht maar, de vrouw van Cock aan, en hij boog beleefd. Ze knikte. Niet zonder sympathie. In deze idiote situatie!

Becking hitste de boel nog verder op: 'Doe de deur op slot!' schreeuwde hij tegen Cock, die zichzelf – een beetje laf – in veiligheid had gebracht in de voorkamer. Behr riep nog iets: het klonk dreigend, maar het was niet te verstaan.

Wat een kouwe drukte, dacht hij in de stijl van zijn natuurlijke vader: de ouwe reus. Meer was het niet en er kon geen Bijbeltekst tegenop.

Maar de afloop bezorgde hem toch nog natte ogen: de zuigeling moest worden getroost, kleine Teuntje en Johanna huilden tot ze een stuk koek kregen. Marieke, de oudste, kwam naar het open raam en vroeg hem te volwassen, op de man af: 'Wat was er precies aan de hand?'

'Och.' Hij zei het zo geruststellend mogelijk, in alle rust, zoals hij zich zou willen voelen, ooit, zo deed hij zich nu al voor: 'Da's het spelen van grote mensen.' – Als de ouwe reus zelf.

Ze geloofde hem niet. 'Raar spelletje dan.'

En Behr aaide haar over de bol; als een klein kind. Dat was ze niet. *Potztausend!*

Behr, zag hij, mompelde nog iets tegen de vrouw van Cock. En verdween naar boven. *Gott sei Dank!*

Nadat ook Becking het pand had verlaten, neutraal knikte hij hem toe, en alles weer stil was geworden, Cock zat weer in zijn stoel te roken, vertrok Christoffel Müller eindelijk, met één vast voornemen: hij ging om overplaatsing vragen. Niet voor het eerst.

Het hart des mensen overdenkt zijn weg, las hij die avond, *maar de Heere bestiert zijn gang.* Dus bladerde hij verder.

De konijnen zijn een machteloos volk. Zijn ogen vielen dicht, maar dit beviel hem. *Nochtans stellen zij hun huis in den rotssteen.*

Cock, 31 oktober 1712

Stram werd Huib Cock wakker in de stoel die van hem was en die dringend gemat moest worden, voelde hij met heel zijn lijf. Daglicht drong door de kieren in de luiken en sneed in zijn ogen, zijn rug zeurde: om rust! Zijn hoofd dreunde; jaren ouder was hij geworden in een halve nacht. Op schoot lag iets warms: de rafelige poes die aan was komen lopen nadat de katertjes verdronken waren; wat een spijt had hij gevoeld. Hij smeet het beest van zich af, gapend, er ging een pijnscheut door zijn houten hoofd. 'Au!'

De poes scherpte haar nagels aan de stoelpoot; niet op letten, niet nu. Gevloerd dook hij nog een uur zijn bedstee in, maar de strammigheid raakte hij niet kwijt. De hele ochtend niet; toen hij nog gauw, vóór Allerheiligen, nieuwe pachtcontracten moest opstellen en dienstverbanden: ook eentje met hun eigen nieuwe meid, die minder vroeg, en minder kon.

Zelfs 's middags niet; toen hij trager dan anders met Becking naar de speeltoren sjokte. De Belvédère was omgebouwd en opgedirkt met niet al te defensieve, protserige ramen en voor het eerst vroeg hij zich af of het wel verstandig was dat het geen verdedigingstoren meer was. Op het sierlijke bordesje keek hij uit over de Waal, die in zijn vertrouwde grijstinten van hem was. Zijn houten kop kwam in de wind iets tot rust. Op een stuk rivier in de verte viel al wat meer licht.

Becking hield de deur open, maar Cock bleef staan kijken naar het stadswapen boven de ingang. Nu pas, in half verdoofde toestand, merkte hij op dat het beschilderd was met twee mannen: met woeste snorren, maar met weke onderlijven.

'Waar wacht je nog op?' zuchtte Becking. 'Op vrouwe Fortuna zelf?'

'Kijk die kerels,' wees hij, 'half vent, half vis.' En van herkenning schoot hij in de lach. 'Dat zijn wij!'

'Spreek voor jezelf. Dat ben jíj,' liet Becking zich ontvallen, gekscherend en gemeend. Becking was zijn zwager. En al zat hij zelf op zwart zaad, toch had hij het aan Becking uitgeleende geld nog niet teruggevraagd. Nog niet met klem. Hij wilde zijn zwager niet onder druk zetten, hij wist wat druk was. Becking ging nog met hem om. Maar men begon hem – altijd Huib gebleven – te mijden. Niet omdat hij laatst in de tapperij van laag allooi een schuldeiser had neergeslagen: twee slagen, waarvan maar eentje mis – ach, nee, zoiets kon gebeuren. Maar vanwege de roddelpraatjes, het gedoe met Behr: die ene schuldeiser, een stroeve kerel, verspreidde nog meer praatjes. En verzinsels. Om hem sneller te doen aflossen? Hem kapot te maken?

'Zo'n slappe zeemeerminnenman, of meerman: zo voel ik me de laatste tijd.'

'Niet meer nu je gewapend bent.' Becking sloeg hem op zijn zere rug.

71

'Au!' – Een plotselinge opleving voelde hij, tegenslag op tegenslag of niet. Zo zat hij in elkaar. 'Vanmiddag heb ik vast en zeker geluk!'

Dat had hij ook. Maar daarna verloor hij weer, meer nog.

's Avonds at hij op de pof, ietwat stram nog, ietwat wazig, bij zijn nicht in Het Swarte Schaep; maar voor hem rekende ze nog niet de helft. Voor haar bleef hij, zwart schaap van de familie, zo wit als een lammetje. Zelfs hier – waar hij joviaal op schouders sloeg, die zich terugtrokken, en bemoedigend op ruggen, die hem ontweken – zelfs hier leek de laster door te dringen, al behoorde hij tot de familie en het ruwe, onverslijtbare kroegmeubilair: soms zette een gast verwikkeld in gesprek een bierkroes op zijn buik, maar werd iemand lastig dan hielp hij zijn nicht en zette hem de deur uit. Vrienden maakte hij er niet altijd mee.

Zelfs hier, voelde hij, drong het door.

Zijn vrouw houdt het met Behr.

Of was dat de stem in zijn eigen hoofd maar?

Een hoorndrager. Met schulden. Laat zich nog bang maken ook.

'Je laat je te veel kennen.' Becking, die op zijn kosten mee had gegeten, klopte hem op de nog ietwat ingezakte schouder toen hij Het Swarte Schaep verliet. 'Daag Behr dan uit. Er zit niets anders op.'

'Als ik het loodje leg, zijn jouw schulden ook verdwenen.'

'Daar gaat het niet om, het gaat om jouw reputatie!'

Bij Mijntje, waar het met zijn reputatie al niet veel beter stond, trof hij de knecht van Behr: Müller, aardig kereltje, kalend al maar nog piepjong; liet niet veel los. Zelfs niet na een kroes verkoelend, perfect gebrouwen Nijmeegs mol, dat toch wel eens beter had gesmaakt.

De volgende dag was het Allerheiligen; graven had hij schoongemaakt zien worden en met witte bloemen versierd. Ingesleten gewoontes, dacht hij hoofdschuddend, Reformatie of niet. Zelfs een gekruist bosje stro had hij op een graf zien liggen: om het kwaad af te weren. Zielenbroodjes, om zieltjes te verlossen uit het vagevuur, had hij al stiekem verkocht zien worden; en hij was door deze paapse, oude dwalingen ontroerd. Zijn vermoeidheid schonk hem nieuwe inzichten. In de stad, niet in zijn ziel alleen, hing een doodsbesef dat hij bijna aan kon raken.

En ook thuis was een wintervoorraad ingeslagen: peulvruchten, meel, deels op de pof, deels begreep hij niet eens waar Anna Maria het geld vandaan haalde. Maar met de nieuwe en de oude meid, die overmorgen pas vertrok, hadden ze na de Najaarsmarkt – die officieel allang geen Allerheiligenmarkt meer mocht heten – groenten ingemaakt: in potten in leven gehouden.

Hij moest schoon schip maken. Zoals iedereen, stiekem paaps of niet. Maatregelen treffen. Voordat de barre winter begon. Zijn reputatie kostte hem al klanten in de rechtszaal en van het opstellen van contractjes alleen brandde de haard niet.

Zodra hij Müller trof, die namiddag nog, trakteerde hij hem weer op mol. Ook omdat hij hem mocht. 'Die heer van je, Behr, die heeft me bedreigd.' En hij liet Müller het zakpistool zien dat hij, op Beckings advies, in de tapperij van laag allooi op de kop had getikt; toen hij eens een keer had gewonnen.

'Bedreigd? Weet ik niets van,' zei Müller; maar de kalende knecht, die hem ook leek te mogen, scheen het niet te willen weten.

'Hij wil me een gat in de buik boren. Zo zei hij het. "Ik boor je een gat in de buik!" Doet Behr zoiets vaker? Of...'

'Misschien riep hij maar wat.'

'Hij heeft zeker geen pistool?'

'Dat heeft hij toch niet nodig? Alleen zijn degen. Daar kan hij mee overweg.'

En toen zei Cock het, zomaar ineens. Hij moest wel, al zei hij het halfslachtig: 'Zeg maar tegen je heer,' begon hij, zonder precies te weten wat die aardige knecht dan tegen Behr moest zeggen.

'Ja?'

'Zeg maar tegen je heer... dat hij morgen om acht uur of halfne-

73

gen – bij het eerste licht, hoe laat is dat? – naar het huis van Becking moet komen. Anders beschouw ik hem als een hondsvot! Als een kerel die het niet waard is,' Cock voelde zich steeds krachtiger worden, zoals met kaarten als hij blufte, 'die het niet waard is dat hij 's lands geld trekt!'

'U daagt hem toch niet uit?'

'En mocht hij bang zijn dat hem onrecht wordt aangedaan, dat hij dan... ehm... twee officieren meebrengt.' Eerst met hem praten, dacht Cock plots helder, en het anders uitvechten.

Een pistoolduel? – vroeg hij zich met nog iets meer helderheid af, en hij schrok er zelf van. Ervaring had hij er niet mee. Met zijn zakpistool had hij nog niet eens geoefend. Maar met een degen kon hij nooit tegen Behr op.

De knecht leek er ook niet gelukkig mee. Maar de knoop moest maar eens worden doorgehakt: 'Ach, kom op. Het zal wel *schiefgehen!*' klopte hij Müller lachend op de schouder, het liep wel los. Met praten kwam hij vast een eind. Een proces krijgt zo'n luitenantje niet graag aan zijn broek. Ermee dreigen, in een gesprek van man tot man, nee: van echtgenoot tot echtschender, dat was waarschijnlijk al genoeg. Voor die smerige schender van zijn eer!

Met woorden kon hij winnen. Alles terugwinnen. Woorden waren sterker dan primitief geweld. Dat bewezen die wijdlopige vredesonderhandelingen in Utrecht wel, daar deden ze niets dan praten, die diplomaten en afgevaardigden uit heel Europa, nee: drinken en praten. Een jaar lang al bijna. Beter dan tien jaar vechten!

De beschaafde oplossing, dacht hij tevreden. Al kregen ze al mot als de koets van de ene afvaardiging voorrang op de andere kreeg.

Müller, 1 november 1712, Allerheiligen

'U kent mijn heer niet.' Kleine h, niet dé Heere natuurlijk, dacht Christoffel Müller verhit, vertwijfeld, nee: 'U kent Behr niet.' Dat had hij moeten zeggen, maar dat had hij niet gezegd. Hij had zich niet zo op de vlakte moeten – mogen! – houden. Van meet af aan. Arme Cock.

Niemand kan twee heren dienen. Mattheüs, de Bergrede – maar dat had hier niets mee te maken?

Langs godgevloekte logementen liep Müller naar beneden, piekerend, langs diepgezonken huizen van vertier die hij meed; vol militairen, cavalerie vooral. De steile Grote Straat die uitkwam op de Waal bood maar een smal uitzicht, ver, onderaan, op een woud – nu ja, een bosrandje – aan masten.

Toch kreeg hij beneden even het gevoel dat hij in een drijvend woud belandde. Bomen waren heilig volgens de ouwe reus. Hier, tussen de stadsmuren, was geen bos, alleen het Kalverenbos, aangeplant, met gebaande paden. Hier had hij alleen de kade om te verdwalen: het laatste licht viel op de kale stammen van schepen die weg konden varen, deze stad uit. Op een rivier van gistend bier; daar dreef alles op en rook alles naar hier, met wel veertig brouwerijen.

Op een ra zaten kraaien te bluffen en te krassen, elkaar uit te dagen misschien.

'U kent Behr niet': had hij niet gezegd. Hij was een knecht. Hij moest een boodschap overbrengen. Hij nam wat men hem gaf, deed wat men hem opdroeg. Al maakte hij een omweg; misschien kwam hij op een idee om eronderuit te komen.

Ieder, zag hij, deed zijn plicht. Kaaisjouwers waren ook niet te benijden; ze sjouwden hun laatste vracht binnen, nog krommer dan een barbier. Leerlooiers legden hun stinkende werk net pas neer. Een zeilmaker lapte bij een zwakke lamp nog een zeil op dat al vol stukken zat: dat bracht wat licht in Müllers ziel. Zoete walm snoof hij op van gepofte kastanjes.

Waar zat Behr eigenlijk? Niet langer wilde hij erover piekeren. Bij Cock natuurlijk, bij Cocks vrouw dan. – *Stoffel!* Niet één heilige tekst wilde hij er nog op loslaten. Hij liep al vermoeid terug, bergopwaarts, de Grote Straat in, regelrecht op weg naar de Korte Burchtstraat. Toch nerveus.

Wie van u kan door al zijn zorgen zijn leven ook maar een stukje verlengen? – schoot er toch weer een flardje Bergrede door hem heen; maar die was op een deugdelijker berg gevoerd. *Loop dus niet te tobben!*

Scharrelend door de Schrift en dolend door de stad vond hij op – bijna – alles antwoord. Nu de ouwe reus er misschien niet meer zou zijn... *Potztausend!* Heeft hij me dáárom leren lezen? Met vooruitziende blik. *Houd mijn woorden vast, handel ernaar en u zult leven.*

De Wijsheid roept luid, het Inzicht laat zich duidelijk horen – ik hoor niets? En wie van de boom der kennis vrat, daar liep het slecht mee af. Met de Schrift kon hij alle kanten op.

Hij moest dus niet te strikt zijn?

Terug in de bovenstad was zijn gemoed toch weer verhit; hier ging iets niet goed aflopen, hier had hij een aandeel in. Verstrooid, of opzettelijk, liep hij de verkeerde kant op. Naar de Grote Markt, daar brandde al licht. Zomaar keek hij in de put en hij schrok van zijn zwarte schaduw op het water.

Goede raad ligt op de bodem van een mensenhart, als water in een diepe put. Raadselachtig was de Schrift, als het leven zelf, het zijne zeker, zeker nu. *Wie inzicht heeft, weet eruit te putten.*

Zonder inzicht liep hij verder, de verkeerde kant op, onder de kerkboog door.

'Müller!'

Hij schrok: het was de vrouw van Cock die hem riep. In blinde paniek dacht hij: rustig blijven! 'Vrouw Cock...' zei hij al, zijn stem sloeg over, 'goedemiddag eh avond.' Met een glimlach van steen.

'Maar wat is er?'

'Alles is in orde!' – Te luid en te stijf.

'Luister eens,' begon ze; ze had het door! 'Ik weet niet wat mijn man precies van plan is, maar...' Ze keek om zich heen, ging onder de kerkboog staan en zei zachter: 'U moet geen boodschap overbrengen aan Behr.'

Vlak bij haar stond hij, onder de koude kruisgewelven, nadenken lukte even niet. 'Maar dat is... mijn plicht.' Zijn oog viel op de draaikooi schuin voor hem, aan de Hoofdwacht: zag zij hem ook?

'Het is uw plicht uw heer te dienen,' zei ze. 'Zo goed als u kunt.'

'Ik moet...' – Een reusachtige vogelkooi was de draaikooi, voor overspelige vrouwen.

'Wat heeft mijn man precies gezegd?'

'Dat Behr bij het eerste licht aan het huis van Becking moet komen, met twee officieren als hij bang is.' Zomaar had hij het eruit geflapt.

'Zeg hem niets.' Ze legde haar hand op zijn schouder.

'Ik begrijp...' begon hij sputterend.

'Ik verbied het u!'

Ze beende weg, vol vertrouwen; in hem.

Terwijl, als het waar was wat er werd beweerd, die groteske, roestige vogelkooi haar lot kon zijn; aangeslingerd met leren riemen, draaien en draaien maar, om haar as, tot ze misselijk werd of erger. Als het waar was dat ze het zevende gebod overtrad; haar zag hij daar niet voor aan: deugdelijke, weliswaar nog mooie moeder van vier kinderen. Zijn heer des te meer!

Het duizelde hem alsof hij zelf was rondgeslingerd. Ongezien, onder de kerkboog, en ongelukkig keek hij haar na. Een vrouw van het volk was ze – betere laag weliswaar – en toch een dame, ongenaakbaar: haar linkerbeen sleepte een beetje, meestal zag hij dat amper, meestal verborg ze het beter. Schimmig werd ze en klein.

Ik verbied het u.

Met buikpijn liep hij de Grote Straat weer in. Omlaag. De kale stammen in de verte waren nu een dicht Duits woud: donker, dreigend. Om vertwijfelde gedachten weg te drukken zoog hij geluiden op: een laat rijtuig, een varkensgil, een vloek, een uitroep: 'Müller!'

Ter hoogte van het huis van vertier waar de stad NEURENBERG uithing op een donker schild, trok Behr hem mee: 'Je moet me helpen!' Een pand in, De Drie Kroone, waar officieren beurtelings een warme kamer huurden; er brandde vuur, Behr schoof hem al een stoel toe aan een tafeltje naast een bed, waarop Behrs schrijfgerei klaarlag.

'U schrijft toch zelf?' Behr miste alleen maar een vingerkootje.

'Jij hebt toch zo'n mooi handschrift?' Behr draaide de inkt al open.

'Niet mooier dan het uwe.'

'Die ouwe stiefvader van je...'

'Vader!'

'Vader, goed, die heeft je prachtig leren schrijven, dus schrijf op: *Allerliefste...*'

'Het spijt me, maar...' Hier kon niets goeds van komen, hier wilde hij geen aandeel in hebben.

'Zwijg! Zo vergeet ik mijn tekst nog. Ik dicteer: *Al-ler-lief-ste...*'

'Maar ik heb een boodschap voor u.'

'Nee, wacht, ik moet anders beginnen: *Mein Herz!* Ja! Dat is het. *Mijn Hart! Allerliefste en getrouwe Mikgelief.* Ik herhaal: *Mijn Hart*, uitroepteken, *Al-ler-lief-ste en ge-trouwe...* Heb je dat?'

'Maar Cock zei...'

'Cock? Niets mee te maken! *Al-ler-lief-ste en ge-trouwe Mik-ge-lief!*'

Een fijne veer lag in zijn hand en schrijven was iets heerlijks; lang geleden alweer.

'*Mik-ge-lief.* Schiet op!'

En Müller doopte de veer maar in de inkt van kwaliteit, zette de punt op het dunne vel dat blanco voor hem lag. Onbezoedeld nog. Zijn hand trilde: 'Mikgelief? Als één woord? Aaneen dus of...?' *Wie naar een vrouw kijkt en haar begeert, heeft in zijn hart al overspel gepleegd.*

'Mikgelief, ja, aaneen. Op haar mik ik. Een vondst! Mooier kan ik het niet formuleren, jij soms wel?'

Teksten van Behr en uit de Schrift drongen zich ruziënd op en sloegen hem, dienstbare knecht, om de oren. 'Nee,' zei hij, 'mooier niet, maar...' *Als uw rechteroog u op de verkeerde weg brengt, ruk het dan uit en werp het weg.*

'Let op: *Ik zal u vandaag zo dikwijls kussen in mijn gedachten als er deze hele zomer bladeren in het Kalverenbos geweest zijn.* Nu dicteer ik het langzaam.' Stralend sprak Behr. 'Ik... zal... u... vandaag... zo... dikwijls...'

'Kussen?'

'Kussen, ja! Mag ik?'

'Nou,' zijn hand trilde, 'eigenlijk niet.' *En als uw rechterhand u op de verkeerde weg brengt, hak hem dan af en werp hem weg.*

'Ik waarschuw je, houd je mond! Ik zei: *Kus-sen... in... mijn... ge-dach-ten...*'

'In uw gedachten?' Misschien viel het dan toch mee? Maar dat was het begin van overspel! Toch schreef hij, woord voor woord.

'In mijn gedachten, ja. *Als... er... de-ze... he-le... zo-mer... bla-de-ren... in... het... Kal-ver-bos...*'

'...*geweest zijn.* Heb ik.' Mooi uitgedrukt was het wel. Hij dacht aan Griet, haar hals, aan alle plekken die hij eens zou kussen. Hij staarde uit het raam, naar de leegte boven de daken.

Behr trok de brief uit zijn handen. Blies hem haastig droog, strooide er slordig wat zand over om hem nog sneller te doen drogen en trok de veer uit zijn hand om de brief te ondertekenen.

Met een geheim merkteken? Een mysterieus monogram, zag Müller, waarin hij een J kon zien, een L en een B: Johann Ligorius Behr, met wat fantasie.

'Wat een *Spielerei*! Daar heeft u op geoefend.' Goddank hoef ik hem niet te tekenen, dacht hij en hij vervolgde vlug om ervanaf te zijn: 'Ik heb ook nog die boodschap van Cock.'

'Gauw dan, voor de draad ermee!' Behr hield zijn lakstaaf al in de kaars, maar bedacht zich en verzegelde de brief niet.

'Cock zei dat ik u moest zeggen: Kom morgen om halfnegen naar het huis van Becking. Anders beschouwt hij u als een hondsvot. En... hoe zei hij het? Als een kerel die het niet waard is dat hij 's lands geld trekt...'

'Wat?! En dat zeg je me nu pas?' Behr smeet de geleende signetstempel, zelf bezat hij er geen, in een hoek; ver naast het kistje met de lakstaaf.

'Ik kreeg ook niet de kans om...' – om ook maar een zin af te maken.

'*Der Scheisskerl! Der Schweinehund!*' Vloekend sloeg Behr zijn mantel om en begon woest door de warme kamer te marcheren. Maar de onverzegelde brief drukte hij in Müllers handen. 'Eerst dit bezorgen!'

'Aan?' Zeker wist hij het niet. 'Aan de vrouw van...'

'Cock! Aan wie anders?'

Het was niet anders. Het was tijdelijk. En vlakbij.

Hij bezorgde de brief. Cocks vrouw wilde hem niet aannemen, maar hij drukte hem in haar handen zoals Behr hem in de zijne had gedrukt. Zonder haar aan te kijken. Zonder aan de ouwe reus te denken; en aan wat die in zijn plaats had gedaan.

Had hij de boodschap van Cock niet moeten verzwijgen, zoals zij had gevraagd?

Hij liep al terug naar De Drie Kroone, de uitgeholde treden

op, de benauwde kamer in. Nog steeds liep Behr in zijn mantel heen en weer. In gezelschap van Kummer, de dronken korporaal; een wankelend vat buskruit, zo noemde zijn baas hem, dat lachte. Behr uitlachte? En Behr opjutte.

Het zweet brak Müller uit. Zijn overplaatsing was helaas weer afgewezen.

Vonk, diezelfde dag

Ik blijve u getrouw tot in den dood... schreef ze toch maar onderaan, met de pen van Cock; zijn goeie.

Ze vouwde de bijna opgedroogde brief dicht, nam geen lantaren mee. Rustig, maar met roffelend hart, liep ze naar De Drie Kroone. Alsof ze wist wat ze aan het doen was.

Aan wie geef ik hem in handen? dacht ze. Ik kan er niet met goed fatsoen naar binnen. Vertrouwend op het toeval, op Müller, de kale knecht die misschien net naar buiten zou komen.

Ze was het Gapersgasje al uit, de Platemakersstraat door. En sloeg iets vlugger de Grote Straat in; ze werd nagefloten, overal liepen militairen, Duitsers vooral, wat Denen, Schotten, Hollanders en Nijmeegse mannen, een enkele bedenkelijke vrouw en vrouwen die nog bezig waren met emmers, met een handkar, de reden waarom ze nog op straat waren met zich meesjouwend, een mand, een kan. Geen brief, die alles goed moest maken. In het geniep geschreven. Tot kalmte manend.

Al voordat ze het huis van vertier zag waar de stad NEUREN-BERG uithing op een maanvormig schild dat op de ringkraag van Behr leek, hield ze haar pas in. Daartegenover lag De Drie Kroone. Schelle fluittonen drongen naar buiten, en vulgair gelal.

Opeens zag ze het vertrouwde, schommelende loopje; het kwam haar kant op. Verderop nog, maar steeds dichterbij: had Cock haar ook gezien?

Zo onopvallend mogelijk versnelde ze haar pas, met trekkend been, haar hart kroop in haar keel, ze stikte er bijna in; nog sneller liep ze omlaag, dichter langs de panden, instinctief. Al voorbij De Drie Kroone. Ze dook de Pepergas in, de eerste uitweg, steil omhoog. Zonder te weten of Cock haar had gezien.

Zonder nadenken liep ze naar de Korenmarkt. Naar de achteringang dan maar? Langs de achterkant van de etablissementen. De verborgen kant. Het was zonder lantaren wel even zoeken.

Hoeveel bladeren had het Kalverenbos in de zomer niet geteld? Elke linde had honderden harten gedragen. Een waanzinnige lach voelde ze weer op haar gezicht; breder en uitgestrekter dan de duistere, vrijwel verlaten Korenmarkt.

Hier ergens moest het zijn, ze vond het wel. Als Cock haar had gezien, was hij haar achternagekomen; opgelucht haalde ze adem. De nieuwe meid was in dienst gekomen en de oude was nog niet vertrokken, maar wel betaald, dat was gelukt op Allerheiligen. Al begreep ze niet waar Cock het geld vandaan had, geleend of teruggekregen. De hele dag hadden ze groenten ingemaakt, dankzij de verpande lepels. Tijdens het inpekelen was de brief gekomen, in haar zilte handen gedrukt. Handen die bemind werden. Uitgeteerd, rood van het zout. Die beminnen konden, alles konden.

Alles kwam goed. Roomsen had ze ook openlijk stiekem naar de mis in hun schuilkerk zien lopen voor hun verboden heiligen – alles kon, met wat meer voorzichtigheid, veel meer voorzichtigheid, dat begreep Behr niet.

En geduld. Verliefdheid moest je kunnen inpekelen en bewaren tot het juiste moment, als dat ooit kwam.

Was dit de achterkant van De Drie Kroone, deze stal? Er stonden wat geiten en glanzende officierspaarden met laaghangende, slaperige staarten, ze briesten toen ze haar plotseling zagen opduiken.

Achter in De Drie Kroone scheen niet veel licht; op onbekende mannengestalten, officiershoeden en op één vrouw: in de donkere weerspiegeling van de ruit herkende ze zichzelf niet meteen, ze trok haar omslagdoek nog dieper voor haar gezicht en keek om.

Geen Cock.

Müller zag ze ook zo gauw niet. De brief brandde in haar mouw, ze moest ervanaf. Haar hand lag al op de klink.

En ze glipte naar binnen.

Officieren staarden haar schaamteloos aan; naakt was ze. 'Is Müller hier? Die knecht,' zei ze zo streng mogelijk. Zakelijk. 'Ik heb een bericht voor onze huurder, luitenant Behr.'

'Geef maar,' zei de waard.

Nooit! dacht ze en ze greep naar haar mouw; wat moest ze nu met haar brief? Die was niet eens verzegeld.

Op dat moment, toen ze net iets te lang bleef staan, slofte Müller een krakende trap af: rechtstreeks uit de hemel. Hij knikte discreet, stak haar brief al in de zak van zijn kale mantel en voor ze het wist stond ze weer bij de geiten en de paarden buiten; nagestaard door de officieren en de waard maakte ze zich niet te vlug uit de voeten.

Alsof ze nooit in De Drie Kroone was geweest, liep ze rustig via de Grote Markt terug; ze maakte nog een omweg en werd bijna echt kalm. 'Schouders laag en kop omhoog, dan krijgen roddels geen vat op je,' had haar moeder gemaand. 'Maar laat het niet te lang duren.' Zelf tweemaal hertrouwd doorzag haar moeder alles.

Onderuitgezakt zat Cock al in zijn stoel, met Teuntje op schoot corrigeerde hij Marieke, die leerde schrijven. Met diezelfde pen.

'Zo,' zei ze; niemand vroeg waar ze geweest was, daar was het te gezellig voor, maar ze vertelde iets vaags over ingepekelde groenten die ze bij een arme weduwe had gebracht.

De kinderen bleven langer op dan anders. Johanna tekende nog met een oude veer op de achterkant van gebruikt papier, mislukte documenten van Cock, en Teuntje scheurde het weer in stukjes.

'Jou ga ik het meeste missen,' zei de oude meid toen ze Hendrik, die jammerde van de honger, uit haar armen wilde plukken om hem te gaan voeden; even drukte de meid hem nog tegen zich aan.

Onverstoorbaar bewogen Hendriks kaken met de minieme tandjes; onverzettelijk. Slaperig geworden van het voeden, rook ze zijn kruintje, kuste het en wist dat ze het voorstel van Behr niet aan kon nemen. Al werd alles nieuw, zelfs haar huid, als hij haar aanraakte; als van een pasgeborene.

Cock ontweek haar blik en verdween zonder te gapen naar zijn kamer voor. Niet naar Mijntje, zoals anders; vreemd. Vervelend. Hopelijk sliep hij als Behr thuiskwam.

Laat hopelijk.

De oude meid bracht nu pas, met aanwijzingen voor de nieuwe, de kinderen naar bed. 'Teuntje wil wel honderd kusjes. En altijd iets vertellen. Zeker aan Johanna, die slaapt moeilijk in. Maar van-avond waarschijnlijk niet,' lachte de oude meid.

Cock, diezelfde dag

Het kan ook misgaan. Met de opdringerigheid van Behr zette die gedachte zich vast in zijn hoofd en nam er zijn intrek: om er niet meer weg te gaan? Het zweet stond op datzelfde hoofd: op zijn kruin, zijn bovenlip. Als het misging morgen, zo afschuwelijk vroeg al, als praten – afschrikken – niet hielp, dan zou hij moeten schieten.

Hij durfde het niet: even zijn pistool ter hand nemen om er ver-trouwd mee te raken. Hij bleef roerloos op bed liggen, voor dood, en toch in het zweet gewerkt: de macht van zijn – eigenlijk slap-pe – gedachten. Kon slapte sterk zijn?

En dan moest hij morgenvroeg, bij het eerste licht, het hoofd koel houden? De regels van een duel kende hij niet eens precies. Becking wel? Behr kon ze naar zijn hand zetten.

Het zal misgaan.

Krankzinnig maakten zijn gedachten hem; ze trokken zich niets van hem aan, net als Behr, hij moest iets doen om ze te stoppen: hij was al opgesprongen, de lamp beefde in zijn hand toen hij de kast opentrok.

Trillend greep hij naar het kistje: busje kogels... paraat!... laadstok... lijkt in orde... kruit in een flesje: gevuld. En toch zag hij Oost-Indië voor zich zoals het op een gedateerde gravure aan hem was verschenen in het huis van de vrouwe van Heuckelom; een dromerig landschap met olifanten en grootse fantasiedieren voor wie bergketens slechts molshoopjes waren; een groene leegte met wat plukjes huizen met gezellige rode dakpannen en – hoewel de vegetatie er dicht moest zijn – met maar hier en daar een boom: problemen, de zijne althans, bestonden er niet. Bij de vrouwe van Heuckelom had hij zijn plan zelfs ter sprake gebracht. Alsof het iets reëels was; en dat was het ook. Juist nu. Naar Batavia varen! Maandenlang onderweg zijn, doodziek waarschijnlijk, op de gierpont werd hij al misselijk, en daar een ambt vinden. Geld verdienen, tussen mannen, veel Hollandse vrouwen waren daar niet, alleen inlandse. Opnieuw beginnen, zonder schande. En zo zijn huwelijk redden.

De liefde zou later wel weer opflakkeren.

Uit het kistje pakte hij toen het korte pistool. De houten kolf lag prettig in de hand; iets of iemand, zo leek het, nam het over, al kon hij amper overweg met het vuursteenpistool: de uitleg buiten de tapperij van laag allooi was nooit helder geweest. En nog vervaagd ook. Maar weggaan? Hij spande de haan, liet hem weer terugklappen. En mijn vrouw – erger nog: de kinderen – voorgoed laten inpalmen door Behr?

Hij speelde wat met de trekker. Wiebelde wat met het vuursteentje dat nogal losjes in de haan zat geklemd; net een broodkorstje in een vogelbek. Hij mocht niet naïef zijn, hij stak een pink in de loop; ai, zijn pink bleef vastzitten.

Van ver weg drong een geluid door; Behr die achter tegen het venster tikte?

Nu al. In deze beschamende situatie.

Onbeholpen draaide hij met zijn vrije vingers zijn kamerdeur op slot.

Uit alle macht, met het zweet tussen zijn vingers, probeerde hij zijn pink uit de loop te bevrijden.

'Wie is daar?' hoorde hij de oude meid roepen.

Een deur, de achterdeur, vloog open: 'Waar is Cock?'

'Niet thuis. Mijn man is bij Mijntje,' loog zijn vrouw en met een gierende pijnscheut kreeg hij zijn pink los.

Het moest liefde zijn dat ze loog, tegen haar minnaar, als de geruchten waar waren. Hij greep al naar het kruitflesje... zelf had ze het ontkend: een zoveelste ruzie was gevolgd... hij vulde de loop, knoeide, stampte het kruit halfslachtig aan met de laadstok die bijna weggleed uit zijn natte vingers; maar hij moest zich verdedigen en propte er een zwetende, kletsnatte kogel in: aanstampen of niet?

'Cock is er niet!' riep de oude meid. Die had inmiddels ook wel door wat er aan de hand was.

Hij hoorde een stoel omvallen.

Ging Behr ervandoor?

Of naar zijn kamer boven?

'Ik weet dat hij thuis is.' Dichterbij al klonk Behr.

Geduw hoorde hij, gefluister van de meid, snelle voetstappen: van zijn vrouw?

Hun paniek – dan was hij juist op zijn best – kalmeerde hem; hij draaide de deur van het slot, met het pistool nog in zijn hand. Hij verborg het achter zijn rug, zette de deur op een kier. 'Ja, kom maar. Hier ben ik.'

In het tegenlicht denderde de zwarte gestalte op hem af.

Nu! Snel – waar zit dat ding? – spande hij de haan.

De oude en de nieuwe meid probeerden Behr tegen te houden. Ruw duwde Behr hen opzij.

Nu moet ik het doen! Al zit er geen kruit in de pan, vergeten, en zit het vuursteentje los.

Zijn vrouw probeerde Behr tegen te houden: het bewijs, ze hield van hem. Zijn natte vinger lag rustig op de trekker.

Behr duwde zijn vrouw opzij: ze viel, lag op de grond.

'Mijn huis uit,' zei hij zo kalm hij kon.

'Doe dat pistool weg, idioot!'

De oude meid die Behr alsnog tegen probeerde te houden, lichtte het op met haar kaars: het donkere, walgelijk knappe gezicht – met Indische inkt geschetste ogen, trefzekere jukbeenderen – was vlakbij.

Ergens ver weg riep zijn vrouw om hulp.

Hij richtte, zonder te trillen – hij wist dat hij niet goed geladen had.

Behr trok zijn degen, duwde de meid weg.

Haar kaars ging uit.

Toch haalde hij de trekker over.

Behr

Zijn degen drukte tegen iets meegevends dat de buik van Cock moest zijn. Hij dwong het vijandige, zachte oppervlak naar achteren, tot tegen de muur: Hou je in! commandeerde hij zijn kokende hersens. Hij hoorde iets vallen: het pistool van Cock?

Een doffe, droge tik – zonder ook maar één vonk – was alles wat er geklonken had: het schot van Cock. *Zum Teufel!* Ik had wel dood kunnen zijn.

Eén korte beweging – Kalm! commandeerde hij zijn arm – en hij boorde Cock echt een gat in de buik. Niet de bedoeling. Al was de verleiding groot. En moreel rechtmatig! Hij kon haar weerstaan omdat hij haar – alleen in naam nog Cocks vrouw – hoorde roepen; als hij nu stak, nu hij ook niet veel tijd meer zou hebben om weg te komen, dan hielp hij de vader van haar kinderen en daarmee haar genegenheid om zeep. 'Dat grapje,' zei hij, 'gaat morgenvroeg niet door.'

'Akkoord,' piepte Cock.

'Je gaat ook geen schelm van me maken, wat voor waanproces je ook uit zit te broeden in die benevelde kop van je.'

'Nee... nee.'

Fel kaarslicht viel op het oppervlak in zijn greep: doorweekt was het hemd onder de punt van zijn degen, Cock keek schichtig langs hem heen. De oude meid was met de opnieuw aangestoken kaars binnengekomen. Onbewogen keek ze voor zich uit, als een kaarsenstandaard die in dit stadium nergens nog iets mee te maken wilde hebben; maar de minachting droop van haar gezicht, als vetdruppels van een kaars.

En toen stak zíj haar hoofd om de deur. Gêne overviel hem. Hij bloosde. Probeerde te grijnzen, maar het werd een grimas: iets mislukts; op scherp gezet door de spanning – al had die ook iets amusants – was de poging toch gedoemd te mislukken.

Sowieso was het onmogelijk. Maar had hij niet al zoveel onmogelijks zien gebeuren?

En hij hield zich in. Onder haar ogen liep hij niet het gevaar om nog iemand onnodig van het leven te beroven, zelfs Cock niet – dit was geen Oudenaarde, geen Malplaquet. Zij zag het nu toch ook? Dat hij gewonnen had. Moreel. En niet stak.

Was het niet subliem om het onmogelijke waar te maken? De blos sloop van zijn wangen af. Naar iets mogelijks streefde iedereen al.

Onder haar blik was Cock iets verschoven: als een kakkerlak probeerde hij weg te kruipen over de muur. Teder bijna priemde hij – ter waarschuwing – in de buik, die meegaf.

Zij verdient beter.

Toen voelde hij de tamme greep. Van burgermannetjes. Hij werd vastgepakt, nee, hij liet zich vastpakken bij de arm: protesteren was niet handig nu hij zich had ingehouden. En onnodig. Zijn degen gaf hij al af.

Hij liet zich arresteren, uit toewijding; geloofde ze hem nu?

Mak, verheugd bijna, liet hij zich wegvoeren, Cocks kamer uit.

'Net op tijd,' hoorde hij Cock zeuren, 'hij stak me bijna dood.' Müller stond erbij en keek ernaar, die wist niet wat hartstocht was, die was praktisch.

Zwijgend en als herboren – hij had niet eens geprikt met zijn degen – keek hij haar aan; en prikte haar vast met zijn ogen, hij kon het weer. 'Laat haar niet ontsnappen,' had Kummer gewaarschuwd, dronken weliswaar.

Zijn hart bonkte allang niet meer als dat van een vluchtend paard; als dat van een veulen, wankel nog.

Koortsig was zijn voorhoofd. Maar niet van krankzinnigheid en angst, zoals bij Cock, die stond te schreeuwen: 'En dat in mijn eigen huis! Zet hem vast!'

Flarden drongen tot hem door: 'Uiteraard,' zei een van de burgermannetjes, 'een heterdaad.'

Glimlachend liet hij zich wegvoeren, zag zij het ook?

'Meekomen, ellendeling...'

'...wel prettig dat hij meewerkt.'

Ze keek hem na, voelde hij, de straat op, de nacht in die nu veel meer kleur had, meer nog dan de dag: zoveel schakeringen zwart en blauw, zolang zij keek.

'Het wordt afzien...'

'... en dat noemt zich luitenant! Dat vervangt een kapitein...'

Hij wierp zijn hoofd in zijn nek, luidop lachend. Lichtjes brandden in de hemel en ontbrandden in de huizen; luiken gingen open, nieuwsgierigen keken hem na. Ongetwijfeld werden er al lachwekkende geruchten verspreid.

Door om hulp te roepen had zij hem niet verraden, nee, ze had gehandeld uit instinct; en instinct zou haar de zijne maken.

Naar het stadhuis werd hij gevoerd. Ver was het niet, jammer eigenlijk. Een hal in, een gang door, omlaag.

De koelte van een kelder deed hem goed. Met half toegeknepen ogen zag hij de benepen gezichten van de burgerwacht – ordinaire huisvaders – die hem overdroegen aan de schout; en hij voelde zich boven alles verheven.

'Dit ehm... ontwapend sujet hier stak Huib Cock bijna dood.'

'Andersom was eerder te verwachten geweest,' vond de schout, een muizig mannetje, niet dom. 'Geboeid vastzetten.'

In de fermere greep van dienaren van de schout werd hij al naar een aangrenzende kelder gevoerd: de stock. Een pijnbank zag hij, een spichtige, lange gestalte glipte voorbij: hij herkende de stadsbeul.

En hij voelde zich een martelaar. Van liefde, wereldse liefde.

In Meersburg, met zijn joekel van een residentie voor de uitgeweken vorstbisschop van Konstanz, waren ze dol op martelaren. In Nijmegen stiekem ook. Hij stootte zijn hoofd toen hij een donkere cel betrad.

Hij werd al aan één pols geboeid en met een ketting vastgezet aan een ring in een schimmelige muur.

Een lage, dikke deur viel dicht en werd vergrendeld.

De ketting spande zich: hij liet zich vallen in het stro. Als hij zou sterven, dan was het uit liefde – is dat een misdrijf?!

Hij rilde. Een huwelijk zonder liefde is misdadig.

Müller

Grijze ogen had Griet, rustig van opslag: duiven, als in het Hooglied van Salomo. Stadsduiven dan, op de Korenmarkt, bedaard; en zelf ben ik ook te bedaard, besefte Müller, om me te laten arresteren. Des te beter. Om alle opwinding te vergeten, blies Müller het stinkende stompje vet uit dat doorging voor kaars en kroop nog dieper onder de dekens. Hartstocht in te sterke doses, dacht hij, maakt slechte mensen slechter en goede beter. Zelfbedacht, kon zo in Spreuken.

Misschien was het wel andersom en maakte hartstocht slechte

mensen goed. En goede mensen slecht? Misschien was hij zelf niet hartstochtelijk genoeg: van te kalm maaksel.

Toch dacht hij, in zonde, aan Griet. Met gesloten ogen probeerde hij het landschap – Saksisch, nee Nijmeegs glooiend – onder haar rokken en haar schort in kaart te brengen: lelieblank was haar huid voor zover hij wist, voor zover hij er stukjes van had gezien: ingenomen plekken op zijn kaart van kalme aanval. Eén voorschotje op hun huwelijk hadden ze genomen toen hij, even maar, een gazel was geweest in dit benauwde zolderkamertje, een jong hert op haar geurige bergen. Maar maagd was ze gebleven, zo goed als maagd; nauwelijks was hij afgedaald of hij kwam al... – Müller greep naar de zakdoek onder zijn kussen en liet zijn zondig zaad weer verloren gaan. Net op tijd, toen ook, meende hij; een ommuurde hof was Griet nog, min of meer. Net als in het Hooglied, daar ging hij maar van uit.

Diepe ontspanning volgde. Toen ook, al mocht het niet.

Diep zonk hij weg.

Een gesloten tuin was Griet – zoals mijn duif is er niet één. Een verzegelde bron. Een paradijs van granaatappel- en perenbomen... kersenbomen... pruimenbomen...

Het was alsof de duivel zelf aanklopte en onstuimig en met druipend natte laarzen binnenkwam. Rechtop in bed zat Müller en keek Cock aan: ongerantsoeneerde hartstocht, jaloezie in dit geval, máákte goede mensen slechter.

'De brieven,' hijgde Cock nog buiten adem, en buiten zichzelf, 'die moet ik hebben.'

'Welke brieven...?' huichelde hij gapend om bestwil.

'Die van mijn vrouw. Aan hem,' beet Cock. Zijn lantaren was nat van de regen en druppelde hinderlijk op het Hooglied. 'Peuter ze voor me los.'

'U verknoeit de Heilige Schrift, pas op. Kunnen we het morgen over brieven hebben?'

'Heb jij ze?'

'Ik niet!' Nu verraadde hij dat ze bestonden, één brief althans had hij persoonlijk in zijn zak gestoken en aan Behr gegeven.

'Regel ze voor me! Ik zal je belonen. Wat betaal je trouwens voor dit duivenhok?' Verbaasd bekeek Cock zijn krappe kamertje.

'Ik geloof niet dat... dat zoiets in het belang kan zijn van luitenant Behr, die nu eenmaal mijn heer is.'

'Maar wel in jouw belang. In het algeméén belang. Je krijgt een goeie beloning. En een fatsoenlijke mantel.'

'Geen denken aan.'

'Kom, kleed je aan en ga naar je heer. Hij zal blij zijn om iemand te zien.'

Andermans hartstocht – de jaloezie of liefde van Cock – maakte dat hij, kalende knecht, in de kou liep, midden in de nacht het stadhuis in ging en informeerde of hij Behr mocht spreken. De liefde – of jaloezie – van Cock maakte dat men al op de hoogte was. Hij ging een hal door, trappen af.

De koelte van de gewelfde kerker deed hem rillen in zijn natte, dunne goed. Hoorde hij de Geboden zingen? Ach nee, dat moest inbeelding zijn. Langs een pijnbank, die hem deed klappertanden, voerde de forse stockmeester hem naar een kleine cel.

Een onwaarschijnlijk lage, smalle deur ging open: daar lag zijn heer, als vee, in het stro. Met een gelukzalige glimlach op zijn gezicht gekerfd. Was hij krankzinnig geworden? Of al langere tijd geweest?

'Müller! Wat een verrassing. Hoe vind je mijn nieuwe onderkomen? Bij Cock werd het me te heet onder de voeten.'

'Dat... dat begrijp ik,' stamelde hij.

'Hou het kort!' snauwde de stockmeester, die de cel beheerde en hem met weinig geduld bijlichtte, al had hij hem een schelling gegeven.

'Goed, ik kom dus namens...'

'Cock,' raadde Behr al. 'Wat wil hij?'

'De brieven.'

'Die kan hij krijgen!' Nog gelukzaliger grijnsde Behr.

'Geef ze me dan maar mee.'

'Denk je dat ik gek ben? In de cel hiernaast zit een krankzinnige die de Tien Geboden zingt, urenlang al. Cock kan ze krijgen, zeg dat maar, als ik hieruit kom.'

'Tegen de tijd dat u eruit bent, zal hij ze krijgen?'

'Nee, hij moet zorgen dat ik hieruit kóm. Het begint koud op te trekken hier.'

Behrs hartstocht, of morbide gevoel voor humor, maakte dat hij weer in de regen liep, drijfnat bij Mijntje binnenkwam en een te koud glas mol in zijn verkleumde handen gedrukt kreeg. 'U krijgt de brieven,' zei Müller na een te koude, bittere slok, 'indien Behr vrijkomt. U zou daarvoor kunnen zorgen.'

'Mooi!' lachte Cock doodongelukkig.

Geen vogel vliegt in een net dat hij heeft zien spannen, dacht hij nog net niet hardop. *Maar zij raken verstrikt in hun eigen net en komen erin om.*

Zijn mol liet hij staan.

Gauw naar zijn kamertje, naar bed. Een dieper verlangen voelde hij niet.

Maar die nacht werd hij er nog een keer op uitgestuurd, door de vrouw van Cock.

Cock

Bij het aarzelende eerste licht probeerde Huib Cock het gezicht van zijn vrouw te lezen, in plaats van haar brieven die hij nog niet had gekregen. Door haar sproeten had ze altijd kleur, maar ze zag bleker dan anders. Perkamentachtig en stug als een dichtgevouwen vel papier staarde ze naar de planken boven haar in de bedstee. Haar mond, het zegel, bleef gesloten: van zachte, rode was. En in zijn eigen huis voelde hij zich verlegen, omdat de oude meid bij een bibberende kaars haar boeltje al stond in te pakken en hem zag, en omdat hij zijn vrouw niet meer kende; net zoals vroeger, ver voor zijn huwelijk.

Zelfs de tijd solde met hem.

Als hij haar zegel nu met vragen verbrak, met wéér een ruzie, kreeg hij te horen wat hij niet wilde weten; misschien kon het maar beter gesloten blijven? Toch had hij de brieven nodig. Om Behr uit te schakelen of om tot een echtscheiding te komen, die hij niet wilde, diep vanbinnen. Niet eens zo diep. Maar als het zover kwam, moest hij de kinderen krijgen. Zij was de schuldige partij.

Waarom lag ze daar met open ogen? Hem leek ze niet te zien. Was ze bezorgd om Behr?

Hij kwam dichterbij en verbrak haar zegel, fluisterend vanwege de meid: 'Behr gaat definitief het huis uit.'

'Hadden we allang moeten doen,' murmelde zijn vrouw afwezig, 'dan had hij nu niet in arrest gezeten.'

'Is dat zo erg?'

Haar zegel was maar half verbroken, ze zei niets meer; gaf ze echt om die aansteller? 'Is dat zo erg dan, vroeg ik!?': hij drong zelfs schreeuwend niet tot haar door en hij pakte haar gezicht met twee handen vast, als een brief, de hare, bracht hij het dichterbij; blanco keek ze hem aan en trok zich los. Ze stond op en haalde Hendrik uit de wieg: haar antwoord.

Hij sloeg zijn mantel om: zijn repliek.

'Dan was het nooit zover gekomen,' zei ze nu pas.

'Wát was dan nooit zover gekomen? Misschien,' zei hij en hij lette op haar gezicht, niet als haar echtgenoot maar als procureur, alsof het dat van een verdachte was en hij in de schepenhal stond en niet in zijn keuken, 'misschien komt Behr wel eerder vrij dan je denkt.'

'Hoe dan?' Ze probeerde achteloos te kijken. Maar hij las haar neusvleugels, die krulden op: vreugde.

'Ik kan daarvoor zorgen,' zei hij en haar lippen, zag hij, krulden ook iets op.

'Waarom zou je dat willen?' Ze kleurde niet.

'Ik moet de brieven hebben. Als ik zorg dat Behr vrijkomt, krijg ik ze.'

'Welke brieven?' Blanco keek ze hem weer aan. Een prestatie op zich, moest hij toegeven.

Vlak voor haar stond hij, met alleen Hendrik – met zijn wakkere oogjes – tussen hen in. 'Die van jou.'

'Die zijn er niet.' Ze sprak de waarheid, zag hij. Misschien verwachtte ze dat Behr ze had verbrand. Misschien was het er slechts één; hij dacht weer als jurist. Maar zijn woede groeide.

Staande, dan weer onrustig lopend, voedde ze zijn zoon; hij had weer een zoon, en toekomst, alleen met haar.

Toch won zijn woede weer. 'Geen brieven? Je liegt!' Hij wilde zijn vuist heffen om haar te slaan, maar zijn spieren verslapten alweer. En hij smeet de deur al dicht om met rammelende maag zijn grootste vernedering tot nu toe tegemoet te gaan. Om Hendrik. Om Marieke, Johanna en Teuntje. Die hadden haar ook nodig. Om zichzelf, omdat hij nog hoop had.

Scheiden en de kinderen niet krijgen? Dat doet ze nooit!

Beter deze vernedering, ook nog zonder ontbijt, pepte hij zichzelf op, dan een duel met Behr. Informeel, dacht hij helder, ik hoef maar een van de twee burgemeesters, het liefst Pels, informeel te spreken.

Hij liep het stadhuis al binnen, niemand hield hem tegen, gangen door.

Het was nog te vroeg, potdicht zat de deur van Pels.

Eén glaasje maar. Bij Mijntje kon hij zelfs op dit uur al terecht.

Na drie glaasjes en een zachtgekookt ei liep hij al minder beschaamd, al meer zichzelf, het stadhuis weer in; hij zag Pels gehaast lopen en trok hem gauw aan zijn dure wintermantel. 'Even onder vier ogen, Pels.'

'Nu niet. Of gaat het over die luitenant?' Pels leek geamuseerd. 'Die zit voorlopig vast, maak je geen zorgen.'

'Dat is het 'm juist. Ik wil dat hij vrijkomt.'

'Niemand kan jou nog volgen, Cock.'

'Och, als je wist... als ik kon uitleggen hoe het zat, geloof me, dan liet je hem vandaag nog vrij. Daar bewijs je me een dienst mee.'

'Ik heb je wel eens met meer helderheid horen pleiten.' Pels liep alweer door. 'Zelfs in de Belvédère.'

Nu moest hij er ook nog als een bedelaar achteraan, als een hond. 'Laat hem vrij!'

'Hij heeft je bijna doodgestoken. Of niet? Of...'

'Ik moet van hem af zien te komen, definitief, met een proces...' hijgde hij.

'Dat duurt te lang.'

'Het kan niet anders. Mijn klacht trek ik in.'

Vonk

Met een vragende blik in zijn ogen liep Behrs knecht al voor de vierde keer opzichtig langs haar huis; nadat hij gisteren al een in de cel geschreven brief bezorgd had en de hare – goddank! – met een had teruggegeven. Ze kon niet anders dan haar lantaren pakken, ze wilde niets anders, al hing er onweer in de lucht, ze haastte zich al door de Grote Straat, sloeg de Pepergas in toen de knecht alweer opdook. 'Behr verwacht u boven.'

Nu pas keek ze waakzaam om.

'En op zijn order blijf ik op schildwacht staan,' fluisterde de knecht fijngevoeliger dan verwacht, 'met nog een paar soldaten.'

Ze had hem wel op zijn trouwe, kale kop willen zoenen; dankzij Müller had ze haar brief terug en ze had hem meteen in het vuur

gegooid: een verademing. *Allerliefste Mikgelief,* had Behr geantwoord. *Terwijl gij niet eerder gerust kunt zijn voordat gij uwen brief
wederom hebt, liefste Engel, zo zend ik hem hier, doch met groot
Chagrin dat ik hem niet behouden mag, want die was nog een weinig troost voor mij geweest.*

De Korenmarkt kneep in het vroege, overhaaste duister een
oogje toe; het was het uur waarop de laatste luiken werden dicht-
gemaakt. Ondoordringbaar werd de zwarte hemel, met nauwelijks
sterren, alsof er een eindeloos vensterluik was dichtgetrokken boven de stad. Zelfs de maan verschool zich.

Geiten mekkerden. Haar lantaren toverde glanzende paarden-
ruggen uit de duisternis van de stal tevoorschijn. Ze trok haar cape
nog dieper voor haar gezicht en voelde opeens een hand op de hare: Behr had haar opgewacht tussen de officierspaarden en pakte
haar lantaren, doofde de lamp en keek met zijn handen tegen het
raam naar binnen; hij trok haar mee De Drie Kroone in toen de
waard even nergens te bekennen was, een trap op, naar een warme
kamer met gesloten luiken. Met de deur op slot en de knecht en
nog wat soldaten op wacht kon haar niets gebeuren.

Behalve dat Behr 'ja' of 'nee' wilde horen; eigenlijk alleen 'ja'.

Vlucht met me mee naar Luik, had hij aangedrongen.

Maar ze gaf zijn brief al achteloos terug, om ervan af te zijn,
en kuste hem om nergens over te hoeven praten, niet meer na te
hoeven denken. Haar cape lag al op de grond, onder haar zijden
sierschort, haar dure evaatje; hij begon haar jurk open te knopen,
maar bedacht zich en droeg haar plechtig naar het bed, al had ze
haar schoenen nog aan. Officieren lalden in aangrenzende kamers,
de Sint Steven luidde onberispelijk; Behr pakte haar langzaam uit,
alsof ze iets nieuws was, geen afgetobde moeder; en ze voelde zich
niet naakt. Ze was in haar huid gehuld als in zijde, afgezet met
kant.

Haar vinger volgde het litteken op zijn borst: een route met
kronkels. Voor het eerst zag ze Behr helemaal en zonder haast

naakt, en ze kon niet wachten hem zonder haast te beminnen, zonder bang te hoeven zijn om betrapt te worden.

'Ruhig, ruhig!' lachte hij en als hij te veel haast maakte, lachte zij hem uit. 'Kalm dan toch!' In arrest had hij kringen onder zijn ogen gekregen; maar zijn geur gaf haar het gevoel dat alles klopte; in dit twijfelachtige pand waar alles mogelijk was, in deze warmgestookte kamer buiten de werkelijkheid – die lag achter gesloten luiken, waar onweer losbarstte.

In haar sufgepiekerde en bedwelmde hoofd leken de ramen juist wagenwijd opengezet; ze dacht niet meer aan zijn brief en hij vroeg gelukkig niets.

Voor het eerst – misschien voor het laatst, drong toch even tot haar door – viel ze bijna in zijn armen in slaap.

Toen er zacht werd aangeklopt, zat ze meteen rechtop. 'Dat is Müller maar, niets aan de hand,' suste Behr en ze kroop onder de lakens om nog even buiten tijd en plaats te zijn: niet in dit louche pand, niet in de onmogelijke winter van 1712.

'Müller meldt dat Cock bij Mijntje zit,' lachte Behr vlak boven haar, boven de lakens. 'Het wordt pas vermeldenswaardig als hij daar niet zit, heb ik hem gezegd.'

Maar ze begon zich aan te kleden. Al probeerde hij haar terug in bed te trekken. 'Wij hebben nog iets te bespreken, dacht ik.'

'Nee! Niet nu.'

Voor hem bestond er maar één mogelijkheid: *dat wij met elkaar weggaan. Het mankeert aan niemant als aan mijn getrouwe Mikgelief, want ik zoek niet anders dan met u te leven en te sterven.*

Zwijgend knoopte ze haar schort om, trok haar schoenen aan.

Want ik weet dat 't uw geluk is en mijn geluk. Indien ik niet wist dat gij en ik brood zouden hebben, zo zoude ik u en mij niet ongelukkig maken.

Ze sloeg haar cape om.

En kunt gij de kinderen mee krijgen, dan zal dat mij van herten lief zijn, en het is mij leet wanneer zulks niet geschieden kan. Maar

zo het niet zijn kan, wil ik niet hopen dat gij u om uwe kindershalve
u zelve alle uwe leefdagen zult willen ongelukkig maken. Daarom
bid ik u mijn liefste hartje nog eens om Gods wil; besluit of gij het uit
liefde wilt doen met mij te gaan, dan kond gij u daar na reguleren
zodra ik uit arrest kom.

'Wanneer neem je een beslissing?' vroeg Behr.

'Later. Heb toch eens geduld!' Ze duwde hem weg. 'Hou op, ik moet nu gaan.'

'Booskop! Daarom hou ik van je.' Glimlachend ging hij haar voor, de trap af, om even later terug te komen; ze volgde hem zwijgend, vlug en ongezien de regen in. Het onweer was voorbij.

Haar gedoofde lantaren stond er nog.

'Ik ga alleen verder,' fluisterde ze in de Pepergas. En ineens wist ze dat dat de oplossing was.

'Vooruit dan,' zei hij en hij gebaarde naar een soldaat die op schildwacht had gestaan, dat hij kon gaan. 'Eén kus nog.'

'Vooruit dan,' vlug kuste ze hem toen de soldaat zich omdraaide, 'dwingeland.'

Maar zo gij niet wilt, had hij geschreven, *want ik neem geen excuus aan, zo steek ik zo waar als God leeft uwe kerel dood.* Wat een bluf! Dat doet hij niet, dacht ze. Haar natte cape kleefde aan haar wangen.

Denk niet dat het maar geschreven is. Dat schrijft hij maar, om mij te dwingen.

Het is mijn schuld dat gij nu zo miserabel moet zijn, zo wil ik u ook wederom helpen. Door te vluchten? Naar een stad van steen? Luik moest een stad van alleen maar steen zijn, Nijmegen was met kasseien uit Luik bestraat.

Schrijft mij tijdig antwoord ja of nee. Dat had ze – goddank! – toch maar mooi weten te voorkomen.

Ze was alweer in haar keuken, Cock zat nog in de kroeg.

Ik kus u honderdduizend maal en wensche u een goede nacht en dat gij wel moogt slapen.

Ze kuste Hendrik en Teuntje, die diep sliepen, daarna Marieke. Alleen Johanna lag nog wakker, haar kuste ze tussen de ogen. 'Ssst, en slapen nu.'

Ik blijve u getrouw tot in den dood.

Van Anhout, maanden later, januari 1713

In de weemoedige, lage winterzon stond scherprechter Andries van Anhout bij het venster Zwaluwenwater te bereiden – aangestampte jonge zwaluwen, azijn en bevergeil, tegen allerlei gebreken – toen hij werd afgeleid door Gerrit en in de lach schoot.

De hele dag had zijn kauw niet naar het wasgoed omgekeken, en waarom zou hij ook, maar nu zijn kleingebouwde vrouw omhoogreikte om de pinnen los te trekken, dook Gerrit op de sokken af als op een schat. Eén lange zwarte had hij al te pakken. Als een reuzenworm hing de sok uit zijn snavel toen hij ermee wegvloog. De mond van zijn vrouw bleef een afgemeten streepje, zag Van Anhout, tot Gerrit op de tweede sok afdook en hem nog loskreeg ook; Elsebeths glimlach krulde tot ver over haar muts.

Later, aan tafel, toen Gerrit met zijn snavel tegen het raam tikte en Van Anhout de plagerij beschreef, tot groot vermaak van zijn dochters Elske, Aletta, Katrientje en zijn zoons Herman en Jan, de oudste, vroeg juist Jan, de scherprechter in wording, met kinderlijke hoop: 'Mag Gerrit een keer mee-eten?'

Tegen elke verwachting in vond zijn vrouw het goed.

Elske opende meteen het raam: 'Hij krijgt zijn eigen bord!'

Met minder kabaal dan anders, omdat het zo uitzonderlijk was, streek Gerrit netjes naast hem neer. Elske zette hem een bord met korstjes en randjes vet voor. Maar Gerrit at niets. Gerrit loerde, zag Van Anhout. Naar zijn lepel? Daarop lag alleen een stukje pastinaak. Maar zodra hij de lepel naar zijn mond bracht, sloeg Gerrit toe en greep de pastinaak; de tafel schuddebuikte.

Met Gerrit op de stoelleuning werd zijn gezin compleet. Nooit schoof er in het scherprechtershuis een vreemde aan, maar de plagende vogel gaf een verlichting die de komst van een gast in andere gezinnen bracht, vermoedde Van Anhout. Alsof het huiselijk leven het oog van de wereld nodig had, van een buitenstaander, al was Gerrit maar een surrogaat, om goed te functioneren: in het bijzijn van een vreemde, zoveel begreep hij wel uit de tweede hand, uit de scherpe verhoren, werd een mens zijn betere zelf. Er zou wel weer eens een scherp verhoor aan kunnen komen, in de zaak-Vonk.

'Kijk! Gerrit heeft één sok teruggebracht.' Jan zwiepte hem rond. 'Lag op de vensterbank!' En weer lachte de hele kamer.

'De andere sok ligt in de tuin van de buren,' wist Aletta, zijn jongste op een na. Nu pas besefte Van Anhout dat zij even oud was als Marieke, de dochter van Cock; zou hij Aletta kunnen vragen hoe het Marieke en de anderen is vergaan? Maar de meisjes gingen niet met elkaar om.

Nu misschien wel?

'Ga jij die andere sok even halen?' vroeg zijn vrouw aan Katrientje, de kleinste. Met haar donkere pretogen palmde zij iedereen nog in: te fris om te worden gemeden.

'Ik ga al!' Blij haar bord niet leeg te hoeven eten, holde ze de tuin in en klom over de muur naar de buren: een arm gezin dat een oud koetshuis bewoonde.

Met meer voldoening dan anders kauwde Van Anhout zijn tabak. De vroege avond was lang zo weemoedig niet meer toen Katrientje met de sok en met het buurmeisje terugklom over de tuinmuur; ze liet haar tol zien, toen haar stokpaard; en toen Gerrit aan kwam vliegen hing er vreugde boven de dorre tuin, voelde Van Anhout. Zomervogels waren hun stemmen. Tot het buurmeisje begon te gillen.

Voor het andere raam zag Elsebeth ook hoe Gerrit rakelings over het buurmeisje heen schoor en zijn poten al liet zakken; even woelde hij met zijn poten door haar blonde krullen. Tegelijk met zijn vrouw schoot hij in de lach; de kauw kon dat nu eenmaal niet laten bij kinderen die bang van hem waren. 'Kaa, kaa!' ging Gerrit triomfantelijk tekeer, het buurmeisje klom al omhoog en verdween achter de muur. Scheldend op Gerrit bleef Katrien alleen achter.

'Dat moet ik hem toch eens afleren,' lachte Van Anhout.

Katrien moest worden getroost met een stuk koek, en nog een stuk koek: 'Nooit kan ik eens met iemand spelen.'

'Wij wel dan?' zei Herman. 'Wen er maar aan.'

'Het belooft anders een gezellig drukke avond te worden,' zei Jan, en al te hard, alsof Van Anhout hem niet hoorde, riep hij: 'Gebroken poot in aantocht!'

'Heremijntijd! Spreek altijd met eerbied,' waarschuwde Van Anhout afwezig, 'anders krijgen wij nooit ook maar enig respect terug...' Uit het kale bos voor zijn huis, uit het stervende hout, kwam een gestalte aanstrompelen. Een oude man, dacht hij eerst. Maar hij was van zijn eigen leeftijd en werd ondersteund door twee flinke jongens zoals hij ze zelf had.

'Onderbeen,' zag hij al, 'lastige breuk.' Waarschijnlijk had de man het al vergeefs geprobeerd bij chirurgijns in de stad. Moeilijke gevallen verwezen ze soms door – het liefst pas als het al verkeerd aaneen was gegroeid –, ondanks hun klachten tegen zijn praktijk. In de tijd van zijn vader was het nog erger geweest, het had klachten geregend. En lid van het chirurgijnsgilde kon een beul of beulszoon, die lichamen tot op het bot kende, niet worden; nog steeds niet. Maar een man in nood wist zijn huis te vinden. Al lag het tussen de stadsmuur en het Kalverenbos, weggedrukt tegen een eenzelvig rijtje panden aan: koetshuizen vooral.

Van Anhout wreef nog net niet in zijn handen. Een gebroken been, een genoegen! Zijn isolement zou ooit worden opgeheven, voelde hij pruimend in de deuropening. Misschien nog niet in de tijd van zijn zoons. Misschien pas in de tijd van zijn zoons zonen, of nog later. Maar elke tevreden patiënt hielp het visioen dat hij koesterde vooruit.

'Haal een ladder!' riep Van Anhout, maar Jan kwam er al mee aanzetten, en zijn zoons droegen de patiënt samen met diens zoons naar de schemerige praktijk.

'Sla dit maar gauw achterover!' Om hem te verdoven, drukte Van Anhout de man een groot glas brandewijn in handen. 'En nog maar een.'

En terwijl hij latten van week hout en lappen en touw klaarlegde en kaarsen aanstak, maar niet te royaal, liet hij de drinkende man zijn praktijk bekijken, die was volgestouwd met potten en flesjes; want het zien van zijn verzameling familie-arcana en geheime middeltjes was onderdeel van de genezing. Zeker in de schemering. Weer gaf hij de man een glas brandewijn.

Terwijl de man dronk, staarde Van Anhout door het venster naar de machtige contouren van het Valkhof met de Heidense kapel, waar hij van hield, die dienst was gaan doen als opslagplaats, die werd veronachtzaamd; maar zoals de stokoude, oosters aandoende krabbels op de kapelmuren de Valkhofburcht opluisterden met mysterie, en de stad aanzien gaf, zo luisterden zijn potten met onbegrijpelijke opschriften zijn behandeling op; al werd hij, de behandelaar zelf, niet eens veronachtzaamd maar veracht.

Toch hield hij de stad op de been, en maakte hem alleen indien nodig een kopje kleiner.

Nog een laatste slok diende hij de benevelde man toe en met zijn zwarte lap veegde hij de slap geworden mond droog. De opschriften kon de man waarschijnlijk al niet meer onderscheiden.

Sal volat olees: klonk beter dan 'vlugzout'.

Al petra: was gewoon petroleum, maar als 'Al petra' veel effectiever tegen hoofdluis.

Pulvis ialap: een laxeermiddel, maar dan wel gemaakt van de onderaardse stengels van een Mexicaanse plant. Klonk dat in gewonemensentaal niet indrukwekkender? vroeg Van Anhout zich af terwijl hij de zoons opdracht gaf hun vader stevig bij de schouders vast te houden: 'Onder geen beding loslaten.'

Zijn eigen zoon Herman hield de romp vast, Jan het bovenbeen.

'Kiezen op elkaar!' Snel en op gevoel, en met de hand, daar zwoer hij bij, brak Van Anhout het scheef aaneengegroeide scheenbeen opnieuw. De man brulde het uit, al was hij maar half bij bewustzijn.

Nadat hij het bot, weer onder luid gebrul, in de goede stand had gezet, hielp Jan met fixeren; met de spil om het zaakje bij elkaar te houden, met de latten en lappen en het touw.

Toen de man iets zachter kermde, het been was stevig ingepakt, bezwoer Van Anhout kalm: 'Nu zal het goed aaneengroeien.'

De man probeerde te knikken, zwaar beneveld en beduusd. Ademloos hadden zijn zoons samen met de zoons van de patiënt toegekeken; in een andere wereld, ooit, konden het vrienden zijn. Even waren ze dat ook geweest.

Innerlijk opgetogen, uiterlijk kalm schonk Van Anhout iedereen een vol glas brandewijn in op de goede afloop; onder andere omstandigheden hadden ze niet met hem gedronken. Toch zat de sfeer er goed in toen het moment van betalen aanbrak: deed hij het voor niets, dan was zijn arbeid waardeloos. En de behandeling dus ook.

Nadat een van de zoons betaald had, gaf hij hem nog zijn nieuwe aansterkende poedertje van kalkhoudende slakkenhuizen en schelpen mee. 'Oplossen in kruidenthee.' Niet gratis, dan werkte het niet. 'Zit bij de prijs inbegrepen,' mompelde Van Anhout met een knipoog, en even maar – ook al droegen ze hun kermende vader op een ladder weg –, even voelde hij de buikpijn die op kon komen als hij jongens zag die onbevangen waren; omdat het voor de zijnen niet was weggelegd.

De genezing die op termijn beslist zou volgen, gaf Van Anhout de volgende dag nog steeds een goed gevoel. Fluitend liet hij Gerrit los uit de reusachtige buitenkooi waarin hij 's nachts beschermd was tegen katten; hij haatte katten. Met majestueuze slag vloog Gerrit met hem mee, hoog boven hem, het Kalverenbos door. De winterstammen leken nu niet half zo dood, er zat nog leven in. Verheugd liep Van Anhout de Korte Burchtstraat al in, en met niet al te veel gêne nam hij vooraan plaats, tegen een zijwand: om de gezichten van de getuigen te kunnen zien.

Mateloos boeide de zaak-Vonk hem, de wereld kwam in geconcentreerde vorm binnen, in al zijn facetten. Als in een zeldzame voorstelling die de stad aandeed, zo voelde het, ging er een doek voor hem open. Een venster op het leven waar hij buiten stond. Maar ook de muizige schout, één brokje degelijkheid, en de heren schepenen, vooral de oude Singendonck, zaten opgevoerd in de schepenbank, als voor een rondtrekkende poppenkast. De pop, dacht Van Anhout jolig, want het was er nog maar één, was de weduwe Louwen: de licht gebochelde, al lang niet meer middelbare nicht van wijlen procureur Cork. Uitbaatster van Het Swarte Schaep.

De weduwe Louwen had werkelijk iets van een houten pop. Na een leven achter de tapkast was de uitdrukking op haar gezicht welwillend gebleven, of in een welwillende stand gezet en daarin blijven staan. Om het vak aan te kunnen, vermoedde Van Anhout. Want wat speelde zich niet allemaal af in Het Swarte Schaep?

De weduwe Louwen had, hoe dan ook, een als uit hout gesneden, onverstoorbare goedmoedigheid die in Het Swarte Schaep vermoedelijk op lastige klanten oversloeg; en in deze zaal op de keurige schepenen en het publiek, al luisterde het ademloos naar haar ontluisterende verklaring: 'Op een avond,' begon ze, 'kwam Anna Maria, de vrouw van Cock, naar mijn huis. Koud was het, laat al. "Mijn man heeft met pistolen geschoten," klaagde ze. "Ik geloof dat hij zichzelf heeft doodgeschoten."'

Anoniem staarde de zaal vol volk de getuige aan; en toch was het volkomen stil toen ze een boekje opendeed over haar neef Huib Cock, de stadgenoot die iedereen gekend had, vaag op z'n minst.

Een rondtrekkende voorstelling was het niet, vond Van Anhout nu, eerder een plaatselijke voorstelling: met bekende karakters en plekken die iedereen zich gemakkelijk voor de geest kon halen. En die verzinsels overtrof.

'Met Anna Maria liep ik naar het huis van Cock, vlakbij, aan de Korte Burchtstraat. "Huib!" riepen we aan het raam, want zijn kamer had hij afgesloten. "Huib, geef antwoord!" Maar er kwam geen antwoord, niets.'

Had Cock zichzelf dan doodgeschoten? voelde Van Anhout de zaal denken. En zelfs de Korte Burchtstraat huiverde; de luiken stonden open, steeds meer mensen luisterden buiten op het langgerekte bordes mee naar wat er op diezelfde Korte Burchtstraat was gebeurd die avond, maanden geleden.

'Omdat er geen teken van leven kwam, haalden we een lantaren en die zetten we buiten op de vensterbank voor Cocks raam,' verklaarde de weduwe Louwen. 'Nog steeds zagen we niets, hoorden we niets. Daarom riepen we maar: "Alles komt wel weer in orde! Jezelf doodschieten kan zomaar niet." Gespannen wachtten we op antwoord. Maar we hoorden niets. Toen vroeg Anna Maria of ik kon blijven slapen. Ze durfde niet alleen te blijven met haar kinderen en met de meid.'

Behr was toen dus al het huis uit, besefte Van Anhout, terwijl de weduwe schouderophalend verklaarde dat ze vervolgens haar nachtgoed maar ging halen. Ook dat zag de zaal, en de straat, een beetje lacherig voor zich: die nuchtere weduwe met haar nachtgewaad.

'Tegen elven kwam ik met mijn nachtgoed terug bij de vrouw van Cock. Ze keek me vreemd aan. En ze zei toen: "De dode is weer uitgegaan."'

Een siddering ging door de zaal.

Omstandig maande Singendonck tot stilte, al was er nauwelijks rumoer: maar Cock was tot leven gekomen, meer nog dan toen hij nog leefde. Cock, voor wie bijna iedereen sympathie koesterde, zonder te weten wie hij thuis was geweest. Zonder het oog van de wereld, dacht Van Anhout.

'In de bedstee lagen we, Anna Maria en ik,' zei de weduwe droogjes in antwoord op vragen van de schepenen, 'in de bedstee in de keuken, toen Cock 's nachts tegen enen thuiskwam uit de herberg. Voor de zekerheid,' met een schalkse halve lach sprak de weduwe nu, 'voor de zekerheid riep ik toen: "Grijp niet mis, Cock, want er liggen er hier twee in bed!"' De zaal gierde als om een anekdote in Het Swarte Schaep. Zelfs Singendoncks voorname wangen trilden ervan.

'Cock zei toen: "Nicht Louwen, ik voel geen enkele behoefte." En hij begon onder onze kussens te zoeken "Wat vangt ge aan?" riep ik nog. "Ik zal u geen kwaad doen," zei hij toen hij twee lange pistolen onder onze hoofden vandaan trok. Daarmee ging hij zijn kamer in.'

In de zaal bleef het zo stil als het in die nacht ook moest zijn gebleven, begreep Van Anhout.

'De volgende dag zei ik tegen Cock dat hij niet meer zulke rare streken uit moest halen 's nachts. "Dat is geen braaf mans werk", zo zei ik het,' vervolgde de weduwe. 'En ook zijn antwoord weet ik nog precies. Hij zei: "Ik heb het gedaan om te zien of mijn vrouw nog genegenheid voor mij had."'

Een test was het dus geweest? De zaal werd rumoerig, de tengere schout veerde weer op in de schepenbank, onder een levensgrote vrouwe Justitia die werkelijk van hout was en een te bot zwaard droeg. Singendonck kreeg vuur in zijn ogen, als een jachthond die een haas net niet te pakken krijgt.

'De volgende nacht sliep ik er voor de zekerheid weer en toen klonk er weer een schot. Anna Maria smeekte mij om mee op te staan. Om te gaan kijken. Bang als ze was dat Cock zichzelf had doodgeschoten. Maar ik zei: "Laten we maar blijven liggen." De zaal zag de kalmte waarmee ze moest hebben gesproken. "Hij probeert ons weer schrik aan te jagen," zei ik, "en uit bed te drijven."'

Behr, maanden eerder, november 1712

Eén brief maar had zijn knecht voor hem kunnen schrijven, gauw tussendoor. Het begon te irriteren. Parmantig, vond Behr, liep Müller nu al anderhalve dag rond met zijn versierde pijp, het voorspelbare geschenk van zijn kersverse vrouw in ondertrouw: Griet.

Het fletse feest had hij geduld, gespannen ijsberend, en met de kiezen op elkaar zelfs even bijgewoond: een brave vertoning van naïviteit in een eenvoudig huis, waar de bruid – die gepaste tranen diende te laten vloeien – slechts oppervlakkig verdriet had getoond, wat misschien vóór haar pleitte. Oppervlakkige vreugde was er slechts doorheen gesijpeld, terwijl de ondertrouw praktisch als huwelijk gold.

Verstandig leek het wel. Maar welke vent die had gevochten en die de dood en ontbinding had geroken, maalde er om wat verstandig leek?

Wie maalde er om een solide bruid? Griets gezicht was een bleke wolkenlucht waaraan niets gebeurde. Het gezicht van zijn geliefde Booskop veranderde steeds, als een stormlucht waarin ongelofelijk fel en onverwacht de zon kon doorbreken: altijd iets te beleven.

'Zou je het wel doen?' had hij zijn knecht vlak voor de ondertrouw nog gevraagd.

'Zou u wel doen wat ú doet?' had Müller zich laten ontvallen, kleurend tot op zijn toch al vurige kruin. En later, beneveld, op zijn bescheiden gelag had de knecht hem brutaal – en misschien eerlijk – aangekeken: 'Ze is de vrouw van een ander, ze is moeder. Het mag niet wat u doet.'

'Ik vergeef je je brutaliteit. Vandáág. Denk maar niet dat ik me door een knecht laat tegenhouden.'

'U moet de vrouw van Cock vergeten.'

'Moet ik je waarschuwen? Bemoei je er niet mee. De gevolgen zijn voor jouw rekening.'

En nog steeds was Müller niet op komen dagen, terwijl hij hem nodig had. Niet dat hij eraan twijfelde. Müller zou weer komen. Al had hij, vaker al, om overplaatsing gevraagd. Vergeefs: geen man was desondanks zo loyaal als Müller, besefte Behr, koortsig op en neer marcherend, drie stappen heen, drie terug, rusteloos en met zijn mantel aan. Een ruim bemeten, warme, saaie cel was de kamer in zijn nieuwe kwartier; wel in de Korte Burchtstraat, vlak bij Anna Maria, bij een chirurgijn met de lelijkste vrouw van Nijmegen. 'Veilig dus,' had Kummer hem uitgelachen.

Drie stappen heen, drie terug: in de cel had hij zich dit aangewend, toen de ketting eindelijk los mocht. Automatisch greep Behr weer naar zijn pols, die was gaan schrijnen door de zware ketting. Via de stockmeestersvrouw, die het spul weer betrok van de beul, had hij er een zwarte zalf voor gekregen: voor goed geld, had goed gewerkt.

Drie heen, drie stappen terug, veel tijd had hij niet meer; Cock bleef maar zeuren om de brieven van zijn vrouw. Cocks zwager, Becking, had zelfs aan hem, Behr, verteld dat Cock zich op het stadhuis was gaan beklagen bij de overste-luitenant: 'Uw luitenant is wel uit arrest, maar het is nog niet gedaan met hem. Behr moet de stad uit, of ik zal niet leven!' Met zo'n zwager had je geen vijanden meer nodig.

Verhit en verveeld speelde zijn hand met een zilveren muntje in zijn broekzak.

Peinzend wreef hij over zijn pols, nauwelijks was het nog een wond, daarvoor was de afdruk van de ketting te oppervlakkig geweest. Wat kon hij doen om er vaart achter te zetten? Vaart had hij nodig, strategisch gezien.

Alles had hij haar al geschreven. *Razend word ik van louter liefde die ik tot u draag* – en dat was ook zo. *En ik heb gemeend dat ik de straat moest afgaan om de stenen te kussen waarop gij getreden hadt, ware het niet dat* – samen met Müller was hij hier toch even in de lach geschoten, al was er geen woord van gelogen – *ware het niet dat ik de mensen geschroomd hadde.*

Nee, Anna Maria durfde niet. Niet onbegrijpelijk: ze stuurde op uitstel aan. Zijn brieven hielpen geen zier... iets officieels had hij nodig... iets met meer overtuigingskracht... een document... een of andere verklaring... met een zegel? Weer wreef Behr over de oppervlakkige wond op zijn pols, de afdruk van de ketting; en ineens greep hij in zijn zak naar het Duitse muntje dat hij bij zich droeg.

De heilige Andreas!

Geniaal...

Zijn vader had Andreas geheten, helemáál vals was het dus niet.

Nauwelijks kon hij zijn gedachten bijbenen, hij drukte met de munt in zijn onderarm tot het pijn deed: er verscheen iets, een rand, vage letters – in spiegelschrift.

Wie maalde dáár nu om?

Op zijn onderarm verscheen een afbeelding, vaag, te onscherp, maar in lak zou het echt lijken.

Trippelend – drie stappen heen, nog sneller terug – bedacht hij de perfecte akte.

Toen Müller zich eindelijk glunderend meldde, wist Behr niet hoe gauw hij de versierde pijp uit zijn handen moest rukken en het schrijfgerei erin moest duwen: 'Schrijf op.' De inktpot viel om maar veel ging er niet verloren. 'Je weet nu eindelijk wat liefde vleselijk – feitelijk! – inhoudt, neem ik aan,' struikelde Behr bijna over zijn haastige woorden, 'dus kom, schrijf op: *Ik onderschreven bekenne dat Anna Maria Vonk mijn Eerlijke* (met hoofdletter!) *mijn Eerlijke getrouwde vrouw is* (nee, geen commentaar!) *mijn Eerlijke getrouwde vrouw is en ik dezelve in alle eeuwigheid niet verlaten wil, en voor haar zorgen als een Eerlijk getrouw man toekomt. En zo het God zou schikken dat ik te sterven kwam*' – hier fronste Behr, al kon hij zich zijn einde toch niet voorstellen – '*of door een andere doodsoorzaak zal sterven, dan zal zij erfgenaam zijn van hetgeen mij van mijn lieve moeder toekomt aan geld en geldwaarde.*'

Twee, drie keer al had Müller verontwaardigd opgekeken. Eenmaal had hij de pen even hoofdschuddend terzijde gelegd. Maar nu keek hij hem een tel langer aan dan anders. Uit die tel sprak verbazing, zag Behr, maar ook waardering: dat hij – die weliswaar een vrouw wilde schaken, want zo zag zijn knecht het – dat hij haar ook geldelijke zekerheid gunde, als in een testament. Rechtsgeldig of niet, dat was aan de muggenzifters en andere hele of halfgare juristen. Cock was er een, dat zei genoeg.

De gevolgen van zijn daden, de dood zelfs, aanvaardde hij. Dat besefte Müller nu toch ook? Of léék hij te aanvaarden, want zo'n vaart zou het heus niet lopen. 'Waar was ik?'

'U gunt haar het geld van uw moeder als u sterft. Maar dit is niet officieel.'

'Zeur niet! Ga door: *Tot meerdere verzekering onderteken ik met mijn bloed.*'

Ontsteld keek Müller hem aan.

'*En met mijn aangeboren signet bezegel ik het...*'

'Maar u bezit geen zegelstempel.'

'O nee?' Als een duivelskunstenaar toverde hij de munt uit zijn vuist tevoorschijn. Müller staarde hem met open mond aan. 'Maak af,' zei hij voldaan. '*Geschied in Nijmegen, den Tienden november, Een duizend zeven honderd en twaalfde jaar.* Zo! Als dat niet officieel klinkt, doet niets het!'

'Maar...?' Müller zweeg en murmelde voor zich uit, ongetwijfeld weer uit de Bijbel: 'Zwanger van onheil baart hij bedrog.'

'Kom hier.' Eigenhandig ondertekende hij. Niet met het merkteken maar eerlijk, met meer lef, met zijn eigen naam.

'*J.L. Behr?*' las zijn knecht verbaasd hardop.

'*C'est moi!*' riep hij wel erg uitbundig – hij hoorde het zelf – en oververhit geraakt gooide hij zijn mantel uit en knoopte zijn hemd open, al was het litteken te zien; alsof hij ontpopte tot zichzelf. Met de speld van zijn mantel prikte hij in zijn vingertop, zonder ook maar iets te voelen.

Een druppel bloed viel op zijn naam.

Zodra zijn bloed was opgedroogd, vouwde Behr zijn akte op en stak hem – wat hij anders nooit deed – in een zelfgevouwen envelop. 'Dit is iets officieels!' Hij hield de lakstaaf al in de kaars, liet een rode klodder lak op de rand van de envelop vallen.

'Opgelet, Müller!' In de uitvloeiende lak drukte hij de Duitse munt: Andreas verscheen, al was het oppervlakkig, met zijn speciale kruis.

S. Andreas Reviviscens

'De heilige Andreas herleeft? Maar het staat in spiegelschrift,' sputterde Müller.

'Nooit van ironie gehoord? Van omkering...'

Müller haalde zijn schouders op.

'Liefde laat zich niet vastleggen, in welke akte ook, daarom is deze net zo goed, nee, beter dan een officiële trouwakte.'

'Het blijft bedrog.' Maar zijn knecht, zag hij, had toch een schittering in de ogen gekregen.

'Géén Bijbelspreuken meer,' joviaal porde hij Müller op de arm, 'ik waarschuw je!'

En eindelijk lachte Müller mee. 'Ik doe mijn best.'

'Ga eens kijken of haar luiken openstaan!'

Cock, zaterdag 26 november 1712

'Nee,' mompelde Cock twee weken later in zichzelf, bijna nuchter nog. 'Een schuldeiser kan het niet zijn.' Hij kuierde op zijn gemak van de ene herberg naar de andere toen hem het gevoel bekroop dat iemand hem wel erg dringend zocht en steeds misliep, maar dat het niet de een of andere schuldeiser was – hij had er méér.

Zorgen en argwaan waren er om weg te drukken. Of af te schieten! Dat had hij de laatste weken wel geleerd. In zijn diepste dal, toen hij in zijn kamer het pistool afvuurde – verward, zwaar beschonken en alléén – had de vreemd rondstuiterende kogel hem toch heldere boodschappen gebracht: Anna Maria gaf nog om hem, zijn pistool functioneerde prima, de stokoude kast met zilver en andere waardevolle spullen was mét kogelsgat nog doorleefder geworden, en nog waardevoller.

Hij had zelf ook de nodige krassen opgelopen, maar hij voelde de – weliswaar piepende – levenslucht in zijn borstkas beter dan ooit: net zo waardevol bijna als het familiezilver, waaraan enkele lepels ontbraken.

Ach. Aan hem, Cock, ontbrak inmiddels ook het een en ander.

En ook al had Behr hem de brieven van zijn vrouw nog altijd niet gegeven, nadat hij nog meer stennis had geschopt, zonder effect, nam de irritatie daarover af sinds er een nieuwe – 'rust'? 'rust' dan maar! – in hem was gekomen. Sterkste staaltje: het kijken naar zijn stevige – niet dikke, maar sterke – vrouw die hem haar vrouwelijke plicht nog weigerde, gaf hem al evenveel voldoening als vroeger een bevredigende nacht. Bijna dan.

Eenmaal had ze zelfs alleen geslapen, in de lege kamer van Behr; nadat ze ruzie hadden gehad. Maar dat gaf niets. Ze was er. Dat telde.

Als het om zijn zegeningen ging, raakte hij niet uitgeteld: de plannen om van elkaar te scheiden leken voorlopig van de baan, dat was de grootste zegening! Al was de reputatie van zijn vrouw voorlopig nog vergald.

Bij Sighman in De Oude Burchtpoort meldde alweer iemand dat er een knecht naar hem op zoek was. Iemand wilde hem spreken. Geen schuldeiser. Dan was de toon anders. Dus wat maakte het uit?

Zonder dronken te willen worden bestelde hij nog een mol. Om de lol, zonder veel geld te willen inzetten, dobbelde hij. Zonder dat hij blut was of beschonken ging hij naar huis.

De luiken van de lege kamer van Behr stonden open. Niet verstandig met deze kou, goed vergrendelen straks.

Nog een zegening: sinds Behr weg was, had de niet al te geheime relatie niet veel kans meer. En thuis – nog eentje! – was de sfeer behoorlijk opgekrikt. Soms bijna vredig.

Alles – bijna – had hij onder controle. Anna Maria kon de kinderen niet missen. Daarmee had hij haar in zijn greep, eerlijk is eerlijk, of misschien was het juist niet zo eerlijk; maar hoe eerlijk was zij zelf geweest? Hij had gebluft, daar was hij goed in, hij had gedaan alsof hij wilde scheiden. Maar met de eis dat híj dan, en niet zij, voor de meisjes en voor Hendrik zorgen zou.

Schaakmat!

Zelfs Behr kon met zijn praatjes nooit tegen Marieke en Johanna, Teuntje en Hendrik op; en ook niet met zijn slijmerige brieven, die hij niet kende – wat zou erin staan? Niet met zijn viriele lijf. En zijn kapsones: Behr voelde zich te goed voor een pruik. Eigenzinnig. En niet bang, eerlijk is eerlijk. Maar wat had hij opgebouwd? Iets opbouwen, daar draaide alles om, al liep je eens een kras op. Behr brak alleen maar af.

Krassen aanvaarden, doe het me maar eens na! riep hij in zichzelf tegen Behr.

Op de stoep voor het huis speelde Johanna nog met Teuntje, ondanks de sneeuwresten, die werden opgelicht door de laatste zon. Ontroerd veerde hij door de knieën en wankelde maar even; om steentjes speelden ze: 'Niet te hoog inzetten!' Hij lachte. Teuntje sprong al in zijn armen, zonder dat hij door zijn rug ging. Onverwacht vlot was hij alweer opgeveerd – zo zat hij de facto in elkaar, dat was wel bewezen: een feit – en hij slingerde haar rond tot ze gilde van pret. 'Alles draait!' Even maar kwam in hem het beeld op van de draaikooi die zijn vrouw bespaard was gebleven.

Marieke werd eigenlijk te zwaar, maar wilde ook rondgeslingerd worden en ze stond nog niet of ze trok hem mee naar binnen, zonder haar schoenen uit te doen, om haar nieuwe vinding te laten zien: een stok die nog van zijn vader geweest was en aan de muur hing. Eén keer had hij Anna Maria ermee geslagen, bijna, eigenlijk helemaal; en hard ook. Met zijn stomme, dronken kop.

Met de kromming van de stok sloeg Marieke tegen een rafelige bal van touw; de al even rafelige poes, het vadsig compromis na het verzuipen van de katers, ging erachteraan en vergat zelfs de eend waar ze op had zitten loeren.

Nóóit zou de oude meid een eend op de grond hebben gelegd: 'Hang die eens wat hoger weg,' zei hij bijna zonder verwijt.

En in het gangetje tussen de keuken en zijn kamer was hij getuige van een wonder: voorovergebogen, als een opaatje, zette Hendrik zijn eerste stappen. Hoog trok hij zijn kromme beentjes op, alsof hij door hoog gras liep en niet over de gouden tegels, waar het laatste zonlicht nog even waarderend overheen streek.

Hij mocht dan vaardig zijn met woorden in de schepenhal, in aktes en officiële documenten vooral, de laatste tijd, maar, en hij dacht het niet voor het eerst: had ik maar kunnen tekenen om dit moment vast te leggen. Anna Maria stond achter Hendrik en hield hem met een pink vast, trots, op haar best, keek ze op en liet hem los: zijn ernst!

'Kom kijken!' Cock schreeuwde het uit. 'Kom allemaal!' Dit mocht niet ongezien blijven. In een kring stonden ze al om de ernstig stappende Hendrik heen om hem aan te moedigen: 'Harder, Hendrik!'

'Lopen maar!'

Johanna pakte de voorpoten van de poes en liet haar naast hem hobbelen. Een goddelijke geur drong tot hem door: doodgewone pasteitjes werden binnengedragen door de meid, Catrijn, die ook haar betere kanten had. Uitgeput viel Hendrik op de tegels, zijn zussen vochten om hem, maar hij pakte zijn zoon op en drukte hem tegen zich aan; stevig, iets te hard. 'Dit heerschapje komt er wel!'

Hij was net gestopt met zegeningen tellen toen hij zag hoe zijn vrouw haar mouwen oprolde om de eend te gaan plukken: niet onopwindend. Maar ze bedacht zich en liet het karweitje over aan de meid. Ze pakte de altijd bleke Johanna op schoot; die was na alle vrolijkheid wel erg rood aangelopen. Ze voelde Johanna's voorhoofd, nek, ze haalde haar mutsje los en streelde haar haren. Met aandacht.

Aandacht – sneed het door hem heen – die hij in geen tijden had gekregen.

Of deed het er niet toe en was het goed zo?

Na het eten, zijn dochters lagen al op bed, bakerde zijn vrouw Hendrik bij het vuur; dan sliep hij beter. Het was stormachtig gaan regenen. Uitgestrekt en lekker lui bekeek hij het tafereel. Als een schilder die zijn schets slechts vastlegde in zijn hoofd; waar ook zijn oudste Hendrik nog ergens was bewaard. Dit tafereel was weer van hem. Voorgoed.

Vooral in je hoofd, kwam maar even in hem op.

Wat had hij zich aangesteld. Met zijn zelfmoordpoging, die nog nep was ook – hoewel... even... nee, hij wilde niet meer denken aan het moment waarop hij het bijna echt gedaan had. Op zelfdoding stond een onterende, zware straf. Terecht, vond hij nu. Zelfs als zelfdoding lukte, werd je ontzielde lichaam nog de stad uit gesleept en ondersteboven opgehangen; eens had hij het gelezen, in de tijd dat hij nog met zijn neus in oude rechtbankstukken zat om ervan te leren.

Liever dacht hij daar nu niet meer aan. Liever keek hij naar zijn vrouw, die niet terugkeek.

Dat kwam wel weer. Ze leek minder gespannen dan ze de laatste tijd was geweest.

Toen de meid riep: 'Er vraagt iemand naar u!', had hij geen zin om op te staan.

'Wie dan?'

Hij gaapte.

'Een loopjongen.'

'Namens wie?' Toch sprong hij op van zijn bed, de vredige – lamlendige – rust was verdwenen. 'Ik kom al!'

'Of u naar de herberg van Sighman wilt komen,' zei een jongen in een witte overjas bij de achterdeur, 'daar wacht Müller. Hij heeft iets voor u.' Dus Müller had hem gezocht.

De brieven!

Hij wreef in zijn handen, liep weer naar de kamer. Hij zag wel, ergens zag hij het, dat zijn vrouw verstijfde, maar hij schonk er geen aandacht aan en knipte met zijn vingers: 'Nu zal alles goed gaan!'

Zijn schoenen had hij al aan. 'Nu zal ik tot mijn voornemen komen!' Hij schoot zijn mantel aan, het was onstuimig nat, hij rommelde in de kast, greep zijn zakpistolen, stak ze weg in een binnenzak.

In zijn haast hoorde hij de meid nog brutaal, en toch ook bezorgd, roepen dat ze het niet begreep. 'Hoe kan hij zo blijmoedig de deur uit gaan?'

Geen tijd! Niets mee te maken. Waar bemoeide ze zich mee?

Met het dekenpakketje – Hendrik – in haar armen en met opengevallen mond staarde zijn vrouw hem nog een ogenblik aan.

III

Zondag 27 november 1712

Vonk

Nat van het zweet ontwaakte ze uit een nachtmerrie waarin ze iets verloren had.

Ze moest diep hebben geslapen, het was al licht, de kinderen hoorde ze al zachtjes praten met de meid. Johanna klonk niet ziek meer.

Half overeind komend spitste ze haar oren: nog steeds geen gesnurk. Omdat ze de deur niet dicht had horen slaan en Cock niet binnen had horen klossen, was ze 's nachts al opgestaan. Tegen de ochtend moest ze alsnog weer zijn ingedommeld.

Waar bleef Cock?

Rillend naast haar bed, in gunstig licht, dichtte de spiegel haar een schoonheid toe die ze vanbinnen niet voelde; ze zag geen wallen tot haar kin. Vreemd. Ze voelde ze wel.

Ze voelde zich gebroken. Behrs blik was al even verweerd en dof als deze spiegel, die haar ook valselijk weerspiegelde: te mooi om waar te zijn. Streng keek ze zichzelf aan. Zijn vervalste, met bloed getekende verklaring had ze een week of twee geleden niet meegenomen; al meende hij wat er stond.

'Catrijn!' Als ze om de meid riep, was ze zelfs in dit licht al niet meer op haar best, zag ze. 'Is mijn man niet thuisgekomen?'

'Ik ben bang van niet.'

'Hoe laat is het dan?' Opgeschrikte ogen. Duidelijke voren, zag ze, daarboven.

'Bijna halfacht.'

Halfacht! Ze greep een van de waslappen van Behr om het koude zweet van haar borst te vegen. In een oogwenk kleedde ze zich aan.

Voordat ze hem in haar mouw schoof, las ze zijn laatste brief nog eens vluchtig door. Sinds eergisteren droeg ze hem bij zich, ze had hem nog niet terug kunnen geven; dat was de afspraak.

Behr dateerde zijn brieven sinds kort. Steeds onvoorzichtiger werd hij:

25 november 1712

Mijn liefste Engel en getrouwe Mikgelief,

Ik wenschte dat deze brief u wat aangenamer mogte zijn als die van eergisteren. Ofschoon mijn pen wat kwaad geschreven heeft, zo heeft mijn hart daarvan niets geweten, en ik hoop, terwijl de kwade brief verbrand is, dat uw Chagrin ook mede verbrand is...

Welke kwade brief bedoelde hij? Er waren er wel meer geweest; goddank niet allemaal bewaard. En die van haar waren verbrand.

... gelijk ik dan gisteravond ook niet anders heb kunnen zien, nadien ik van uwen allerliefsten mond zoveel aangename kusjes ontving, dat ik zelfs niet geloven kon dat ik zo een kwade brief geschreven had, en ik moet geloven dat zulks de oorzaak is dat gij mij zo lief hebt...

Om die kwade brieven? Het kriegelige handschrift hopste voor haar ogen heen en weer en maakte een lange neus.

Ik hope van God dat onze Chagrin eenmaal mag gedaan zijn, want ik zoek alledaag niet anders als bij mijn Mikgelief te komen, want het is nu 's nachts zo koud dat ik het niet verdragen kan om meer alleenig te zijn. Ik heb heden deze nacht zo een aangenamen droom

gehad van u, dat ik, hale mij de duivel, niet heb geweten wat ik doen
zou, en ik heb u beklaagt dat gij daarvan niet gevoelig zijt geweest.

Ze greep Behrs waslap om nieuw koud zweet weg te vegen. Zijn
brief schoof ze in haar mouw.

'Huib?!' Vreemd klonk haar stem.

'Is er niet,' zei de meid, 'zei ik toch al?'

Soms kwam hij pas om één uur 's nachts, soms tegen drieën pas,
nooit bleef hij een nacht weg.

Ze ging naar boven, naar de lege kamer van Behr, waar het donker was; klagend over tocht had Cock de luiken zorgvuldig vergrendeld, gisteren nog.

De kou haalde naar haar uit en sloeg haar vol in het gezicht
toen ze de ramen opengooide: buiten was alles anders geworden.
Grauw, door een stormachtige regen die niet van plan leek ooit te
wijken. De laatste sneeuwresten waren verdwenen.

Nergens zag ze Cock.

Alleen wat kerkgangers. Grauwe gestalten.

IJzig werd de kamer en werd het afgehaalde bed; ze liet zich op
de kale matras vallen. Aan een spijker hing nog de buitgemaakte
generaalspruik. In zijn haast had Behr die laten hangen. Een zwarte schelp lag op de lege kist.

Teuntje kwam de trap op. 'Wat doe je, mama?'

'O, ik keek even of papa eraan kwam.' Ze sloot de luiken weer.

'Waar is papa dan? Hij ligt niet in zijn bed.' Met haar ogen
dicht en met ongekamd, wild haar ging Teuntje op haar tenen
staan, ze richtte zich naar haar op als een plantje naar het licht.
'Zoentjes!?'

'Je gaat toch niet slapen? Kom hier.' Ze kuste haar dochter zoals
ze het altijd deed, kriskras over haar gezicht; ze probeerde het te
doen zoals altijd en dus ging het stijver dan anders: neus, ogen,
kin, voorhoofd.

Ik wenschte dat ik die kusjes die Teuntje elke avond in mijn plaats krijgt, zelf mocht genieten. Ik wilde Teuntje graag voor elk een stuiver geven...

Teuntje was op het bed geklommen en kreeg de Franse generaalspruik te pakken; ze marcheerde er al mee door de kamer. Tot er een lach doorbrak op haar gezicht. 'Kom, generaal, we gaan beneden wat eten.' Geruststellend moest ze praten, rustig moest ze klinken: 'Papa komt straks vanzelf.'

'Maar wij hebben allang gegeten.'

Ik belove u nog eens mijn lief hartje, zo ik het geluk heb waaraan ik niet twijfel, morgen of overmorgen – vandaag dus, besefte ze – dat ik u met zoveel kusjes wil ontvangen en ook wederom laten gaan. Ofschoon u lieve mond kwaad is, zo is hij mij doch aangenaam, gij stout Mikgelief.

'Mama, waarom trilt je hand?'

'Kou,' stamelde ze. 'Ik denk dat ik kou heb gevat.'

'Kijk toch eens,' lachte Marieke, 'mama heeft melk geknoeid.'

De meid keek haar scherp aan.

Ik ben aan u huis voorbijgegaan om u mijn lief hartje te zien of ten minste het spoor, terwijl het zo gesneeuwd had, van u lieve voetjes te vinden, maar mijn ongeluk heeft gewild geen van beiden te zien.

Ze had nog geen hap gegeten. Ze stond op, liep naar de voordeur, opende de bovendeur en ging naar buiten hangen – koud of niet. *... vol droefheid van grote liefde...*

Ze riep de buurvrouw: 'Francijn!'

Met Marie, nog een buurvrouw, kwam Francijn al aansnellen, en meteen vertelde ze het maar, het bleven haar buurvrouwen: 'Huib is vannacht niet thuisgekomen.' Altijd hongerden de buurvrouwen naar nieuwtjes, roddels over haar en Behr moesten ze ook hebben gehoord. 'Hij werd opgehaald door een jonge man met een witte overjas en is niet meer thuisgekomen. Ik begin ongerust te worden,' zei ze, 'misschien moet ik er de meid op uitsturen om naar hem te gaan vragen.'

Hangend over de onderdeur begon de brief te irriteren in haar mouw. Ongezien verschoof ze hem steeds.

Ik bidde u om pardon dat ik niet beter schrijven kan, want ik ben zo vol droefheid van groote liefde die ik tot u heb, en ware 't dat ik u mijne liefde al zoude schrijven, die u doch wel bekent is, dan was al het papier van de heele wereld te weinig...

Ik sluite met wel 100.000 kusjes en met mijn onophoorlijke getrouwe liefde en verbl.

Mijn allerliefst hartje getrouwe Beerkelief tot in den dood

Van twee tot zeker halfvijf dronk ze thee bij de nicht van Cock, weduwe Louwen in Het Swarte Schaep. 'Huib?' lachte die. 'Huib komt wel weer. Hij komt altijd.'

Tegen halfzeven, in De Drie Kroone, drukte ze de brief gauw in Behrs hand. 'Huib is vannacht niet thuisgekomen.'

'Zelfs vanochtend niet?'

'Verbrand die brieven toch,' mompelde ze. En scherp keek ze Behr aan. 'Waar kan hij zijn?'

'Cock? Dat weet ik toch niet, lie...'

Midden in een woord zweeg hij, nooit zat hij om woorden verlegen. 'Gisteravond werd hij ontboden, namens Müller,' zei ze, 'als ik het goed heb verstaan.'

'Zou kunnen, ze drinken wel eens een glas samen. Ik weet er niets van.' Behr klonk vermoeider dan anders. Geïrriteerd schreeuwde hij: 'Heus niet!'

'Zeg op!' schreeuwde zij nu ook. 'Waar is hij?'

Behr pakte haar beet, ruwer dan anders, en hij drukte haar tegen zich aan.

Ze trok zich los. 'Ik vroeg: waar is hij?!'

Nauwelijks verstaanbaar – en ondenkbaar – meende ze Behr toen te horen mompelen: 'Hij komt niet meer thuis.'

'Wat?!' Ze had het zeker niet goed gehoord.

'Vraag mij er niet meer naar!'

'Dan weet gij ook wel waar hij gebleven is?'

Hij zuchtte. 'Dat u der duivel hale, vraag er mij niet meer naar.'

In de kamer naast hen brak een glas en klonk een vloek.

'Stil nou, Booskop,' zei hij rustiger. 'Heus, ik weet het niet.'

'Wees eerlijk...'

'Krijt niet meer, hij zal wel weer komen.'

Tranen liepen over haar wangen. Ze bracht geen woord meer uit. Ze beeldde zich dingen in.

Later, toen ze bij het vuur kalmeerde, de paniek verdween, toen moest het eruit: 'Misschien is Huib weggegaan. Dat kan ik me nauwelijks voorstellen, niet zomaar, zonder afscheid, zonder papieren. Zonder geld. Maar de plannen heeft hij. Om naar Oost-Indië te gaan. Ik houd hem niet tegen... het is misschien het beste,' aarzelde ze nog. 'Het is de enige oplossing,' dacht ze hardop, helder weer. Hoopvol: 'En ik blijf hier. Met de kinderen, als het lukt. Voorlopig...'

Vastberaden zei ze het toen: 'Ik ben van plan een winkeltje te beginnen. Ik ga niet mee naar Luik.'

Behr luisterde, stiller, niet zo dwingend als anders. Bij het weggaan, na haar belofte – daar drong hij wel op aan – om woensdag weer te komen, was ze opgelucht. 'Zodra Huib terug is, vertel ik het hem ook. Dat kan niet lang meer duren. Misschien was hij wel bij een andere vrouw? Nee... onmogelijk!' Na alle spanning schoot ze in de lach. 'Dat doet hij nooit.'

'Jammer eigenlijk,' zei Behr zonder te lachen.

Thuis zat Marieke met de kaars te spelen die op tafel stond. 'Gloei-end heet...' Aan al haar vingers plakte kaarsvet, ze wachtte op een verse druppel. 'Net een traan, kijk mama, de kaars huilt.' Onverwacht sprong Marieke op en trapte tegen zijn lege stoel. 'Ik snap niet waar papa blijft!' De poes in Cocks stoel snurkte zachtjes door.

'Hij komt wel weer.' Ze vergat Marieke te vermanen en staarde in de vlam. 'Hij komt altijd.'

Müller, dinsdag 29 november 1712

Sinds zaterdag, sinds hij zichzelf niet meer was, vond Christoffel Müller alles geoorloofd, dus luistervinken zeker. In de rij bij de bakker hoorde hij twee dienstmeiden praten, de naam Cock viel, en alsof hij nooit anders had gedaan, draaide hij zich al een kwartslag naar hen toe om een mand met krakelingen te bestuderen, zonder blikken of blozen, en daarna bekeek hij de tegeltableaus om hen nog beter te kunnen verstaan.

'... gisteren moest ik naar het huis van Cock, die vermist wordt.'

'Dat heb ik gehoord, ja. En?'

'Aan de deur kwamen alleen twee kinderen. "Onze vader is er niet," zei de oudste, "en onze moeder ook niet."'

'Arme zieltjes. En toen?'

'Uren later werd ik er weer naartoe gestuurd, door mijn nieuwsgierige meester, met een smoes: om schriften. Ik belde aan en ze deed zelf open...'

'De vrouw van Cock? Van wie beweerd wordt...?'

'Precies! Ze deed pas open nadat ze door het sleutelgat had gekeken wie er stond. Toen ik naar Cock vroeg, haalde ze meteen haar schouders op.'

'En wat zei ze?'

'Sinds zaterdagavond had ze hem niet meer gezien, sinds hij uit was gegaan. Ze wist niet waar hij was.'

'Boze tongen beweren...'

Toen was Müller aan de beurt. Ongemakkelijke situaties omzeilde hij, dat was zijn natuur, maar sinds hij zichzelf niet meer was, sinds zaterdagavond, kon hij doodkalm naar voren stappen, in het volle licht, en zeggen: 'Eén klein brood.'

Hij deed wat men hem opdroeg, nam wat men hem gaf.

Hij nam het brood aan, betaalde en glipte weg langs de roddelende dienstmeiden. Hij ving alleen nog op: '... zou het? Zou het zó afschuwelijk zijn? Och, die arme kinderen...'

Hij diende slechts.

Even maar dacht hij: hopelijk hebben ze míj niet herkend. Hij liep naar huis, naar zijn kamertje, de dekens. Met het brood, om in zijn eentje op te eten. Maar trek had hij niet.

Dat het zo gewoontjes was, het kwaad, en zo vluchtig, dat verbaasde hem nog het meest: een wapen, of gewoon iets scherps, een misrekening, of een misvatting, onbegrip en één hand – van Kummer of van Behr? – die net de verkeerde beweging maakte, vermoedelijk. Al dan niet opzettelijk. Hij was in de oorlog geweest en had het kunnen weten, hij had genoeg gewonden verzorgd, doden gezien; hij wist het, dat het zó gebeurd kon zijn, maar hij had het weggedrukt: met zijn Spreuken, met baarden scheren en met Griet. Bij wie hij eigenlijk nog even langs moest gaan, zoals beloofd; hij droeg het zichzelf op en deed het dus.

Hij diende.

Wat was het karig bij haar thuis, dat drong toch even door zijn pantser heen. En gauw gaf hij Griet het kleine brood; hij schrok van de warmte van haar hand toen ze hem meetrok, de keuken in: zag ze niet dat hij zichzelf niet was? Dat hij het niet was die hier stond? Met verdoofde kop. Van wie hield zij dan? Want ze hield van hem, gaf op z'n minst om hem, nog altijd. Al wist ze natuurlijk van niets. Zij wist niet wie hij was; hij wist het zelf niet eens, niet meer, hoewel het allemaal zijn schuld niet was.

Zijn Bijbel had hij niet meer opengeslagen. De stem van de ouwe reus, zijn vader, hoorde hij niet meer; niet meer sinds zaterdagavond negen uur, toen hij hem paniekerig had horen schreeuwen onder zijn verhitte schedel: *Stoffel, weiger! Doe het niet!*

De gezelligheid – sober vuur, scharrebier – kreeg geen vat op hem. Hij at niet mee van zijn kleine brood, geen trek.

Geen rust, hij moest weg. Ervandoor. Eerst nog, voordat hij onder zijn dekens kon vluchten, moest hij naar Behr; hij diende nu eenmaal.

'Die luitenant,' zei Griet bij het weggaan buiten, 'die Behr, daar wilde je toch dringend vanaf? Word je overgeplaatst?'

'Dat is niet gelukt. En nu is het te laat,' versprak hij zich.

'Te laat?' Rood als granaatappels werden haar bleke wangen: 'Hoe... hoe weet je dat? Wat bedoel je eigenlijk?'

'Waarom bloos je?' Normaal was hij subtieler, hij kende geen schaamte meer en gokte: 'Je verzwijgt iets voor me, Griet.'

'Kom,' ze trok hem mee, met haar zachte hand, de hoek om, een steeg in, met haar lachende grijze ogen naar hun plekje, een nis, hun kloof in de bergwand. 'Je krijgt een zoon. Of dochter. De wijsemoeder, moeder Geertrui, is een kennis van ons en zij weet het zeker. De beste vroedvrouw van de stad.'

Nu was het echt te laat.

Vluchten – hij vermoedde dat korporaal Kummer gevlucht was – werd onmogelijk.

'Een... een zoon?' stamelde hij.

'Of dochter! Net zo handig als ik, dat wilde je toch? En met peentjeshaar, véél haar, meer dan jij hebt,' lachte ze.

O, vang voor ons de vossen die wijngaarden vernielen, onze wijngaard die in bloei staat! Zijn tong leek wel een blok aluin. 'Het komt wel een beetje... vlug. Wat onverwacht.'

'Had je kunnen weten. Ben je niet gelukkig?'

'Waar kunnen we wonen?'

'In jouw duivenhok, voor mijn part. Overal en nergens.'

'Waar kunnen we van leven?'

'Je dient Behr toch? Tot het kind komt, dien ik. Daarna ook weer en och, we zien wel.'

Een goede vrouw, wie zal haar vinden?

'Stoffel, stuntel, waarom zeg je niets?'

Ze is meer waard dan edelstenen.

Er zat iets in zijn keel; een prop verband.

Er zijn meer goede vrouwen, zegt hij dan, maar gij overtreft ze allemaal.

Hij zei niets. Hij riep: 'Ik moet ervandoor!' en holde weg. Hij was zichzelf niet meer. Wat had hij kunnen zeggen? 'Gij overtreft ze allemaal'?

Hij kon het niet. Het kon niet. Hij was al te ver gegaan, hij had staan praten over hun toekomst. Die nooit zou komen. Hij holde en holde.

Tenzij je geluk hebt: fluisterde de ouwe reus hem dit in?

Hij holde. Over de gladde kasseien holde hij met zijn kapotte laarzen, ze waren in die natte nacht beschadigd geraakt. Hij had toch geen rust, nooit meer; langs de herberg van Mijntje holde hij en langs die van Sighman, daar kon hij niet naar binnen! Hij holde en kon nergens heen, niet vluchten, zelfs niet meer onder zijn dekens; als een opgejaagd dier holde hij terug naar de nis. Hun kloof in de bergwand. Om uit te hijgen.

Stoffel! Was de ouwe reus terug? Of dacht hij het maar?

Krom voorover stond hij uit te puffen. *Misschien kom je ermee weg.* Misselijk kwam hij overeind.

Ineens stond Behr voor hem.

Toch niet weer met een brief? Gisteren had hij er een moeten bezorgen bij de vrouw van Cock, als hij haar zo nog noemen kon, de weduwe van Cock: dat durfde nog niemand te zeggen. Zijn brief had ze niet graag aangenomen.

'Kom.' Meer hoefde Behr niet te zeggen.

Het schemerde en werd donker in de kamer in De Drie Kroone die Behr had besteld; hij, Müller, had het geregeld, het sloeg zes uur, en halfzeven, maar de vrouw van Cock kwam niet opdagen. Ook Kummer was er niet. Zwijgzaam dronken ze bier, aten ze wat brood.

Hij stak toch maar een kaars aan. 'Waar is Kummer?'

'Hoe zou ik dat moeten weten? Ik wil dat je meekomt, Müller.'

Hij diende. Hij liep mee, door de Korte Burchtstraat en een vrouw – middelbaar, mollig – volgde hen.

Behr trok zijn hoed nog dieper over zijn ogen. 'Wie is zij?'

'De zus van Cock. De vrouw van Becking.'

Zonder zijn pas te versnellen, liep Behr door; en hij erachteraan.

'Volgt ze ons nog?'

Müller zag iets bewegen, schimmig, op een kelderluik. 'Niet meer, geloof ik. Ze verbergt zich op een kelderdeur, maar of ze ons ziet...?' De Sint Steven overstemde hem, zeven uur was het.

'Ga jij eerst naar binnen,' fluisterde Behr ongeduldig. 'Zeg dat ik eraan kom.'

De bovendeur stond op een kier, zag Müller. Er brandde geen licht. Op de laatste slag, de zevende, moest Cocks vrouw – Cocks weduwe – hem hebben zien staan; de onderdeur ging nu ook open en hij stapte naar binnen, het duister in.

Schimmig maar fier zag hij haar staan; wat een gestalte. 'Mijn heer komt.'

'Wanneer?'

'Nu.'

In het gebrekkige licht van alleen maar wat smeulende kolen zag hij dat ze gehuild had. Droevig en doodmoe klonk ze: 'Bij God... Wat zal hij hier doen? Laat hem daarginder blijven.'

'Ik kan er niets aan doen, hij is hier al.'

En daarna liep hij weg. Naar zijn hok.

Charme is bedrieglijk en schoonheid verdwijnt snel.

De trap op, zijn bed in.

Hij, die vader werd, sloot zijn ogen.

Laat heel de stad haar naam met ere noemen.

Met zijn ogen dicht, omdat hij niet geloven kon dat hij – uitschot – vader werd, mompelde hij nu pas bevend: 'Loof de Heere.'

Overal was Cock – juist door zijn verdwijning – aanwezig. Nergens was hij gevonden; de meid had ze er ook al drie, vier keer op uitgestuurd, alle herbergen af. Overal werd ze nagekeken, nergens wist iemand iets: aan geen enkele toog, niet bij Mijntje, niet bij een van zijn kennissen, niet bij de vrouwe van Heuckelom, voor wie hij ook niet – ergens, wáár dan ook, buiten de stad – op pad was. Zelfs niet in de tapperij van laag allooi die ze gevonden had. Een van zijn schuldeisers had ze herkend en op de man af gevraagd: 'Waar is Cock?'

'Dat zou ik ook wel willen weten!' had de man geroepen en in de tapperij was luid en onbeschaamd gelachen.

Door de stad doolde ze, in zijn voetspoor, voor zover ze het kende. Overal ontmoette ze blikken die terugkaatsten: Waar is je man? Blikken bleven aan haar kleven, in sommige lag hoop, in vele lag verachting.

Naar de kade, dacht ze. Naar de Waal. Ze wikkelde Hendrik nog steviger tegen zich aan en voelde zijn oor, zachter dan een framboos, tegen haar lippen. 'Naar het water gaan we,' fluisterde ze en hij lachte. Misschien werd haar blik daar minder troebel.

Door zijstraten en door stegen en gasjes, misschien kwam ze hem ergens tegen, naar de kade: daar hadden ze gelopen vroeger. Huib nog vol plannen, slank nog, vol verhalen. Daar werd het haar misschien duidelijk.

Overal, zelfs hier, was hij aanwezig, in het grauwe water, dat hoog stond. Nergens zag ze zijn gemoedelijke, schommelende loopje, zelfs niet uit de minste kroegen op de kade. Altijd kwam Cock in de problemen, maar hij straalde uit dat alles – eens – goed zou komen. Vroeger vooral, maar de laatste tijd toch ook weer.

Schulden of niet: de wind woei door haar haren, koud, onstuimig. Blut of niet: eens had je weer geluk. Langs het woeste water liep ze, voorbij de schepen en de laatste zeilen, steeds lichter. Hoe meer je verliest, zo dacht Cock, hoe rijker je eens zult zijn.

Hij had haar leren schrijven; ze kon het al, maar hij had erop gestaan dat ze haar handschrift zou verbeteren. Met schuldgevoel drong tot haar door dat het mogelijk tot zijn vermissing had geleid; het moest te maken hebben met haar brieven, al waren die verbrand, dat hij vertrokken was zaterdag.

Aan het einde van de kade, waar ze bijna wegwoei en niet verder kon, keek ze uit over de brede rivier en ze voelde een onverwacht lachje opkomen. Cock zou het prachtig vinden haar hier te zien staan.

Ze wist niet meer wat ze voelde: woede, spijt, een allegaartje aan smart. Na al hun ruzies staarde ze in het water en liep met een omweg terug, naar de bovenstad; door zijstegen en door gasjes, zelfs gasjes die doodliepen, naar huis. Nergens zag ze hem.

Nergens klonk gefluit, alleen een fluitende wind. Achter de zwijgende, verstomde gevels van de Korte Burchtstraat werd ze nagewezen. Kuierde Cock midden op straat fluitend naar huis, dan floot elke gevel kaatsend terug.

Ter hoogte van het stadhuis klampte de weduwe Glasemaker haar aan. De teruggetrokken vrouw die zich nooit ergens mee bemoeide, legde een benige, koude hand op haar schouder. 'Ze zeggen dat uw man vermoord is, als gij er schuld aan hebt, pak dan uw biezen.'

'Ik heb daar geen schuld aan,' zei ze al. 'Ik zal niet weggaan, al trekken ze mij met vier paarden uiteen.'

Vermoord? Ze liet zich niets aanpraten, niet krankzinnig maken. Hij was vermist.

Eens kwam het goed; geruchten waren het.

's Middags bracht ze nog een deel van het zilver bij mevrouw Ingenool: een theebus, haar mooie speldenbak, twee borstels – de harde en helaas de zachte – en linnengoed, koper en tin in een zware mand. Vijfentwintig gulden beloofde Ingenool haar ervoor: 'Morgen, zoveel heb ik nu niet in huis. Hier heb je er alvast negen.'

Ze had het nodig, op de een of andere manier kwam het goed en ze ging die avond gewoon, volgens afspraak, naar De Drie Kroone.

En op tijd naar huis, de natte kou uit. Naar bed.

Maar de volgende dag, donderdag, de vijfde dag van Huibs vermissing, bleef ze op haar bed zitten. Ze hoorde Huibs nicht, de weduwe Louwen, het huis in en haar kamer in komen, en die zag haar dikke ogen. 'Heb je nog niets van je man gehoord?'

'Nee...' Ze had niets gegeten, Teuntje en Johanna speelden op de grond bij haar bed met hun tol. Marieke zat haar op een krukje almaar aan te staren.

'Weet je niet waar hij is?' Zelfs de nuchtere weduwe Louwen keek bezorgd.

En ze brak: 'Ach, wist ik maar waar hij gebleven was.' Tranen stroomden over haar wangen, en over Hendriks kruin. Johanna keek op, verstijfd, de tol viel om. Zelfs Teuntje was stil. 'Er is geen vrouw in Nijmegen zo bedroefd als ik ben, mijn man te moeten missen, daarbij laat hij mij vier kinderen... en dan niet eens te weten waar hij is.' Marieke sprong bij haar op bed en sloeg onhandig en zorgzaam haar arm om haar heen; ze voelde Mariekes neus in haar hals.

Nog geen uur later kwamen dienaren van de schout haar halen.

IV

Donderdag 1 december 1712

Van Anhout

'Er is iemand gevonden.'
    'Wie dan?'
    '...'
    'Waar? Wie?'
    'Op mijn kar moeten vervoeren.' – Crelis, de klicksteen, was een man van weinig woorden: daden, al waren het de smerigste, daar draaide hij zijn hand niet voor om. Nu al had hij meer gesproken dan anders op een hele dag: 'Kom mee...' Hij leek ietwat van zijn stuk, wat nog uitzonderlijker was, en stonk nog erger dan anders.

Andries van Anhout zette zijn hoed op en stond al buiten.

Zwijgend liep Crelis voor hem uit: de klicksteen, het laagste van het laagste, ook nog uitzonderlijk klein van stuk. Zelfs voor Van Anhout knapte Crelis vuil werk op, en verder ruimde hij kadavers.

Als vanzelf sprongen mensen opzij zodra ze de haastige klicksteen met zijn nooit al te schone, leren voorschort roken; alles aan hem was van leer, en was eerloos voor de rest van de stad.

Achter hem aan snellend, met Gerrit boven zich, voelde Van Anhout zich ongemakkelijk. Langer en gevreesder nog dan hij toch al was. Maar dat de mensen uiteenweken, als de zee voor Mozes, versnelde zijn haastige gang naar de benedenstad; des te eerder zou zijn nieuwsgierigheid worden bevredigd.

Nieuwsgierigheid, die met de jaren toenam, naar het leven buiten zijn isolement. Al ging het om een lichaam; de dood, die kende hij. Maar wie betrof het? Er waren enkele vermissingen; als altijd militairen, van diverse rang, en recentelijk een burger, een procureur. Evengoed kon er iemand zijn verdronken, kon er een dronkaard dood zijn geslagen. Toch stak achter elk lichaam een verhaal, soms kreeg hij daar iets van mee, een waar geschenk.

Enkele tellen maar bleef de klicksteen voor een tapperij staan; hij betaalde buiten voor de gesloten onderdeur, volgens voorschrift, en sloeg zijn bier achterover uit een gebarsten kannetje. Van Anhout weigerde een slok omdat het nog vroeg was, omdat ze haast hadden. Niet omdat hij vies was van Crelis, zoals de rest van de stad; daarom dronk Crelis buiten uit een herkenbaar kapotte, onreine kan waaruit niemand anders dronk.

Voordat ze het vervallen knekelhuis aan de rand van het kerkhof van de Sint Steven betraden, kwam de stank hem al tegemoet: van dood, dagen oud al, vermengd met rivierklei.

Een waterlijk! Die geur vergat je nooit. Gerrit werd onrustig, hevig geïnteresseerd glansden zijn ogen. Gauw joeg hij hem van zijn schouder. 'Ga heen! Naar huis.'

Achter de klicksteen aan kwam Van Anhout in een halletje; daar stond een man: levend, maar bleker dan de dood.

'De visser,' zei de klicksteen met een kort knikje.

Een bode telde geld uit: 'Zes gulden… voor het opvissen van het dode lichaam.' Met tegenzin, alsof het besmet was, nam de bleke visser het geld aan; weifelend, in alle hectiek. Met doeken of servetten voor hun mond gingen schepenen, de schout en zijn dienaren – en natuurlijk die twee onvermijdelijke chirurgijns – de deur in en onmiddellijk weer uit. Telkens ontsnapte die geur, als een wild dier dat niet te kooien was.

De visser wilde ervandoor en stond al buiten, toen een van de schepenen – ijverig en jong – hem terugriep: 'Heimans? Casper Heimans! Een moment nog. U was de visser?'

'Ik ben visser, ja.'

Sommige mensen werden misselijk in de nabijheid van doden, wist Van Anhout, dat was in het geval van een dagen oud waterlijk niet onbegrijpelijk; zelfs als je als jongen al gewend was geweest om elke geur – alles – te aanvaarden, viel de penetrante lucht niet mee.

'Waar heeft u het... het lichaam gevonden?' haperde de jonge schepen.

'Gevonden?' De visser deed nog een stap achteruit. 'Ik zag hem drijven. Op zijn buik. Ik greep hem bij zijn riem, haakte hem aan mijn boot en voer omhoog, naar de stad. Ik kon hem niet aan boord nemen, vanwege besmetting en...' Hij zocht naar woorden.

'En wat?'

'En ik wilde niet dat een paar kinderen die mij bezig zagen hem van dichtbij zouden zien. Het ontbindt in het water ook minder snel. Ik heb de klicksteen laten waarschuwen, die heeft hem god-zijdank hier gebracht... Ik zou maar opschieten als ik jullie was! Eenmaal uit het water gaat het ontbinden dubbel zo hard.'

'Waar dreef het lichaam?'

'Voorbij de nieuwe kribben, in de uiterwaarden, tussen onder-gelopen struiken blijven steken.'

'U kunt gaan.'

Geringschattend bekeek de visser de jonge schepen. 'Dat was ik ook van plan.'

Pas toen de visser zich had omgedraaid en wegliep, herkende Van Anhout hem aan zijn achterhoofd en machtige nek; in de kerk zat hij ver voorin; godvrezend, vroom. Zelf zat Van Anhout af en toe achterin, op een afgedwongen plaats.

In het vervallen halletje hield Van Anhout de deur open en de klicksteen glipte al onder hem door naar binnen: de stank in, die bezit van je nam, die je voelde over je hele lijf.

Heremijntijd... Van Anhout zette zijn hoed af.

Op een stenen tafel lag het, opgezwollen door het water en door die verbijsterende buikgassen, maar van nature al rond: een goedgekleed lichaam, voor zover dat te zien was onder modder en rivierslib, en voor zover het nog gekleed was; gezien het aantal da-gen dat het in de rivier moest hebben gelegen, viel dat niet tegen.

Het hoofd was afgedekt met een stuk zeil, van de visser vermoedelijk.

'Zeil weghalen,' ordonneerde de schout met twee vingers onder zijn neus.

De klicksteen keek de schout kalm aan. Voor even zijn meerdere, deed hij eerst zijn versleten kap met gaatjes voor zijn mond en trok rustig zijn leren handschoenen aan.

'Niet naar het gezicht kijken,' waarschuwde de oude schepen Singendonck zijn piepjonge collega. 'Ik weet al dat hij het is.'

Het zeil werd weggehaald en een onherkenbaar, donkerblauw gezicht verscheen. 'Zwart als de duivel is het...' fluisterde een van de schepenen.

In het gezicht, dat door modder en slib nog donkerder was geworden, lagen gesloten ogen – molshoopjes – naar de zoldering te staren; de klicksteen lichtte de oogleden een voor een op: en troebel als de grijze lucht knipoogden de verweekte ogen, een voor een, zonder afzonderlijke iris, zonder oogwit, zonder ziel.

'Oogkleur?'

De klicksteen haalde zijn schouders op.

'Blauw,' stelde de schout aarzelend vast. 'Of groen. Grijs kan ook. Niet meer te achterhalen, nee. Ontkleden,' zuchtte hij met zijn vingers onder zijn neus.

'Niet om aan te zien,' siste de oude Singendonck op maximale afstand, tegen de muur aan gedrukt, 'en onherkenbaar. Maar hij is het.'

'Eerst de schoenen,' maande de schout. 'Herstel: de schoen.'

De klicksteen wrikte hem los van de gezwollen voet: duur, met forse, hoge hak.

'Aan die schoen zie ik het,' siste Singendonck weer.

De klicksteen pakte een schaar uit zijn voorschort en knipte de broek open die eens van goede kwaliteit was geweest: benen met stevige, opgezwollen kuiten van een man in de kracht van zijn leven verschenen: gevlekt als boomstammen, het werk van de rivier en van verrotting. Met zichtbare knieschijven: blootgelegd door de bodem van de Waal, waar het lichaam stroomafwaarts overheen was gesleept, voordat het was gaan zweven en omhoog was gekomen.

Toen het geslacht verscheen, keek iedereen weg; behalve de schout en de klicksteen, zag Van Anhout. Het respect dat Crelis de klicksteen nu moest voelen, maakte iets van zijn dagelijkse vernedering goed.

'Bovenkleding heel houden!' maande de schout.

De klicksteen haalde zijn schouders weer op en deed voor de vorm een poging om een knoop, strak op de verstijfde romp, los te krijgen. Hij pakte zijn schaar al.

'Knippen dan maar,' gaf de schout toe, want de stank werd ondraaglijk, 'maar voorzichtig. En vlug!'

In de bemodderde zwarte stof die om de buik spande, en die bij elkaar hield, zaten gaten, niet al te groot; niet eens opvallend. Zonder er acht op te slaan knipte de klicksteen de stof, die wel meer scheuren vertoonde, open langs de knopen. Nog verder weken de schepenen achteruit, walgingwekkend werd de stank, lichaamsgassen ontsnapten. Door het gesjor aan het lichaam stroomde er een golf Waalwater uit de duistere mond.

Pas toen het vaalwitte onderhemd tevoorschijn kwam, zagen ze de verwaterde bloedvlekken.

De klicksteen knipte het onderhemd open.

'Aah...!' Gillend trok de jonge schepen zijn pruik af en hield die voor zijn gezicht; ineens maar een snotneus.

Met de twee chirurgijns die Van Anhout koeltjes hadden toegeknikt, kwam Van Anhout dichterbij: drie wonden zag hij, schoon, met rafelige randen van opgekruld vlees.

Een andere schepen, die zijn grote zwarte hoed nog ophad, zei onherkenbaar achter zijn servet: 'Dat... dat kan geen ongeval zijn.'

'En ook geen zelfdoding!' De jonge schepen leek zijn gilletje vanachter zijn pruik goed te willen maken.

'Een misdrijf...' zei Singendonck oprecht woedend.

Rustig vroeg de schout: 'Vertel eens, Van Anhout?'

'Hij is gestoken, drie keer, met een degen.'

Zonder de strakke kleding zwol de buik nog verder op. De chirurgijns Bechman en Van Doorn knikten en zelfs zij raffelden hun relaas af, bijna zonder Latijnse termen: 'De dood is ingetreden, vrijwel direct, of toch wat later, na doorsnijding, of incisie, van de...'

De schepenen waren al een stap verder. In het halletje, waar het iets minder indringend stonk, speculeerden ze met de deur op een kier: 'Hij is beestachtig vermoord, ik heb wel een vermoeden door wie.'

'Door wie dan?'

'Door wie? Moet je dat nog vragen? Zijn vrouw houdt het – of hield het, hou me ten goede... – met die inwonende luitenant.'

'Die niet meer inwonend is.'

'En die hem al bijna vermoord had met zijn degen.'

'Behr, de luitenant,' riep de schout, 'hebben we hier al in arrest gehad. Te kort...' Spijt klonk door, al bleef de schout altijd zakelijk.

'Dit kan niemand anders zijn dan Huib Cock,' zei de jonge schepen in het halletje, nog altijd met de pruik voor zijn mond, terwijl de klicksteen met een mes de laatste restanten van de bovenkleding wegsneed.

'Dat zei ik meteen al.'

'Ik had het zien aankomen,' zei de schepen met de hoed.

'Die arme Cock.'

Met het nodige gesjor haalde de klicksteen de bovenkleding onder het lichaam vandaan. Kletterend viel er iets op de grond.

Zelfs de piepjonge schepen stak nu zijn hoofd weer nieuwsgierig naar binnen. 'Die arme Cock was wel bewapend.'

De schout trok handschoenen aan en raapte het zakpistool op, inspecteerde het. 'Ongeladen. Zijn alle zakken leeg?'

Op wat stenen en een uit elkaar vallende speelkaart na, vermoedelijk een harten drie, vond de klicksteen alleen een tol die van een van zijn kinderen moest zijn.

'Afvoeren,' zei de schout. 'Een lichaam dat dagenlang in de rivier heeft gelegen, hoeft niet vertoond te worden. Kleding verbranden, alles grondig reinigen. Grondiger dan anders!'

Tegen zijn dienaren hoorde Van Anhout hem zeggen: 'Ga met-een kijken bij Behr en zijn knecht.'

Behr

Loom opende hij één oog en daarna pas het andere, eindelijk uit-gerust na nachtenlang slecht slapen. Verkwikt. Weer onvervalst J.L. Behr. *Met bloed ondertekend.* Waarom kwamen die achterlijke gedachtesprongetjes steeds in hem op?

Mijlenver weg moest het lichaam zijn, verzwaard met stenen op weg naar zee; daar had Cock toch al naartoe gewild om naar Oost-Indië te varen. Als het was gestrand, tussen schepen aan de kade of verderop tussen ondergelopen bomen, dan was het allang gevonden.

Hij was veilig.

Lenig sprong hij uit bed. Met een vuil maar droog servet wreef hij de spiegel op om zijn lichaam met het oude litteken, waarvan zij allang niet meer raar opkeek, te inspecteren: zwartbehaard, met een enkele grijze haar die hij niet meer wegplukte, niet week, be-paald niet bléékjes stond het daar na alle ellende en heisa, mid-den in de winter toch in vorm – al hadden ze al dagenlang niet gevreeën. Daar was hij weer klaar voor, vanaf heden, dat kwam weer en dat kon ook weer. Binnenkort zelfs in haar bed, in het huis van Cock, zoals die ene keer; zodra de geruchten verstomd zouden zijn en zij eraan toe was. Half omgedraaid bewonderde hij zijn billen: er bestonden beroerdere.

Hij was eraan toe. Het bloed stroomde naar zijn lid, dat zich weer oprichtte. Hij was toe aan een nieuwe stap in zijn leven; tot zijn schande. Zelfs zijn billen bloosden bij de gedachte zijn bestaan te verruilen voor dat van een burgerman. Maar wat was iemand waard die niet kon blozen? Na alles wat hij had nagejaagd, vergeefs, en na het grote niets, had hij de verlokkingen van een leven als burger ontdekt.

Een burgerman kon ook een vent zijn, in principe.

Haar kinderen zouden weer een vader hebben. Ze waren huilerig, dat raakte hem.

Zij hoefde hen niet te missen; hij hoefde niet meer met haar naar Luik te vluchten. Waarom? Als ze hier alles konden hebben?

Zijn opwinding liet hij voor wat die was; bewaren, opsparen voor later. Hij hoefde zich maar een van de beelden uit die natte nacht voor de geest te halen – het lijf van Cock – en zijn erectie was afgezwaaid. Zo eenvoudig kon afzwaaien gaan.

Hij kleedde zich aan om stevig te gaan ontbijten: eieren had hij nodig. Spek!

Al die ellendige knoopjes van zijn mooie vest moesten dicht en toen hij geërriteerd raakte, stak toch de twijfel op. Moest hij niet alsnog met haar naar Luik? Wegkomen. Naar zijn moeder desnoods in Meersburg? Desnoods met haar kinderen erbij; dat zou wel veel heisa geven. Gesjouw, gehuil.

Netter dan anders kamde hij zijn haar. Misschien kon hij zelfs een pruik gaan dragen; de generaalspruik... Nu ging hij te ver! Kummer had hem uitgelachen als hij er nog was geweest.

Nee, vluchten was te veel gedoe. En Anna Maria kreeg hij voorlopig toch niet mee. Al had ze spullen verpatst. Hij had het toegejuicht, maar ze leek het niet te hebben gedaan om mee naar Luik te kunnen. Eerder om iets achter de hand te hebben, of om een winkel te beginnen; ze had er niet over willen spreken.

Het loopt zoals het loopt, dacht hij, het loopt altijd goed. En de Waal loopt altijd uit op zee. Die vervloekte rivier sijpelde zijn hoofd in, verweekte zijn hersenpan nog! Zijn hart was hij al kwijt, maar dat was een opluchting: zij droeg het bij zich. Dat was een van de eerste dingen geweest die hij haar had geschreven.

Als souvenir had hij bijna al zijn brieven aan haar in een ladekastje bewaard. Slordig als hij was en slordig als zijn leven was verlopen; hierin was hij voor één keer consciëntieus geweest. Slordig kon hij niet meer zijn met de zorg voor kinderen.

Ernstig keek hij zichzelf aan: een verantwoordelijk burger was hij. Een vader. Waarom niet? Het kon nog. Het jaar '13 van de nieuwe eeuw zou de omslag worden.

Alles kon hij zijn, voor háár. Ongekende krachten stroomden door zijn lijf. *Sneller dan de Waal.* Zelfs aan irritante gedachteoprispingen zou hij wel wennen. Schildwachten had je nodig: niet alleen op de Korenmarkt, ook in je hoofd – wat was er dan niet mogelijk!

Hij veegde zijn laarzen schoon. Beneden, hoorde hij, werd op de deur gebonsd.

De stem van de oerlelijke chirurgijnsvrouw, bij wie hij niet lang meer in kwartier zou hoeven zijn, klonk paniekerig: 'Luitenant Behr...?!'

Hij ging niet ordinair terug staan roepen. Wat bonkte ze op de trap. Kalmte was niet iedereen gegeven.

Hij wreef zijn manchetknopen op en liep rustig naar de deur... die zomaar openvloog!

Hij herkende de dienaren van de schout, maar behield zijn kalmte. 'Niet bepaald een chique entree! Wat is de bedoeling?'

'Ik zou maar niet zo hoog van de toren blazen,' zei de een, en de ander: 'We hebben het lichaam gevonden.'

De bekende bluf! 'Hét lichaam?' Luchtig trok hij zijn wenkbrauwen op en posteerde zich achteloos voor het ladekastje met de brieven, bijeengebonden met het lint.

'Het lichaam van Cock.'

'Cock? En wat heb ik daarmee te maken? En wie geeft u het recht hier zomaar binnen te vallen?'

'De schout. U kent hem wel.'

Naast zijn bed stond opeens een oubollig geklede hellebaardier.

'Jullie schout kan barsten!' De knop van de lade – met de brieven – voelde hij in zijn rug. Als een wapen, maar het kalmeerde hem; en hij verzette geen stap. 'Jullie schout mag met mijn overste-luitenant gaan praten. Aan niemand anders...' even maar viel hij stil toen de hellebaardier zijn arm vastgreep, 'aan niemand anders leg ik verantwoording af.'

Geen reactie.

De dienaren neusden al in zijn spullen, keerden zijn kussen om; lag daaronder nog een brief? Nee, alles lag netjes in de lade. Zorgvuldig opgeborgen, bij de trouwakte. Die dienaren mochten zijn matras best omkeren, zijn verendeken openslaan, hun neuzen in zijn kledingkist steken.

'Meld u toch bij de overste-luitenant.' Hoofdschuddend, en niet al te neerbuigend, keek hij naar de hellebaardier die hem losjes bij de arm vasthield.

'Uw degen?'

Met tegenzin trok hij hem uit zijn schede.

De dienaar van de schout bewonderde het scherpe lemmet. Dat schoon was.

Waarom bleef hij het bestuderen? Zat er toch bloed op? Afpakken kon niet. Hij moest op het huiselijke, vervloekte kleedje voor de lade blijven staan.

Hoe lang de schout al achter de deur op de overloop had gestaan, viel vanuit zijn – niet optimale – positie voor het kastje niet te zeggen; maar zodra hij hem zijn kamer in zag komen, maakte hij het hem duidelijk: 'Ik val als officier, en vervanger van de kapitein, onder de overste-luitenant.'

'Normaal gesproken wel.' De schout moest naar hem opkijken. 'Maar niet als het om moord of doodslag op een burger van onze stad gaat.'

'Heb ik niets mee te maken.' Kummer had het gedaan en die moest allang ver weg zijn, in veiligheid.

'Opzij!'

Hij bleef staan, de hellebaardier trok hem opzij. Hij verzette zich, maar vergeefs; hij voelde de ladeknop niet meer in zijn rug en de plankenvloer verdween onder zijn voeten: geen kant kon hij nog op. En hij viel, terwijl hij bleef staan, met één voet nog op het kleedje: als in een nachtmerrie viel hij, terwijl de schout de lade opentrok, het lint lostrok, de brieven inkeek, vluchtig, de een na de ander, hij ging er zelfs bij zitten, op het overhoopgehaalde bed. De schout leek geboeid door zijn brieven. Waar hij zijn best op had gedaan. Waarin hij ook een enkel kwaadaardig zinnetje over Cock had geschreven; behoorlijk wat zelfs. Maar zonder... razendsnel speurde hij zijn geheugen af... ja... nee... zonder Cock bij naam te noemen. Háár noemde hij toch ook nergens bij naam?

Het kan nog, een leven, samen, tenzij ik het verknal, sprak hij zichzelf toe terwijl de hellebaardier zijn arm fijnkneep en de schout zijn brieven bijeenbond en naar de hellebaardier knikte: 'In arrest zetten.'

'Maar...? Verruim uw blik toch! Cock had zoveel vijanden.'

'Maar niemand van uw kaliber.' Even maar leek het een compliment. 'Doorzoek alle lades, de hele woning,' bromde de schout tegen zijn dienaar.

De trappen af, het huis uit: dat viel nog mee. Nergens, meende Behr te weten, had hij haar naam genoemd.

Buiten, in de Korte Burchtstraat, kreeg hij het benauwd. Müller kwam net aanlopen en werd meteen vastgegrepen, meegenomen; zijn knecht liep gedwee mee. Onschuldig.

Mensen dromden samen, om hen heen. Toch bleef het onheilspellend stil; na een veldslag kon het ook zo stil zijn. Wazige schimmen zag hij en het was alsof hij verdwaald was, paniek benam hem het zicht: kromgegroeide bomen leken ze, de kronkelige gestalten die hem aangaapten. Hij herinnerde zich een bos bij Malplaquet, waar hij na een verloren gevecht in ronddwaalde. Hars. Bloed. Stront. De geur van kapotgeschoten takken drong zich weer op.

Ter hoogte van haar huis werd hij helder. En hij schaamde zich, tot diep in zijn ziel, toen hij voor haar raam een schim meende te zien.

De schout, die voor hem liep, leek even te aarzelen, maar liep door.

Hij moest wegkomen! Hij probeerde zich los te trekken.

Ik had ze moeten verbranden. Voor háár.

Hij werd nog steviger vastgegrepen.

Vonk

Toen ze haar kwamen halen, toen dienaren van de schout aan-klopten en zichtbaar met zichzelf verlegen iets opdreunden, kneep Johanna in haar hand. Ze ving niet alles op: 'Anna Maria Vonk... vrouw van Huibert Cock... in provisorisch arrest...' Het leek ook maar een formaliteit, het leek niets met haar te maken te hebben. Johanna liet haar hand niet los.

Nu pas keken de dienaren haar aan: 'We moeten u meenemen.'

'Met welk recht? Als ik vragen mag...?' hoorde ze zichzelf nog zeggen. En Marieke kwam naast haar staan.

'Er is...' De mannen zochten naar woorden, keken onbeholpen naar haar kinderen. 'Dat hoort u later wel. Niet... niet hier.'

Teuntje greep zich vast aan haar been.

'Kom mee, we willen het niet erger maken dan het al is,' zuchtte een van de dienaren, die ze herkende: een kennis van Cock. Hij pakte haar bij de arm waarin ze Hendrik vasthield. De meid nam hem al over.

'Nee! Zo gaat het niet. Laat me rustig...' ze moest kalmer klin-ken, 'laat me even afscheid nemen. Ik heb niets op mijn geweten.'

'Heeft het met papa te maken?' riep Marieke angstig.

'Stil maar,' ze drukte Marieke tegen zich aan, 'het is niet voor lang.' En daarna Johanna: 'Luister altijd naar je oudste zus.' Ze kuste Teuntjes gezicht. 'Lief zijn... en blijven. Tot ik terug ben.' Hendrik drukte ze tegen haar borst, ze rook zijn kruin, kuste die. En gaf hem aan de meid; hij lachte.

'Nu kan ik mee.' Terwijl een van de dienaren haar kasten verzegelde, trok ze haar mantel aan, schikte haar omslagdoek. Met geheven hoofd ging ze de deur uit, alsof ze naar de markt ging, al was het tussen die mannen in; want haar kinderen keken haar na.

Ze keek niet om. Dat kon niet. Dat deed ze anders ook nooit.

Zodra ze de hoek om gingen, niet rechtdoor naar de markt, zodra ze uit het zicht van haar kinderen waren en ze alleen nog door anderen werd nagestaard, liet een van de dienaren van de schout zich ontvallen: 'Ze hebben hem opgevist uit de Waal.'

'Stil nou, dat komt straks,' siste de kennis van Cock.

Het drong niet goed tot haar door. Vrouwen en meiden bleven staan, zetten hun manden neer of hun emmers om haar na te kijken. Kinderarmen wezen haar na, mannen lachten. Zelfs de paarden voor de karren briesten. En Cock lag in de Waal? Dood. Opgevist.

Knechten namen haar keurend op. Een duur rijtuig hield halt, voor haar? Het gordijntje ging opzij: was het de vrouwe van Heuckelom? Het deed er niet meer toe, als het waar was.

In de verte rezen de torens van de Wymelpoortgevangenis op, steeds groter, machtiger. Ze voelde zoals altijd de neiging om haar pas te versnellen, maar hield zich in. Zo trots mogelijk liep ze – in hun losse greep – naar de eeuwenoude, tot binnenpoort geworden gevangenis; ze voelde een tochtvlaag, keek bij het oude heiligenhuisje naar de nog veel oudere Maria-met-kind van steen, die geen gelovige had durven schenden of weg had durven halen; en toen zag ze de wolf. Een dode wolf, of wolvin, hing aan een ijzeren halsband uit een smal raam van een van de torens; naar oud gebruik, wist ze van Cock, bracht een in het schependom gevangen wolf een premie op van twaalf gulden. Ik heb nog zestien gulden te goed van mevrouw Ingenool, dacht ze; ze moest haar gedachten bij elkaar houden, zich niet gek laten maken.

En ze zou niet belanden in het Gekkengat: de verduisterde cel onder de Wymelpoortgevangenis, die was in onbruik geraakt. En bovendien voor zotten, voor onnozelaars.

Aan de zijkant van de Wymelpoort ging een zware deur open naar een torentrap. Ze ging niet naar beneden, niet naar het gat, maar cirkelde, op oude treden, omhoog.

Van Anhout

Dat Van Anhout het verhoor van de knecht Christoffel Müller bijwoonde – '22 *jaar, geboortig uit Wittenberg*' en nadrukkelijk '*barbíér van professie*' – was aanvankelijk niet meer dan toeval; hij wilde namens de stad de klicksteen uitbetalen, diezelfde middag nog; een vlotte betaling was verdiend bij een waterlijk. Zodoende was hij in het stadhuis en liep hij door de schepenhal, waar de kalende maar opvallend kinderlijk ogende knecht werd uitgehoord. Van Anhout vergat zichzelf en bleef staan. De knecht was in kwartier geweest bij een barbier, dat kon wel wezen; hij verklaarde ook dat zijn heer Behr, over wie Van Anhout die ochtend bij het lijk van Cock had horen spreken, dat diezelfde Behr 'wel familiaar' met de vrouw van Cock had geleefd, 'maar niet oneerlijk'. De knecht probeerde te liegen, zag hij, maar deed te veel zijn best.

Misschien veronderstelden de burgemeesters die het verhoor afnamen dat de aanwezigheid van een meester van het scherpe zwaard de jongen als vanzelf tot rede zou brengen. Beide burgemeesters knikten vriendelijk ten teken dat hij kon blijven staan. Al was het midden in de hal.

'Waar was u zaterdag jongstleden?' vroeg burgemeester Pels aan de jonge knecht.

'Voornamelijk in mijn kwartier! Bij Meindert de barbier.' De jongen zei het te stellig. 'En 's avonds ben ik niet meer uit gegaan,' benadrukte hij te snel. 'Ik heb Meindert geholpen met klanten scheren.'

'Onze schepenen hebben zojuist getuigen gesproken die verklaarden dat u zaterdagavond wel degelijk de deur uit ging. Werd u er niet door Behr op uitgestuurd om Cock te zoeken?'

De knecht begon te stamelen: hij had naar Cock laten vragen, ja, om hem iets te geven, bij Sighman in de herberg, een brief – of brieven? – namens Behr, en daarna was hij vertrokken, met Cock, dat wel. 'Maar,' en dit benadrukte hij weer luidop, 'maar tót aan De Oude Burchtpoort.'

Alsof er verderop, in het Kalverenbos, iets gruwelijks was gebeurd. De moord op Cock? vroeg Van Anhout zich af. Als het moord geweest was. Tot hij werd opgeschrikt door burgemeester Van Heert, die altijd een buffer van stilte om zich heen droeg, als een omlijsting, maar die nu bulderde: 'De hele waarheid nu! Geen halve leugens meer. Geen onbeschaamd gedraai. Anders pakken we het anders aan.' Met een knik naar hem, Van Anhout.

De knecht keek om, keek hem aan, verstijfde. En viel toen op zijn knieën: het beklemde Van Anhout. De knecht – die met tegenzin zijn best had moeten doen, die iemand had moeten zijn die hij niet was – deed hem denken aan zijn zoon. En aan zichzelf.

'Pardon...! Ik verzoek u om pardon,' smeekte de jongen al met voorovergebogen kale kop, nederiger kon niet, alsof hij de glanzende tegels van de schepenhal aanbad. Niet kruiperig, maar oprecht: van iets verlost. 'Ik ben jong vertrokken van huis en haard,' zei hij met Duits accent, 'pardon, ik... ik zal alles bekennen.'

En hij verklaarde dat Behr enkele weken geleden ruzie had gehad met Cock, toen hij nog bij hem in kwartier was. 'Mijn heer zei toen tegen mij: "Als Cock me een proces aandoet, zal hij me tot een schelm maken. Een schurk zonder naam en faam. Ik heb geen geld. Gij kunt mij helpen." Hij wilde dat ik Cock naar een eenzame plaats zou brengen. Dat weigerde ik. Hij bleef het me maar vragen: "Je zult barbier van de compagnie worden, niet langer mijn knecht zijn, je zult nieuwe kleren krijgen." En hij dreigde. Maar ik bleef weigeren. Toen ik hem er toch bracht, ging Cock al uit zichzelf mee...'

Op dat moment rook Van Anhout de klicksteen, buiten voor het open raam, en zonder nadenken spoedde hij zich al naar hem toe, want zijn geur gaf overlast. Terwijl hij Crelis de klicksteen betaalde, bleef hij door de tralies voor het open raam kijken en zag dat de burgemeesters hun verhoor afbraken. Vermoeid misschien? De geknakte knecht werd weggevoerd.

Toch jammer, dacht hij 's avonds, toen zijn vrouw, gehuld in heel wat meer dan maanlicht, in vele lagen nachtkleding, de brede, koude bedstee in stapte. Benieuwd naar het vervolg zonk Van Anhout niet meteen weg, zoals anders zodra zijn vrouw – ver weg – naast hem lag.

De eerste keer dat hij Anna Maria Vonk zag in een verhoor, de volgende dag, ook in de schepenhal, was dan ook geen toeval – '*oud 27 jaar, gehuwd met procureur Huibert Cock*'; en ze maakte nog meer nieuwsgierigheid in hem los dan de knecht al had gedaan. Hij was niet de enige die niet toevallig aanwezig was. Buiten op het bordes, zag hij, bleven mensen staan.

Ferm rechtop stond ze, goed gekleed, op orde. Al had ze er al een nacht in de Wymelpoort op zitten, de gevangenis voor lichtere vergrijpen. Ze zei meteen stellig: 'Over het vermissen van mijn man weet ik evenveel als een kind dat te nacht geboren wordt.'

'Uw man wordt niet langer vermist. Hij is zo goed als zeker degene die gevonden is: vermoord.'

'Daar weet ik niets van. Dat is mij niet... nooit officieel verteld.'

'Woonde luitenant Behr bij u in huis?'

'Ja.'

'En bent u...' even haperde Pels, die niet gauw verlegen werd. 'En bent u door hem aangezocht? Verleid?'

'Ja.' IJskoud gaf ze het al toe. De straat siste, vrouwen verdrongen zich voor de ramen, jongens klommen op elkaars schouders om haar beter te kunnen zien.

'Had u met luitenant Behr ook... vleselijke conversatie?' Burgemeester Pels vroeg het met rode wangen. 'Waar dan en wanneer?' vervolgde hij gauw om zijn gêne te verbloemen.

'Bij nacht. Eéns maar in mijn huis. Ook in een huis in de Grote Straat: De Drie Kroone. Daar ontbood hij me, ja. Hoe vaak...? Een keer of drie, vier.' Haar eerlijkheid - of schaamteloosheid, en durf - dwong bij een deel van het verontwaardigde publiek respect af. Maar nu zwakte ze de waarheid af, vermoedde Van Anhout.

'Heeft u geen brief ontvangen van Behr waarin hij schrijft dat hij uw man de hals wilde breken?'

'Nee.'

'Heeft u zelf ook brieven geschreven? En hoeveel?'

'Weinige maar.'

'Heeft hij geen brief geschreven waarin hij u aanraadt met hem weg te gaan? En waarin óók staat,' zei Pels weer rommelend door papieren, 'dat hij uw man de hals wilde breken?'

'Dat kan wezen,' zuchtte ze, 'maar ik weet het niet.' Ze klonk zwakker nu. Rumoer zwol aan.

'En waarom, als Behr u tot oneerbaarheid en tot onkuisheid aanzocht, waarom maakte u dat niet bekend aan uw man?'

'Omdat...' Ze twijfelde, keek schuldbewust en tegelijk verontwaardigd; alsof ze toch onschuldig was.

'Spreek luidop!'

'Omdat de duivel mij de ogen verblindde!'

'Anders zou ik nooit tot dat ongeluk zijn gekomen. Als... als de duivel mij niet had verblind.' Ze zocht naar woorden; deze woorden waren vanzelf gekomen. Waarom had ze het Cock niet verteld in het begin? Toen ze nog getwijfeld had en niet gewild had, ondanks haar verlangen; ze had wel gewild. De zaal werd ongeduldig. Ze moest eerlijk zijn, dan was het snel voorbij, en op haar woorden letten. Ze vond ze al: 'En ook door de grote forcering van Behr...' – Had Behr de vader van haar kinderen vermoord?

Ze kon het niet geloven. En ging al verder: 'Behr zocht mij wel duizendmaal aan, drong zich op...' Wie anders had het kunnen doen? '... met listen en lagen ging hij me na.' Uit liefde, dat toch ook. Misschien was het wel geen moord geweest.

'Maar waarom,' vroeg een van de burgemeesters met rode konen, 'waarom heeft u Behr niet afgeraden uw man om hals te brengen?'

'Hij heeft nooit gezegd dat hij hem om hals wilde brengen.' Niet elke brief herinnerde ze zich, en niet alles wat hij had gezegd. 'Maar wel dat hij mij ongelukkig zou maken als ik niet bij hem wilde komen. Ik heb hem dikwijls afgeraden mij ongelukkig te maken.'

Maar dat had hij dus toch gedaan? Het rumoer en gesis in de zaal hoorde ze nauwelijks; Behr had het ontkend, wanneer was het? Een dag of vijf geleden nog, in De Drie Kroone. Het was niet te bevatten: Cock officieel vermoord – om haar?!

Maar tegen haar zin.

Ze had een vraag gemist. 'Pardon, de brieven?' Ze moest weer antwoorden. 'De knecht van Behr bracht ze me. En de mijne gaf hij aan Behr.' Als ze eerlijk was, zo eerlijk mogelijk, kon haar niets gebeuren; maar helemaal eerlijk kon niet. 'Een deel van zijn brieven heb ik teruggegeven. Andere in het vuur geworpen.' Aan die brieven kon ze nu niet meer denken.

En Behr? Waar zit hij? En wat heeft hij al verteld?

Zijn brieven hadden ze dus. Maar misschien niet allemaal?

'Waar heeft u het goed uit uw kisten en kasten gelaten?'

'Uit mijn kisten en kasten?' Dat weten ze dus ook al, dacht ze. Als ze nu maar niet denken dat ik er iets mee te maken heb. 'Ik heb het bij mevrouw Ingenool gebracht, die gaf me er negen gulden voor.' Bij de feiten blijven. Precies zijn, dacht ze. 'Lakens waren het, servetten, koper en tin. En zilver. Twee borstels, een theebus. Mijn speldenbak, twee lepels. Daar zou ze me gisteren nog zestien gulden voor hebben gegeven.' Maar toen pakten jullie me op.

'Dat heb ik gedaan omdat ik het nodig had.' Niet omdat ik schuld draag. 'Voor mij en voor de kinderen.' Het had een begin moeten zijn: voor wat voor winkel ook.

'Heeft Behr u dan nooit presentjes gegeven?'

Ik ben toch geen hoer? 'Nee,' zei ze bits; het kon niet bits genoeg zijn.

Of ze van Behr gehouden had, vroegen de burgemeesters niet; niet rechtstreeks.

Toen ze werd teruggeleid naar de Wymelpoort, toen ze uitkeek naar haar kinderen, die ze nergens zag, bleef een hoogzwangere vrouw naar haar staan kijken; met medeleven, zonder spot.

Behr, twee weken later

Jawel! Jawel, het was zo. Hij hoorde ze: voetstappen die dichterbij kwamen, klossend.

Zijn borst zwol op: er werd een grendel voor een deur wegge-schoven, voor de zijne!

Hij hield vol. Zeventien streepjes had hij al gekrast in de vochti-ge kalkmuur: zwijgen, wat ze ook probeerden.

Het licht van een zwakke lamp sneed in zijn ogen, een gezon-de buik verscheen en daarna het gezicht van de stockmeester; die moest bukken en zijn buik intrekken om binnen te komen. Om de ketting los te maken?

Jawel! Hij mocht er even uit.

Met geboeide handen, maar zonder ketting; het hol uit, zijn eigen stank uit, het donker uit. 'Geen grapjes,' zei een dienaar van de schout, 'kalm meekomen.'

Het karig verlichte keldergewelf buiten zijn cel was een droom, een hemelgewelf vol licht. Zijn benen haperden: verstijfd. Zijn hart jubelde: Anna Maria kon in een van deze cellen zitten. Niet dat hij haar gehoord had, alleen de gevangene die de Tien Geboden blèrde was steeds heser te horen geweest; niet dat het fijn zou zijn als zij hier was, het was zijn grootste verdriet. Maar ze leek aanwezig, op een of andere manier; misschien was ze boven hem, in de schepenhal, verhoord. Maar niets was doorgedrongen tot zijn eivormige cel in het binnenste van het stadhuis.

Twee treden maar omhoog. Stijfjes ging het; zijn benen waren het niet meer gewend, al had hij stug geijsbeerd en geëxerceerd.

In een helverlichte ruimte met wel twee nissen met elk een kaars, stond de pijnbank te pronk; maar Johann Ligorius Behr, zwijgend hoofdverdachte, deed alsof hij hem niet zag. Opzettelijk leidden ze hem hier weer langs naar de schout.

'Wachten hier,' zeiden de dienaren, 'haal je maar niets in de kop.'

Heel strategisch was ook net – toevallig – die magere, lange gestalte bezig; met duimschroeven, hij inspecteerde ze of deed alsof en keek hem aan. Belangstellend. Gebiologeerd zelfs. Waarom? Wat meende de beul te zien? Een licht verloederde luitenant. Met stinkend haar, aardige baard al, met hoop, een vonkje nog, in het hart; voortdurend moest hij het aanblazen. Wat had de beul al over hem gehoord? Iets dichterlijks, of niet zo dichterlijks, uit zijn eigen werk? De valkuil van zijn brieven.

Zwijgen bleef zijn plan de campagne tot nu toe. Afwachten met wat voor bewijzen ze kwamen en met welke verklaringen – soms liet de schout iets doorschemeren om hem aan het praten te krijgen. Zeventien dagen al, een soort bestand: hij had geen infanterietroepen kunnen hergroeperen, niet één soldaat te voet; maar zijn argumenten en tegenwerpingen begon hij in het gareel te krijgen.

In zijn brieven, hun enige concrete bewijs, stond hier en daar een dreigement; dat was maar inkt op papier, dat was geen ernst. In herbergen werd wel meer geroepen. En gedreigd. Een advocaat had hij niet nodig, hij had er geen geld voor ook.

'Kom,' hoorde hij de ene dienaar zeggen tegen de andere, 'we kunnen nu wel verder.'

En dan was er misschien wat bloed gevonden op zijn degen of op het servet waarmee hij die degen schoon had geveegd. Dat was van Cock, die hem had aangevallen in het bos. *Ik had hem alleen zijn pistolen willen afnemen.*

Achteloos, een doorzichtige tactiek, keek de schout hem aan: 'Heeft u inmiddels iets te verklaren?'

'Niets.'

Tijd rekken moest hij. Ook voor háár. Zo kon zij zich moreel voorbereiden op elke aanval, op iedere beschuldiging; ze was pittig genoeg.

Ergens wist hij wel dat het ook anders uit kon pakken. Heel anders. Maar het moreel hield hij hoog, om niet weg te zinken in een zwart verdriet dat soms kwam, 's nachts, bij volledige verduistering van de laatste kiertjes.

O! Hoe lang zal de hemel mij nog kwellen? En zal ik zonder leven zijn? De schout die hem zonder knipperen aan bleef kijken, moest het allang gelezen hebben en anders de schepenen wel, en de burgemeesters: maar of ze het begrepen hadden? *Zolang jij niet bij me bent, Engel, is alle vreugde, is het leven zelf mij...* dat was niet te vertalen en voor hen niet te begrijpen: *is het leven zelf mij...* entzogen. *Aan mij ontrukt.*

'Weet wel dat uw zwijgen niet kan blijven duren,' zei de schout. 'Dat we toch echt een keer de duimschroeven in gaan zetten. U houdt ons op en helpt uzelf, en de vrouw van Cock, niet verder. Maar eerst sturen we een predikant naar u toe. Dan volgt berouw meestal vanzelf. De lutherse, neem ik aan? Een Duitser ook.'

Hij knikte. Misschien kon hij een gesprek met de lutherse predikant wel aangaan, in het Duits, zonder op elk woord te hoeven letten; over de aard van liefde. *Zonder u ben ik liever dood dan levend,* had hij geschreven, maar hoe dacht zij erover? Soms, 's nachts, drong wantrouwen door en wanhoop; bleef haar hart het zijne trouw? *Je weet toch wel,* had hij geschreven, *dat verliefden altijd bezorgd zijn en wantrouwend...*

'Hoe verklaart u eigenlijk,' vroeg de schout, 'dat we tussen uw spullen sleutels hebben gevonden die op het huis van Cock blijken te passen?'

Van Anhout, diezelfde dag

Net Gerrit, dacht Van Anhout toen hij de hoofdverdachte bekeek die met zijn donkere kop een eerbare moeder van vier kinderen had kunnen verleiden; uit koppigheid? Gerrit pikte ook liever van zijn lepel dan dat hij klaargelegd voer vrat. Instinct, kreeg je er niet uit. Behrs ogen glommen als de kraalogen van Gerrit, maar hij vatte geen sympathie op voor de luitenant, die stevig werd vastgehouden en van wie hij weken terug al een glimp had opgevangen. De man lag spoedig op zijn bank, waar hij nu nog opzettelijk van wegkeek. Zelfs de duimschroeven die hij inspecteerde, al waren ze in orde, leken voor de luitenant niet te bestaan.

Met diezelfde koppigheid – instinct of verknochtheid – zweeg hij nog; maar evengoed kwam de waarheid boven, net als het lichaam van Cock; binnen enkele dagen.

De koppigheid van de luitenant leek niettemin een krachtig mengsel; van angst en genegenheid, goed en kwaad en iets onaangepasts, iets wilds, iets zeldzaams, een raadselachtig ingrediënt: hem, Van Anhout, onbekend. Hij, die met het scherp van het zwaard het recht voltrok, hoefde niet te oordelen. Hij bleef onaangedaan. Maar bij de gedachte aan die kracht voelde hij een steek in zijn smalle borst; zijn mengsels met obscure opschriften verbleekten erbij in hun potten op grauwe planken, gevangen onder spinrag.

Die avond pakte hij het oude boek van de plank, sinds generaties in de familie. Bondig bevatte het alle geheimen. Op een los vel noteerde hij het voorlopige recept van zijn nieuwe kalkhoudend poeder, en daaronder krabbelde hij: *Instinct: koppigheid of verknochtheid?*

Voordat de inkt droog was krastc hij het alweer door, het vlekte. Vermoeid was hij en verward. Gerrit wipte heen en weer op de stoelleuning naast hem. Toch wonderlijk dat hij nooit wegvliegt, dacht hij toen hij Gerrit in zijn nachtkooi liet.

Niet alle verhoren volgde Van Anhout. Maar hij was erbij toen ook de schepenen zich bogen over de aard van genegenheid; van de overspelige liefde, om precies te zijn, van Vonk voor Behr. Waarom confronteerden ze haar anders met Behrs knecht? De knecht had beweerd dat zij hem had gevraagd zijn heer te halen toen haar man op zekere dag de stad uit moest; om eens een hele dag en nacht samen te kunnen zijn. De knecht persisteerde, blozend, al keek zij hem ijskoud aan. Zij bleef erbij dat de knecht haar juist had verzocht of Behr mocht komen. De knecht ontkende: hoe kon hij weten dat haar man een dag van huis zou zijn?

En weer kwamen de schepenen er niet achter hoe het was gegaan en vroegen naar de bekende weg: ja, gaf ze toe, het had geleid tot vleselijke conversatie. Ze leek eerlijk. Maar haar gevoelens bleven onduidelijk. Ze verraden, besefte Van Anhout, betekende haar vonnis tekenen. De duivel heeft me verblind, had ze gezegd en daar liet ze het bij.

Hield zij van Behr? Het leek van het grootste belang: was zij medeplichtig? Want dat Behr het gedaan had, stond voor de meeste schepenen vast, al was het bewijs nog niet rond, had Behr nog geen woord gezegd. Een bekentenis was bij een halszaak noodzakelijk om de doodstraf op te kunnen leggen. Eén bekentenis, en liever meer dan een, voor een stevige bewijspositie. Die was nu nog te armoedig.

Hield zij van hem, of juister gezegd: had zij van hem gehouden? De halve stad vroeg het zich intussen af.

Niet alle verhoren volgde Van Anhout; het was ook niet nodig, er werd over gesproken, overal. Zelfs Crelis de klicksteen was verschenen voor het open raam, op het bordes, toen in de schepenhal een opmerkelijk document vertoond was. 'Met bloed ondertekend,' had Crelis hem mompelend toevertrouwd, 'door de moordenaar van Cock,' die hij alleen had gekend als waterlijk. 'De minnaar van zijn vrouw.' Bij de vleesbanken kwam de inhoud van het document hem aanwaaien; bij het wild dat werd verkocht, spraken opgeschoten knechten over 'het levensecht vervalste papier' alsof ze spraken over een goede stunt: 'De vrouw van Cock zijn *eerlijke getrouwde vrouw*! En hij zou voor haar zorgen *zoals het een eerlijk getrouw man toekomt!*' Elkaar in de zij porrend riepen ze: 'En hoe ze met elkaar afspraken! Dat vertelde die knecht ook. Stond zij om drie uur voor de deur, dan gaf de knecht zijn heer een seintje dat ze zou komen! Naar een kamer in De Drie Kroone.' Een stroper met een openhangende mantel vol verstijfde vogels mengde zich in het gesprek. 'En ook met haar luiken kondigde ze aan of ze kwam of niet. Als ze boven openstonden, wist haar minnaar genoeg...' Er werd gelachen. 'Cock zal wel kou hebben gevat!' Niemand lette nog op Van Anhout.

Waar hij ook kwam, het verhaal hing in de lucht in die koude dagen; opwinding gaf het, warmte, doorspekt als het was met levensechte flarden van zinnen die bleven hangen in de hoofden, in verkleumde harten.

De ene dienaar van de schout wist te vertellen dat de knecht, op de avond van de moord, Cock naar het Kalverenbos had gebracht;

zodra Behr Cock aanviel, was de knecht gaan lopen: *'Zo hard als hij kon, zonder om te zien.'*

De andere dienaar wist weer dat de knecht van Behr later die avond de degen had gezien. 'Met bloed op het lemmet.'

'En op de greep.'

'En op het servet waarmee hij de degen schoonveegde!' vulde de ander geestdriftig aan.

Tot in het gangetje tussen de cellen en de martelkamer drong het verhaal van moord en overspel door; de stockmeestersvrouw draaide het opgewonden af tegen haar man, die de cellen beheerde en die zelden nog ergens van opkeek. 'Ze hebben brieven vertoond. Die van hem,' knikte ze in de richting van Behrs cel, 'aan háár. Haar brieven hebben ze niet, geloof ik, maar ze weten wel wat erin staat.'

'Ze weten zoveel,' bromde de stockmeester, 'en nog veel meer niet.'

'Ze leiden het af uit de zijne. Ze pluizen ze uit als Schriftgeleerden. Zij, vrouw Cock, heeft geschreven dat hij *de ganse dag in haar gedachten was geweest,* al gaf ze dat niet toe; ze wist het niet meer of wilde het niet meer weten. En ook heeft ze geschreven dat *de zaken tussen haar en haar man spoedig een einde zouden hebben.'*

Van Anhout hoorde de stockmeester schamper lachen.

'Dat gaf ze toe, dat had ze geschreven. Want ze wilde liever gescheiden zijn van haar man, zo zei ze het, *dan langer zo kwalijk te leven.* Dat ziet ze tenminste nog in! En wat deed ze, denk je, toen ze haar vroegen of ze geschreven had dat ze hem getrouw zou zijn *tot in den dood*? Ze aarzelde geen moment en knikte. Dat had ze geschreven. *Ik blijve u getrouw tot in den dood.* Jij mij toch ook?' lachte de oude stockmeestersvrouw en daarna zei ze: 'Ze komt naar een van jouw cellen hier.'

'Dat is niet best.'

Müller, 19 december 1712

Hij moest zichzelf weer worden. Hij stond rechtop voor de schepenbank, Griets ogen in zijn linkerzij. Zojuist, toen hij tussen dienaren van de schout de schepenhal in was gelopen, had hij haar meteen zien staan achter het open raam met traliewerk: karnemelkbleek, en al iets dikker? Dat was niet goed te zien geweest. Met lege blik had ze hem aangekeken, een tel maar, teleurgesteld maar niet gebroken. Zoals hij.

Hij vloekte, niet hardop, hij moest opletten, eerlijk zijn, vragen beantwoorden; weer zichzelf worden. Griets blik had hem getroffen als een koud soort *coup de foudre* – daar had Behr over gesproken, een bliksemslag. Omdat Griets blik leeg en dus open was geweest: ze had hem nog niet opgegeven.

Nu pas, voor het houten hek, in het oog van de schepenen, de burgemeesters en de schout – met wie hij lang gesproken had en in wie hij iets van Drost en van de ouwe reus had proberen te zien – nu pas begreep hij Behr. En dat je, door dit gevoel bezeten, kunt toeslaan zoals Behr had toegeslagen; toen hij er niet was, toen hij zo hard hij kon was weggelopen – wist zij dat wel? – zonder om te zien.

Als ijspriemen staken Griets ogen in zijn zij toen de schout het vel papier met de besproken, beschamende vragen aan een van de schepenen gaf, die hem over zijn knijpbril heen aankeek: vol verwachting, hongerig, met vraagtekens in plaats van wenkbrauwen. Die vreselijke eerste vraag kwam eraan, de ergste, daar kwam hij al, de schepen opende zijn mond, maar verzocht om stilte. Hij, gedetineerde Müller, had nauwelijks gemerkt dat het luidruchtig was en druk; en in de commotie, nu het nog kon, waagde hij het – al was het het engste wat hij ooit had gedaan. Hij keek opzij. Hij zocht haar ogen. Hij wilde haar een teken geven dat het goed kon komen, dat hij een rein geweten had, grotendeels; hij keek haar aan. Zij keek koud en leeg maar niet boos, en minder koud al.

Totdat ze opzij werd geduwd. Of ging ze zelf weg?!

Hij draaide zich om, zonder na te denken maakte hij al aanstalten om naar haar toe te gaan; tot een kuchje hem weer terugbracht naar de vraag – nog niet dé vraag –, naar de vraag wie hij was: was hij Müller? Knecht? Van luitenant Behr?

Hij knikte, glurend naar opzij: daar stond ze weer, schuin voor hem! Achter het eerste raam, ter hoogte van de schepenen, de burgemeesters en de schout; achter het raam met de getraliede kooi waarin hij na het vonnis zou verschijnen: door de dikke tralies met sierwerk kon ze hem zelfs aankijken. Was ze ergens op geklommen? In haar toestand?

Als een projectiel kwam toen de vraag op hem af, banaal en precies en afschuwelijk: 'Op welk uur werd het dode lichaam van de procureur Cock in de rivier geworpen?'

''s Avonds omstreeks negen uur.' Eerlijk was hij, hij moest ook wel, zichzelf was hij weer; ze speurden als jachthonden naar leugens.

'Hoe laat kwam u daarna met uw heer weer in het logement?'

'Omstreeks halfelf.'

Begreep ze het wel? Dat hij er niet bij was geweest op het moment dat Cock werd doodgestoken? Zou ze dat wel – van wie ook – hebben gehoord? Bij vorige verhoren had hij haar niet gezien. Toen had hij verklaard dat hij terug was geroepen naar het bos, nadat hij was weggehold, om Behr en Kummer te helpen met het dode lichaam; zonder dat hij te horen had gekregen hoe Cock – toen hij er niet was – om het leven was gekomen.

Begreep ze wel dat hij onschuldig was? Nergens anders kon hij aan denken. Alle antwoorden, op allerlei vragen, gaf hij, werktuiglijk, eerlijk; alsof hij er los van stond. En dat stond hij toch ook?

Pas bij de laatste vraag was hij er weer bij met zijn aandacht: 'Hebben luitenant Behr en vrouw Cock na die bewuste zaterdag, na de moord dus, nog brieven uitgewisseld?'

'Eén brief nog. Van mijn heer aan vrouw Cock.'

'Wat was de inhoud van die brief?'

'Daarin stond dat zij niet moest schreien of bedroefd zijn of groot chagrijn moest laten merken aan de mensen.' Had hij dat wel moeten zeggen? Maar hij moest eerlijk zijn. En die brieven hadden ze toch? Even twijfelde hij, maar Griet keek hem aan.

Hij had niet de hele brief aangehaald, hij had niet verklaard dat Behr dat had geschreven omdat de vrouw van Cock zich door haar verdriet verdacht zou maken; omdat Cock vermoord was in plaats van vermist. Al wist hij niet of zij dat – toen al – wist.

Wist zij dat wel? Zijn heer had beweerd van wel, maar misschien zomaar... om van zijn gezeur af te zijn; omdat hij, Müller, vond dat zij er recht op had het te weten.

Even was hij in verwarring.

Hij kon haar niet sparen. Zichzelf moest hij redden. En Griet.

Vonk, de volgende dag, 20 december 1712

Ze had het al gezegd, in een opwelling, woedend: 'Nee.' Ze herinnerde zich zo gauw geen brief van Behr van na de verdwijning, na de móórd op Cock. Verkeerd gegokt! Nu hadden ze een leugen te pakken. De burgemeester zwaaide er al mee boven zijn muffe pruik; ongedateerd, maar kennelijk geschreven na 'die bewuste zaterdag'. Dat had de knecht verklaard.

En nu wilden ze van haar weten wat erin stond? Ze haalde haar schouders op. Ze was duizelig, had honger, slaap. En buikpijn als ze aan haar kinderen dacht: de hele dag. Wie troostte hen? Wie voedde hen? Wie stopte hen 's avonds in? Daar vroeg niemand naar.

Haar moeder, had ze gehoord, was stad en praat ontvlucht; die kon haar kinderen niet voeden, die mikte al op het weeshuis. En de zus van Cock, Wendelina, had belastende verklaringen afgelegd; over nachtelijk bezoek van Behr na de moord. Liggend op een kelderdeur had ze hem blijkbaar betrapt.

Urenlang al beantwoordde ze vragen, dit was de derde zitting vandaag. Steeds vaker zweeg ze. Soms leek het beter, soms wist ze iets niet, niet meer, of ze had het al eens gezegd. Soms zweeg ze uit protest. Ze had om een advocaat verzocht – ze had het geld, van mevrouw Ingenool te goed – maar er was nog niemand voor haar gekomen. 'Ongebruikelijk in een strafzaak als deze,' vond de ene burgemeester, 'maar niet onmogelijk,' had de ander gezegd; kennelijk kwamen ze er onderling niet uit.

En Swaen, de beste advocaat van de stad, had ze zien staan in het publiek, als toeschouwer aan wie ze niets had.

De burgemeester was klaar met wapperen en gaf de brief van Behr aan de bode.

Alsof er geen belangrijkere kwesties waren! Was Marieke al handig genoeg – en dacht ze er wel aan? – om Hendrik stevig in te bakeren voor het slapengaan; als zijn doeken te los zaten, bleef hij onrustig. Was de nieuwe meid er nog? Of ook niet meer? Niemand, dacht ze kwaad, geeft míj eens antwoord! Wie kust Teuntje, wie leest Johanna voor – die niet meer slaapt? En Marieke, wat weet zij al?

Ineens hing de brief voor haar neus. In de knuisten van de bode. Vertaald in helder Hollands, beter leesbaar; niet dat Duitse gekriebel. Ze herinnerde zich nu een allerlaatste boze, snel en slecht geschreven brief van Behr; die ze amper had willen inkijken.

'*Mijn allerliefste en getrouwe Mikgelief,*' las de bode Behrs vertaalde woorden. '*Ik make u in 't kort bekend dat ik so zeer Chagrin ben, uit oorzaak, dat ik het geluk niet heb gehad u te zien, en ik geloof dat het de reden is geweest, dat gij u niet hebt laten zien, dat gij zo Chagrin zijt...*' Holler dan ooit klonken zijn woorden uit de mond van de bode in de schepenhal. Triester dan toen al; toen ze ze niet had willen lezen, toen ze het ergste begon te vermoeden en haar kop nog even in het zand stak. Huilend, voor één keer vol zelfbeklag, vlak voor haar arrestatie, omringd door haar kinderen en de weduwe Louwen: zou die zich over de kinderen ontfermen?

Oud en druk als ze was in Het Swarte Schaep? Onmogelijk. Slecht voor de klandizie.

'*Ik bidde u om Gods wil, maak toch mijn hart zo zwaar niet,*' las de bode droogjes voor. '*En laat om de liefde Gods geen groot Chagrin merken voor de mensen, anders zult gij u in verdacht brengen.*'

De zaal siste, fluisterde, ritselde beschuldigend van alle kanten. Ze riep: 'Die schelm kan schrijven wat hij wil!'

De bode had er schik in dat hij de zaal via Behr tot leven bracht, en hij vervolgde: '*Liefste Engel, ik...*'

'Stop maar, dit voldoet!' riep de burgemeester en tegen de verontwaardigde zaal: 'Stilte graag!'

Tegen haar zei hij: 'U kunt er niet omheen. Het staat er.'

'Maar ik heb het niet gelezen, toen.'

Ze werd niet naar de Wymelpoortgevangenis gevoerd. Niet meer naar buiten, door de straten; ze kon niet naar hen uitkijken. Ze ging de kelder in, de stock van het stadhuis. De onderaardse kilte in. Langs schimmelige muren. Stinkende muren. Langs een pijnbank. Verborgen onder de stad waar ze had liefgehad: te veel, tegen haar zin, en toch ook niet.

Wie zonder zonde is, werpe de eerste steen. Overspel kon worden vergeven, medeplichtigheid aan moord nooit. Ze moest vol blijven houden. Zelfs als ze op die bank zou belanden.

Een nauwe deur ging open en terwijl er vers stro naar binnen werd gegooid, kon ze haar muren zien; oud en een beetje bol, als de wanden van een baarmoeder. Als ze hieruit kwam, hoe dan ook, werd ze opnieuw geboren.

Het licht verdween. De klamme, veel te nauwe deur werd vergrendeld. Ze zat weer in de buik van haar moeder; waar haar moeder ook gebleven was. Om zich ervan te verzekeren dat er niets verdachts lag, zo leek het, zo begreep ze uit de hele en halve verklaringen die tot haar kwamen, had haar moeder de verzegelde kast geopend voordat ze was vertrokken – waarheen dan ook.

Dat maakte haar nu alleen maar verdacht.

Uit een hoog betralied luchtgat viel zwakjes wat indirect, grijs licht uit een brandgang; het wierp een vlag van licht met een kruis op de wand. Meer was er niet.

In de grijze schemer, hier het volle daglicht, zag ze toen haar ogen begonnen te wennen een dikke spin lopen; pijlsnel uit het stro, onder de deur door, vrij.

Waterkoud was het, verbijsterend stil. Geluiden drongen niet of nauwelijks door, en vervormd. Als uit een andere wereld. Iemand zong, heel ver weg.

Ze begon heen en weer te wiegen, rusteloos, zonder Hendrik, alsof ze zelf een kind in de buik droeg; dat deed ze in deze stilte vanzelf. Leven was bewegen, licht.

Ze tastte de natte muren af: streepjes, jaartallen, een huis zonder deur had iemand in de muur gekrast. Misschien gekke Sofie wel, maanden terug. Steeds preciezer lazen haar vingers de brokkelige kalklaag op de oude stenen: ze voelde een boot zonder zeilen.

Het stro werd vochtig op de scheve vloer. De kou trok in haar botten.

Behr

'Wat ik u te zeggen heb? In alle vertrouwelijkheid? Ik heb haar lief-gehad, en nog. Buitenechtelijk ja, en echt, waarachtig. Meer stelde mijn leven niet voor. Ik heb haar man niet vermoord, al heb ik de schijn tegen. Gelooft u dat een man die van een vrouw hield – die van een vrouw houdt! – zoals ik van haar, dat die de vader van haar kinderen neersteekt? Geloof het toch niet! Geloof niet wat ze zeggen. Excuses voor mijn woordenstroom, ik heb zo lang geen luisterend oor meer gehad, al die tijd gezwegen. Zeg het me! Hoe kan ik haar helpen? U bent predikant, u moet toch iets weten! Ja, ja, ik ga al zitten. Nee, geen bewaker gaan halen, kalm maar! Bent u bang? Ook een opvliegend man die jarenlang in de oorlog was, kan liefhebben; kan júíst liefhebben, eenmaal in zijn leven. Die beseft beter, met zijn hele lijf: sterven moeten we toch, nu kan het! Nu kon het. Zij was het; snapt u dat niet? Geluk is kortstondig en ik verleidde haar; we sterven de godganse dag! Dat begrijpt u toch ook? Sinds we geboren zijn – en daarna almaar sneller. We sterven terwijl we hier zitten te praten, goed; terwijl ik zit te praten. Dan sterf ik liever minnend! Na alles wat ik heb gezien en heb aangericht... u hebt geen idee, de stank, de zinloosheid, eigenlijk was ik al dood. Met het hiernamaals houd ik me niet bezig, Gods oordeel is ondoorgrondelijk. Wat zondig is of niet weet alleen God! Bent u God? Die schepenen hier snappen sowieso niets. Luister eens, ik heb het niet gedaan, kunt u ze dat aan hun verstand peuteren?! Nee? Kunt u op z'n minst een briefje naar haar smokkelen? Nee? Misschien maar beter ook van niet. U gaat... gaat u al weg? *Verdammt noch mal!* Nu al?! Hoezo ben ik niet voor rede noch voor inkeer vatbaar? Wacht... gauw door de tralies dan maar: mijn bidden was beminnen, dat wilde ik nog zeggen. Minnend had ik willen sterven! En misschien... *Zum Teufel!* ... misschien sterf ik ook wel minnend; maar door de beulshand. En u loopt beledigd weg!'

Van Anhout, 23 december 1712

Door alle gangen van het stadhuis, tot op zolder waar de oude schandstenen stof vingen, gonsde een gerucht. Behr zou in een verhoor gaan spreken. De lutherse predikant had hem loslippig gemaakt, onstuimig als een waterval, die zag je veel in de Zuid-Duitse landen, zo zei men; en zo goed als zeker – maar dat zei men al zo lang – was hij de moordenaar van procureur Huibert Cock, die door deze zelfde gangen had gesloft, jarenlang, nuchter of niet, met slordigheden en foutjes in zijn verfrommelde akten of niet; maar die in de harten van de mensen een plekje had veroverd. Hoe langer hij dood was, een maand nu bijna, hoe groter dat plekje werd, merkte Van Anhout.

De dood vergoelijkte – de zonzijde van sterven.

Maar de schepenhal deed Behrs veronderstelde spraakwaterval opdrogen. Al was hij geschoren, zag Van Anhout, al gloeiden zijn ogen nog vastberadener, of bezetener, boven zijn ingevallen wangen. Aan het eerbiedwaardige schepengestoelte kon het niet liggen; Behr keek er minachtend naar. De gretigheid moest het zijn van de burgemeesters, die rechtop in het gestoelte zaten. Was dit de monsterlijke Behr? Over wie de stad al wekenlang met afschuw en stille bewondering sprak? Voor en na een waterval zweeg het water van een beek ook kabbelend en weinig opzienbarend.

Behr had nog niet kalm, en gedempt, verteld dat alleen zijn moeder nog leefde en dat zijn vader stadsschrijver was geweest van een stadje aan de Bodensee, of burgemeester Pels viel aan: 'Wanneer en waar maakte u, gedetineerde, aan de vrouw van Cock bekend dat u haar man had vermoord?'

'Dat heb ik haar niet bekendgemaakt,' antwoordde Behr zacht. Even kneep hij met zijn ogen: omdat ik het niet gedaan heb, leek hij ermee te zeggen. Van Anhout bekeek hem aandachtig, alsof het scherp verhoor al was begonnen.

'Maakte u haar dat dan niet bekend in de Grote Straat? Op zondag? Volgens uw knecht wel. In het *logement.*' Met spot sprak de burgemeester dat woord uit, alsof het over een bordeel ging.

'Nee.'

Ogenblikkelijk werd duidelijk hoeveel ze al wisten, hoe weinig ruimte Behr had.

'Was u, gedetineerde, op dinsdag na de moord niet bij vrouw Cock?'

Behr zweeg.

'Om klokslag zeven uur, samen met uw knecht?'

Door de verklaringen die al waren afgelegd tijdens Behrs zwijgen, was hij op achterstand geraakt, in de val. 'Ja.'

'Hoe lang bent u toen bij vrouw Cock gebleven?'

'Een halfuur.'

'Langer! Geen onbeschaamde leugens!'

'Het kan ook wel een uur geweest zijn.'

'In welk vertrek van het huis was u die avond?'

'In de keuken.' Tot buiten de zaal werd gelachen. Behr leek niet meteen te begrijpen waarom; getuige Becking had verklaard dat Behr niet meer in Cocks keuken mocht komen, en dat Behr zijn belofte dat niet te doen vaak verbroken had – na zijn dood dus zelfs.

'Heeft u vrouw Cock die avond vleselijk bekend?'

'Nee.' Behr trok zijn mond tot een getergd lachje.

'Kwam uw knecht u, gedetineerde, niet halen toen vrouw Cock eens een hele dag en een nacht met u samen wilde zijn?'

'Nee.' Een leugen, wist Van Anhout, uit liefde? Tenzij de knecht had gelogen; maar die was al gauw op zijn knieën gevallen, die had beloofd de waarheid te spreken. Die leek geloofwaardiger.

Binnen en zelfs buiten bleef het na alle rumoer stil, ook het publiek leek getroffen; door de onmogelijke leugen uit liefde, al was die noodlottig, onheilbrengend. Behr had zijn kans gegrepen, bij de eerste en enige vraag waarbij het kon, spiegelde hij de vrouw van Cock gunstiger af. In een verloren gevecht. Behr ontkende nog eens stellig, zijn wangen kregen kleur. Al moest het hem gaan dagen, door het rumoer dat weer opkwam, dat zijn knecht had beweerd van wel. Dat niemand hem geloofde.

Hij riskeerde de pijnbank.

In de commotie fluisterde de bode Behr iets in het oor: ongetwijfeld dreigde hij namens de schepenen met pijniging.

'En had u toen, die avond in haar huis,' vroeg Pels, 'vleselijke conversatie met vrouw Cock?'

'Nee!'

Behr was van zijn stuk gebracht, geïrriteerd. De stille burgemeester, Van Heert, zei nog eens: 'Leugens worden afgestraft, daar hebben we andere methoden voor.'

Daarop sloeg Pels toe: 'Verzocht u, gedetineerde, uw knecht niet om Cock, als hij met hem alleen was, de hals te breken?'

'Nee.'

'En heeft uw knecht dat niet geweigerd?!'

Behr zweeg. Hij kneep weer met zijn ogen.

'En vroeg u vervolgens uw knecht niet of hij Cock naar een plaats wilde brengen waar u hem zelf de hals wilde breken?!'

Plotseling zei Behr uitdagend: 'Ja.' Maar hij loog, zo leek het; hij nam de vlucht naar voren, met verachting, alsof hij lachend van een Zuid-Duitse rots sprong. Omdat hij meende dat zijn knecht het had beweerd? Maar dat was niet het geval geweest, niet helemáál; of Van Anhout moest het hebben gemist... Nee, de burgemeester had gebluft! En leunde nu tevreden achterover. Behr had toegehapt.

Uit koppigheid. Temperament.

De knecht kon het onmogelijk hebben gezegd, die zou daarmee zichzelf medeplichtig maken. En die knecht, had Van Anhout gezien, wilde vrijkomen.

Behr omzeilde er wel de pijnbank mee.

Driftig rommelde burgemeester Pels in zijn papieren, maar de toon was gezet. Behrs lot bezegeld.

Pels begon nog over een gerucht dat weken voor de moord al door de stad was gegaan, maar dat Van Anhout had gemist: dat Cock was doodgestoken. Dat moest tijdens Behrs eerste arrest zijn geweest. 'Schreef de vrouw van Cock toen niet aan u, gedetineerde, dat ze zo gelukkig niet was dat haar man, te weten Cock, was doodgestoken?'

'Nee,' probeerde Behr nog.

'Nee?' Geen van haar brieven hadden ze, wist Van Anhout, maar ze hadden die van hem. 'En schreef u toen niet in een brief aan Cocks vrouw de volgende woorden: *Gij schrijft mij over het doodsteken, dat gij zo gelukkig niet waart, maar laat hem voor de duivel leven, gij kunt daarom nog wel gelukkig zijn!*

'Als u, gedetineerde, erover schrijft,' zei de andere burgemeester, 'dan moet u er toch van weten?!'

Behr staarde naar de glanzende tegelvloer, naar zijn verslagen silhouet, en haalde zijn schouders op: 'Als dat in de brief staat, dan moet ik het wel geschreven hebben.'

V

Oudejaarsdag, 31 december 1712

Van Anhout

Ze zouden elkaar weer te zien krijgen bij het horen van de strafeis, wist Van Anhout. Nooit eerder was er zoveel volk op de schepenhal en het bordes afgekomen, al sneeuwde het. En zelden verstilde het rumoer zo plots; Van Anhout stond op zijn plaatsje vooraan toen hij Anna Maria Vonk met haar minnaar naar binnen zag schrijden. Als in een kerk, kwam in hem op. Als in een huwelijksplechtigheid, '...*in Causa Criminali...*' – maar met gebonden handen. Wie huwde, bond zijn handen ook voor altijd.

Ze liepen achter elkaar aan, gevolgd door de knecht. Met elk aan de arm een dienaar van de schout; die keken plechtig, hun mondhoeken laag, om hun opwinding te verhullen.

Behr

Zij droeg haar grauw geworden jurk waarin nog een strootje stak, zag Behr, als de schoonste bruid. Hij had het fluisterend willen verklaren in de schelp van haar oor. Ze liep vlak voor hem, en zo ver weg; en elk woord werd tegen hem gebruikt. Haar handen, op de rug gebonden, raakten hem bijna.

Hij probeerde zijn pas te versnellen maar werd al in de arm geknepen; hij had te dicht, te opvallend, achter haar aan gezeten. Te ongeduldig.

Mijn Booskop, mijn Engel. Gij zult mijn lief kwaadhoofd blijven tot in den dood, had hij geschreven, hij wist het donders goed. *Al kost het me m'n hart in 't lijf.*

In een brief of in zijn gedachten was dat toch anders; nu kwam het erop aan. En zijn hart schoot in zijn keel toen ze omkeek: peilend.

Vonk

Zijn blik, dat had ze niet verwacht, beroerde haar. Zijn wangen waren ingevallen. Hij leek moegestreden: nu al? Laf en zacht keek hij haar aan, hij bleef welgemaakt; ze kreeg weer kriebels in haar buik – en haatte hem erom.

De dienaar van de schout gaf een ruk aan haar arm; vlug keek ze recht voor zich uit, de borst vooruit, zonder aarzelen de burgemeesters trotserend, zonder advocaat; die kwam misschien nog – te laat, de eis lag al klaar.

Behr stond vlak naast haar voor de schepenbank. Ze had haar hoofd op zijn schouder willen leggen. Maar de dienaar van de schout, die een kennis van Cock was geweest, stond tussen hen in.

Müller

Het laatste wat Müller doen kon, had hij gedaan; achter zijn heer en de weduwe van Cock was hij de schepenhal in gekomen en zijn pas had hij iets vertraagd, om aan te geven: ik ben de dienstknecht maar. Ik sta er los van, van hun waanzin.

Zo nederig mogelijk stond hij nu terzijde, iets van hen af, schuin voor de schepenbank met de burgemeesters; die zaten rechtop in het zadel, leek het, klaar voor de aanval. Die begonnen al over '*Johann Ligorius Behr, luitenant onder de Compagnie van kapitein Drost, onder het Regiment van de Heer Graef van Castel, thans ge-*

detineerde en beklaagde...' Nog niet over hem, een knecht kwam ook hier niet voor zijn meester aan de beurt.

'... om te horen verklaren dat de beklaagde met de weduwe van den procureur Huibert Cock bij het leven van haar Echte man...' dat benadrukten ze, viel Müller op, 'diverse keren vleselijke conversatie gehad heeft'; zo min mogelijk hoort een knecht, zeker in dienst bij Behr, zo min mogelijk ziet hij en hij zwijgt – tot hij voor het blok wordt gezet. Officieel had hij, op schildwacht, het nooit geweten; al had hij er in Behrs brieven toespelingen op moeten maken. Een mistige positie.

Voor de smalle ramen stond het leven stil. Het zag zwart – grauw – van de mensen. Al had hij de stockmeester vanochtend horen klagen over driftsneeuw, die zo gemeen opwoei, die het zicht bemoeilijkte. Niet dat van de hoge heren hopelijk.

Müller rilde. De laatste dag van het jaar was het; zou dat hen milder stemmen? Maar zelfs kerst had hij alleen door moeten brengen; het vocht op de onderaardse muren was om hem heen bevroren.

Vonk

Zolang ze geen advocaat had, moest ze elk woord wegen. Blijven opletten. Dit hadden de burgemeesters begrepen; dat de beklaagde, Behr, haar 'door beloften en dreigementen heeft trachten te disponeren om haar Echte man en kinderen te verlaten': trachten, zeiden ze, het was niet gelukt, dat snapten ze, 'en met hem weg te gaan.' Ze was het nooit van plan geweest ook. Een tel maar keek ze opzij: stonden haar kinderen in de stuifsneeuw op het bordes? Alleen de weduwe Louwen zag ze...

Op blijven letten!

'En dat den beklaagde' – Behr dus – 'op zaterdagavond omtrent acht uur, op zesentwintig november laatstleden, bij 't Kalverenbos

binnen deze stad met hulp en assistentie van zijn knecht Müller' –
die nu spontaan een hoestbui kreeg – '*en korporaal Kummer de
gemelde procureur Cock heeft vermoord...*'

Met een ruk keek ze opzij en zag Behr recht in de ogen; langzaam en nadrukkelijk schudde hij zijn hoofd, kneep met zijn ogen.

'*...en het doode lichaam bij de Hoenderpoort van dezer stadswal
op de grond heeft gesmeten...*'

Heeft hij het gedaan? Of bekend om aan de pijnbank te ontko-
men? Met het risico dat ik medeplichtig word geacht. Ontzet hief
ze haar kin en keek hem aan; weer schudde hij – laf! – van nee.
Weer kneep hij met zijn ogen.

Maar hoe was Huib dan vermoord? En daarna in het bos, bij
de Hoenderpoort, op de grond gesmeten? Het was aangekomen
als een stomp in haar buik. Het liet niemand onberoerd. 'Lafaard!'
hoorde ze roepen. 'Slager!'

'Ik verzoek om stilte! Ik herhaal: *bij de Hoenderpoort op de
grond gesmeten. En dat beklaagde vervolgens met genoemde korporaal en dienstknecht bij de Molenpoort de stadswal opgeklommen
is...*' Aan de andere kant van de stad; kende hij daar een poort-
wachter of een omkoopbare soldaat op wacht? Ze moest helder
blijven nadenken. Was de klim er gemakkelijker? Viel het daar
minder op? Kummer had er vast vaak genoeg wachtgelopen om
het te weten.

'*... en vervolgens het doode lichaam in de rivier geworpen heeft.*'

Dan moet Behr de wachter bij de Hoenderpoort ook hebben
omgekocht of afgeleid, om het lichaam van Huib eerst door die
Hoenderpoort naar buiten te krijgen, de muren uit. Om Huib,
zwaar van lijf, naar de Waal te dragen.

Zoals hij haar in zijn armen had gedragen.

Misschien met hulp van Kummer? Zolang ze nuchter nadacht,
kwam het minder hard aan.

'*En dat beklaagde na die begane moord de weduwe van Cock nog
vleselijk bekend heeft.*'

'Dat is niet waar!' riep ze al. Had Behr dat verklaard? Na lang aandringen?

'Zwijg!' riep de stille burgemeester met het peerachtige gezicht en de trage gebaren. Zijn hand bleef als een tak in de lucht hangen, terwijl de andere burgemeester driftig hamerde en rood aangelopen vervolgde: 'Ik herhaal: *dat beklaagde na die begane moord de weduwe van Cock nog vleselijk bekend heeft...*'

Niet meer sinds Huib was vermist. Zo leek ze harteloos. Schuldig.

'*... en dagelijks met dezelve geconverseerd heeft.*'

Behr leek banger en onwetender dan zij; in de Duitse landen keek het gerecht misschien nog minder nauw.

Weer kreeg ze kriebels in haar buik, van de zenuwen dit keer: welke strafeis stond hem te wachten?

'*En dat beklaagde daarover zal worden gecondemneerd...*' De driftige burgemeester schraapte eerst uitgebreid zijn keel.

Behr

'Pardon. *En dat beklaagde daarover zal worden gecondemneerd tot zodanige doodstraf...*' Behr hoorde instemmend gejoel, van alle kanten stortte het zich over hem uit; achter hem en zelfs van buiten, uit de ramen, uit de lijkbleke lucht woei het over hem heen; met de driftsneeuw. Maar het was te koud om hem te raken.

'*... stilte graag! Tot zodanige doodstraf als de Heren Schepenen na regten en d'afgrijselijkheid der voornoemde misdaden zullen oordelen.*'

De dood, hij wist het al. Hij zocht haar ogen; zag geen traan, of toch?

Hij zou sterven in dit stupide stadje. Hij had het zelf geschreven; wat had hij niet allemaal geschreven? *Liever sterf ik in het vervloekte Nijmegen* etc. etc. etc. – samen met haar?

Samen op het schavot, dat was al te spectaculair, dat moest hij voorkomen. En toch ook – wéér – de pijnbank voorkomen; wie pijn gekend had, vreesde hem meer dan welke onervaren burger ook – begreep zijn Booskop dat?

Hij kon het voorkomen door het hele verhaal te doen. Zijn verhaal. Al was Kummer in geen velden of wegen meer te bekennen.

Des te beter misschien?

Hij kreeg kramp in zijn armen, zijn polsen schrijnden van het touw.

'... *Christoffel Müller, dienstknecht van Johann Ligorius Behr in de Compagnie...*' Nu pas merkte hij dat Müller aan de beurt was; die had zijn hachje willen redden, en terecht: hij was er niet bij geweest toen Cock stierf. Alleen Kummer, die wel, makker, streekgenoot, drinkebroer die hem begrepen had – te goed. Waar Kummer ook zat, hij was straalbezopen.

Een bepaald soort mannetjesvlinder ruikt zijn wijfje van mijlenver weg; de zijdevlinder, schoot Behr weer te binnen. Dat had Kummer beweerd. Toch had die zijn Vlaamse dienstmaagd nooit geroken en nooit meer teruggezien.

En Müller? Die bungelde zwetend tussen ondertrouw en de eeuwigheid: daar was hij met zijn eeuwige geblader in de Bijbel toch op voorbereid?

'*Om te horen verklaren dat de beklaagde, Müller, zijn Heer in en omtrent 't overspel met de huysvrouw van den procureur Cock en het vermoorden van Cock en het werpen in de rivier de Waal met opset en voorbedagtelijk geholpen heeft.*'

Dat was niet waar. Müller had alleen op schildwacht gestaan; net als op de Korenmarkt.

Müller

Griet! Daar stond ze! Müllers hart maakte een sprong en draaide zich om; als in een dodendans. Een dans van levende doden waarin hij was meegesleurd: Behr zal dit niet overleven, de vrouw van Cock misschien ook niet; geleid door Magere Hein, die opviel al stond hij onopvallend tegen de muur te luisteren. Zonder zeis. Maar het scherpe zwaard kon hij, beklaagde Müller, er in alle spanning zo bij denken. Hij kon het voelen boven zijn hoofd.

De beul keek hem indringend aan. '*Beklaagde zal daarvoor worden veroordeeld...*' Griet keek hem indringend aan; van Magere Hein keek hij naar Griet. Zijn ogen bleven haken in de hare toen de strafeis werd gesteld: '*... tot zodanige doodstraf...*'

'Stoffel...!' Griet gilde.

In haar gedachten was het denkbeeldige zwaard al gevallen; dit was de eis, nog niet het vonnis!

Haar vader, zag hij, legde zijn hand op haar mond en voerde haar weg.

Van Anhout

Niemand luisterde nog naar de burgemeester, die drammerig zijn zin probeerde af te maken: wie was die jonge vrouw daar in de stuifsneeuw? Ze liet zich niet zomaar wegvoeren. 'Ze verwacht een kind van die knecht,' hoorde Van Anhout fluisteren, 'ze zijn in ondertrouw.'

Tijdens het opstootje, toen iedereen naar buiten keek, deed Anna Maria Vonk een stap naar voren; om de burgemeesters beter in de ogen te kunnen zien. Alsof ze iets in petto had.

Kreeg zij de doodstraf? Er lag te weinig bewijs; al was voor velen het overspel al erg genoeg.

'*... Anna Maria Vonk, oud 27 jaren...*'

Van Anhout kreeg een voorgevoel. Maagpijn.

'... *tegen haar liggen seer menigvuldige en sterke vermoedens en aanwijzingen van mede pligtig te wesen aan de moord van haar man.*'

'*Mein Gott...!*' stootte Behr onbehouwen uit, daar hielp hij haar weinig mee, en hij gooide het hoofd in de nek. '*Verrückt* zijn ze hier!'

'Zwijg! *Ze zal bij sententie van het Schepengericht worden veroordeeld om ter scherper examen of tortuur te komen.*'

'De pijnbank...!' riep de weduwe Louwen ontzet. Rumoer kwam op, steeds luider werd het; de ene burgemeester probeerde de zaal stil te krijgen, de andere begon geïrriteerd zijn papieren op te bergen, maar aarzelde.

Vonk bleef onbewogen staan, vlak voor hen: de zaal vroeg zich luidop af waarom, en kwam eindelijk – uit pure nieuwsgierigheid – tot bedaren.

'Dat kan niet,' zei Vonk toen zacht, beheerst.

'Pardon?' vroeg een van de burgemeesters.

'Het kan niet,' zei ze. 'Ik ben zwanger.'

Ze bleef strak naar de burgemeesters kijken, niet naar Behr, die glimlachte, steeds breder; en niet zonder charme, stelde zelfs Van Anhout vast. Nog ongewoner, voor zijn doen, en onprofessioneler was de opluchting die hij voelde.

'Hoer!' Geen burgemeester hamerde nog tegen de commotie op, de zaal was niet meer te houden. 'Duivelin!' En pas in het tumult, zag Van Anhout scherper dan ooit, keek ze Behr aan: haar ogen lichtten op, kregen vonkjes, haar wangen glommen als koperen ketels, net opgepoetst...

Opeens stootte Jan hem aan. 'Hoeft ze dan niet op de pijnbank, vader?'

'Nee,' zei Van Anhout net bars genoeg; hij voelde zich betrapt, hij had zijn zoon niet eens zien staan. 'Tenzij ze maar doet alsof.'

'Dat kan toch niet?'

'Niet lang.' Hij moest zijn opluchting verbergen, erbuiten blij-ven. Overal buiten! Er was geen andere toekomst voor zijn zoon.

'Rustig aan!' vermaande de stockmeestersvrouw de dienaar van de schout, die Vonk ruw wegvoerde, het rumoer uit; het gegil leek haar niet te raken. 'Ze is in verwachting, houd daar rekening mee.'

VI

Vonk, 1 januari 1713

Haar portie waterige pap leek dikker en was verdubbeld gisteravond, op oudejaarsavond; haar stro ververst, ze had een krukje gekregen, een deken. Maar de vader van haar ongeboren zoon
– vermoedelijk een zoon – was mogelijk een moordenaar en zou
de vader van haar kinderen hebben doodgestoken. En op de meest
onmogelijke plek, want koud bleef het en donker, kondigde het
onmogelijke, nog onzichtbare nieuwe leven zich aan. 'Een duivelskind!' had een pauper in het publiek geroepen. Ze legde haar hand
op haar buik. Ze moest het koesteren, al voelde ze het nog niet.
Alleen de misselijkheid was onmiskenbaar.

Ze ging op de kruk staan om dichter bij het grijze licht te zijn.
Ze verplaatste de kruk om de hogere inkervingen in de zachte
kalk op haar muren te kunnen voelen. Boven machteloos gekras
van nagels in de muur voelde ze een hoofd, een jurk, benen: een
vrouw, zonder lage rugpijn, zonder onrust. Rank.

Haar vingernagels voelde ze afbrokkelen, door gebrek aan
melk; aan duimschroeven wilde ze niet eens denken. Tegen alles
in groeide het nieuwe leven, het vrat haar leeg! Ze verlangde naar
een beker warme melk. Als het een jongen werd, kon ze hem onmogelijk weer Hendrik noemen. Laat staan Huib.

Wie was die ingekerfde vrouw die haar gezelschap hield? Er
lag een waas van ijs overheen dat smolt onder haar vingertop-
pen. Had het verlangen van een mannelijke gevangene, Behr
misschien, haar in de kromgetrokken muur doen kerven? Maar
dan was ze het zelf, zijn Mikgelief. Behr had in deze cel gezeten
voordat zij erin kwam. Een kelder verderop zat hij nu. Kelders van

oude woonhuizen waren het eens geweest.

'Het wordt een jongen,' vertelde ze de muur met de vrouw: ze voelde het aan haar misselijkheid en vermoeidheid. 'Zo was het bij Hendrik,' zei ze, 'bij allebei.' Ze moest gaan zitten. Goed rechtop. Ze moest in haar tweede maand zijn, bijna in haar derde; de ergste. En de meest kwetsbare.

'Ik zal om een beker melk vragen,' hoorde ze zichzelf beloven. Het duivelskind holde haar uit en hield haar in leven, voorlopig, en van de pijnbank weg.

Ze kokhalsde zodra ze de koolsoep rook, daarna pas hoorde ze voetstappen, twee paar. Ze spuugde in de ton, een grendel werd verschoven. Het licht kwam binnen door de lage deur. Alsof de zon opkwam, maar overijld. En met de stank van koolsoep.

De schout kwam binnen met een dienaar. 'Hoe ver is de zwangerschap gevorderd?' Met opeengeperste lippen nam hij haar op. 'Te zien is het nog niet.'

'Maar al wel te voelen. De tweede of derde maand.'

'Het komt natuurlijk goed uit. Van wie is het?'

Ze haalde haar schouders op. De dienaar van de schout had de koolsoep in een nis gezet; meteen begon ze staand te eten, nu was het nog lauw.

Toen ze de kom tot de laatste druppel had leeggedronken, gaf de dienaar haar een schoon onderhemd. En met de schout keerde hij haar halfslachtig de rug toe. Even schoot ze in de lach: het nieuwe jaar was begonnen en eindelijk kreeg ze een schoon hemd. Van twee mannen; op nieuwjaarsdag kreeg zelfs de stockmeestersvrouw kennelijk vrijaf. Vlug kleedde ze zich uit in een hoek, trok het schone hemd aan, haar grauwe jurk eroverheen; de schout en zijn dienaar hadden zich al weer omgekeerd en stonden haar te bespieden. 'Geef uw hemd maar hier.'

Toen de dienaar van de schout het tegen het licht hield, begreep ze dat ze in de val was getrapt; samen met de schout bestudeerde hij het hemd.

Net een stel overijverige wasvrouwen. 'Er zitten misschien vlekken op, maar die zie ik ook nu pas,' zei ze. 'Ik heb te weinig licht hier, ik kan me niet wassen. Weet u hoe lang ik dat hemd al draag?'

Alle drie zagen ze die ene vlek: roestbruin.

'Die vlek is verdacht.' Strak keek de schout haar aan.

'Die is oud,' pareerde ze. 'Dat ziet u toch?'

'De vermeende zwangerschap wordt onderzocht,' zei de schout, en zijn dienaar rolde haar vuile, stinkende hemd zorgvuldig op, als een belangrijk bewijsstuk.

'Dat haalt niets uit! Ik voel het toch? Het is niet mijn eerste kind.'

'Ook dat is ons bekend.' De schout verdween met haar hemd en zijn goed verborgen spot, met de dienaar en het licht.

Ze vergat te vragen om een beker melk.

Van Anhout, 4 januari 1713

Het geval was hem voorgelegd. En niet aan hem alleen. Doktoren en heelmeesters waren aangeschreven, tot de Pruisische hofartsen te Kleef aan toe: *Kan een vrouwspersoon bloed verliezen en toch zwanger zijn?*

Van nieuw leven wist hij niets. Hij hield er afstand van, achtte het te zeer, omdat hij alles wist van ziekte, pijn en dood. Van Anhout had zijn vrouw moeten raadplegen en zij had haar schouders opgehaald: natuurlijk kon het, het kwam zo vaak voor bij nog prille dracht. Maar volgens wijsemoeder Geertrui, bevoegde vroedvrouw, kon het niet: Vonks zwangerschap zou zijn geveinsd. Kromgebogen zat Van Anhout over de brief van de hofartsen, die per omgaande hadden geantwoord dat al te jong leven niet met zekerheid was vast te stellen: *Gelijk het wel moeilijck is en alleen de meest ervaren hoveniers toekomt de planten te kennen wanneer zij beginnen uit de aarde voort te komen.*

Eenvoudig verwoord! Voor hooggeleerde hofartsen. Van An-hout glimlachte, maar zoog elk woord in zich op. Geen arts, laat staan een hofarts, verlaagde zich ooit tot een uitwisseling met hem: kwakzalver, mensenschender. Bovendien betrof het een leemte in zijn kennis, die hij spoedig nodig had.

Alles om zich heen vergat hij bij een passage over een executie in Parijs: daar was het jammerlijk misgegaan in 1666, schreven de hofartsen. Daar was een vrouw ter dood gebracht van wie de beste artsen op last van de rechter hadden verzekerd dat zij geen kind droeg, al beweerde ze zelf van wel; hun bewijs was geweest dat zij haar maandstonden hield. Zij werd gehangen. Wegens dieverij. Zij werd in het openbaar, in de Schole der Medicijnen, opengesneden; en zij droeg toch 'een teeder schepsel van vier maanden'.

Van Anhout slikte. De droevige geschiedenis had hem in een onbewaakt ogenblik aangegrepen. Heremijntijd! Hij sprong op, haalde Gerrit uit zijn kooi en haastte zich naar het stadhuis met de brieven die hij niet echt stiekem maar toch ongevraagd mee naar huis had genomen. Gerrit vloog een eindje mee.

Ik moet zorgen dat Jan te zijner tijd ook een kauw heeft waarop hij kan rekenen, nam Van Anhout zich voor en tegelijkertijd vroeg hij zich af: hoe kan ik een – wellicht – zwangere vrouw pijnigen? Haar ter dood brengen?

Ik doe het niet, besloot hij. Pas na vijf maanden is zwanger-schap vast te stellen, hadden de hofartsen gewaarschuwd, ga nooit af op bloedverlies!

Behr, 9 januari 1713

Vader werd hij en hij ging zichzelf vrijpleiten. Behr wreef in zijn losjes samengebonden handen, dat lukte niet goed; maar hij ging haarfijn uitleggen hoe het zat, wat er gebeurd was die nacht dat Cock stierf. Dan pleitte hij ook zijn lieve Booskop vrij. Haar lot hing van het zijne af. Altijd al, andersom ook, maar toen hij net met benen van lood langs haar hermetisch gesloten celdeur liep, besefte hij het dieper dan ooit.

Hun ongeboren dochter of zoon maakte alles goed: alle ongeluk. Eén – ideaal – huisgezin konden ze zijn. Een gezin dat zijn weerga niet kende, hun lot had het zo gewild; of God, de God van de lutherse predikant desnoods, de Voorzienigheid, de liefde. De dienaar van de schout maakte het touw los, een meevaller, maar bleef irritant dicht naast hem staan. Het verhoorkamertje met de blinde muren was al zo benauwd.

Tot zijn verbazing mocht hij gaan zitten.

Als een pater familias zat de schout tegenover hem aan de ruwhouten tafel, naast de moederlijke stockmeestersvrouw. Een gekrompen huiskamer leek het nu, een gezin aan tafel; gezellig vergeleken bij zijn cel. Door niemand mocht hij zich nog laten irriteren, zeker niet door de dienaren, jongetjes.

'Johann Ligorius Behr,' dicteerde de schout droogjes – alsof hij voorlas uit een oeroud boek – en een van de dienaren schreef alles braaf op, 'luitenant onder de Compagnie van kapitein Drost in 't regiment van de Heer Graef van Castel zal verklaren, dubbele punt...'

Een bijzondere, niet onprettige sensatie over zichzelf te horen praten, al was het in een verhoorkamer waar hij nog één keer zijn verhaal mocht doen: ongewassen, ongeschoren, maar hij had tien dagen geoefend in zijn cel.

Hij bestond weer.

Alert als een muis die elk onraad rook en zich niet liet bedotten, keek de schout hem van dichtbij aan; daarom mocht hij zitten.

'Ik heb zeventien jaar gediend. Onder de Saksen en onder de Lijfgarden te paard van Ansbach, maar het langst,' benadrukte hij om sympathie te wekken, 'onder voornoemd regiment in het Staatsche Leger.' IJverig gekras van een pen die alles vastlegde, kalmeerde hem. Even waande hij zich weer Behr – luitenant, minnaar – met nog ongeschonden reputatie, die een brief dicteerde aan Müller. Maar de hanenpoten van deze dienaar waren hoekig en onbuigzaam.

'Ik heb me altijd trouw en eerlijk gedragen,' vervolgde hij vlug. 'Dat zullen de officieren in het regiment ook moeten verklaren?'

De schout knikte ongeduldig. 'Hebben we op schrift, kwam eergisteren binnen, ga door.'

De hemel – en 't lot – zij dank! Die verklaring hadden ze gegeven. Opgelucht ging hij verder: 'We lagen in deze stad in 't garnizoen en ik kwam te logeren in het huis van procureur Cock...' Hij vertelde niet dat hij getroffen werd zodra hij zijn neus in de keuken naar binnen stak; door hemels vuur, een *coup de foudre*, door iets in haar houding, het viel niet uit te leggen, door een geur.

'Maar door kwade raad van Becking, Cocks zwager,' zei hij ten overvloede, 'rees er onenigheid tussen mij en Cock.' Wel vervelend dat Becking op vertrouwde voet stond met het halve stadsbestuur; maar zonder hem was het niet zo uit de hand gelopen, dat mochten ze weten ook. 'Becking zette Cock tegen mij op. Het was op aanraden van Becking dat Cock pistolen aanschafte. Als burger! Ik beklaagde mij daar uiteraard over bij de overste-luitenant.' Van man tot man, zonder publiek dat hem uitjouwde, sprak het stukken prettiger. 'Toen ik in arrest kwam, de eerste keer, had Cock een van die pistolen op mij gericht. Hij schoot, het ketste, maar het had net zo goed raak kunnen zijn.'

'Wisten we al, ga verder!'

'Ik kwam vrij.' Hij kon maar beter niet beginnen over de brieven die hij Cock beloofd had om vrij te komen, dat was ook bekend. 'Becking vertelde me dat Cock op het stadhuis tegen de overste-luitenant had gezegd: "Uw luitenant," ik dus, "is wel uit het arrest, maar het is nog niet gedaan! Hij moet de stad uit of ik zal niet leven!" Hij zou dus niet rusten voordat ik de stad uit zou zijn.'

De schout moest de achtergrond kennen, de dreigingen van Cock, maar onder de indruk leek hij niet. Onder de tafel wipte hij met zijn voet: verveeld? Ik moet hem inpalmen, charmeren, door tot de kern te komen; Behr zette zijn ernstige, wereldwijze glimlach op. 'Ik heb nooit de intentie gehad om Cock om het leven te brengen. Ik heb daar nooit met de vrouw van Cock of met mijn knecht over gesproken. En ze hebben het me ook niet aangeraden,' zei hij er voor de zekerheid bij. Voordat de schout hem af kon kappen, zei hij: 'De dreigementen in de brieven zijn zonder voornemen, per raillerie, geschreven: gekscheerderij. Om de vrouw van Cock, op wie ik zeker verliefd was, en ben, bij mij te doen komen.' De schout wipte niet langer met zijn voet, de dienaar schreef driftig door. Behr gunde hem nog een paar tellen, uit ervaring wist hij dat dit tempo niet was bij te benen met de pen; want nu kwam het, dit moest op papier worden gezet: 'De vrouw van Cock heeft nooit willen accorderen van haar man af te gaan.'

Terwijl hij de schrijvende dienaar nog een momentje gunde, zag hij als in een visioen een langharig kind, zijn dochter of zoon, te paard door velden draven, brood eten in haar keuken, lachen met haar kinderen; om niets. Dat alles stond hier op het spel.

Een volmaakte Behr. Meisje, jongen, doet er niet toe...

'Ga toch verder!'

'Op die zaterdag toen Cock met mijn knecht het Kalverenbos in kwam, uit de richting van de Belvédèretoren, had ik niet de intentie hem dood te steken. En ik heb hem ook niet doodgestoken. Cock trok zijn pistool. Toen ik mijn degen half uit de schede trok, greep Cock hem vast en in het worstelen trok die degen door zijn hand. Zo is het bloed op mijn degen en greep gekomen. Ik had die zaterdagavond geen andere intentie dan Cock via mijn knecht een paar brieven te geven.' Vertrouwelijk boog hij iets naar voren. 'Uit Luik. Om hem dan naderhand de gek te scheren.' De snor van de schout trilde subtiel; de schout begreep de dubbele bodem – Luik, waar hij met haar naartoe had moeten vluchten! –, bleek uit dit veelbetekenende trillen van de altijd zo stugge snor, die leek op een bezem die elk overbodig woord, alle flauwekul voor zijn mond wegveegde. Voortdurend had Cock om de brieven gesmeekt, ge-zeurd. En ze nooit gekregen.

'Om hem de gek te scheren,' herhaalde hij met het oog op de schrijvende dienaar, 'en meteen de zakpistolen af te nemen. Hij wilde me nog altijd doodschieten, had ik gehoord.' Behr leunde achterover. Opdat de logica van zijn betoog kon bezinken in het hoofd van de schout, die even had geglimlacht.

In alle rust – zonder dreiging en sturende vragen – kon hij nu komen met zijn klapstuk, de ontknoping: 'Met korporaal Kummer had ik niets anders afgesproken dan dat we hem de pistolen zouden ontnemen om ze aan de burgemeesters te laten zien. Na-dat Cock zijn pistool had getrokken, en we handgemeen waren geworden, zei ik tegen korporaal Kummer: "Hou de kerel," Cock dus, "vast!" Ik liep naar de schildwacht die op de Belvédère stond, verderop, en verzocht hem mij te helpen een burger zijn zakpisto-len af te nemen. Maar de schildwacht was er een van de cavalerie. Hij weigerde, durfde zijn post niet te verlaten. Pas toen ik hem een schelling gaf en hij zijn mantel losmaakte om mee te gaan, kwam Kummer naar ons toe en zei: "De kerel is gaan lopen." Daarop ging ik weg, met Kummer, en pas toen we weer door het bos terugglie-pen, zei hij: "Ik heb hem doodgestoken." Ik was ontsteld. Ik wist niet wat te doen. Toen stelde Kummer voor het lichaam in het wa-ter te smijten.'

Van Anhout

Met opzet glipte Van Anhout nu pas het verhoorkamertje in: zo was het afgesproken. Behr zat er ontspannen bij, zelfs onderuitge-zakt, hij keek niet om en verklaarde onbekommerd: 'Ik heb hem doodgestoken.' Het duurde even voordat Van Anhout begreep dat het over Kummer ging: die had het gezegd, en gedaan, en die had voorgesteld Cocks lichaam in de rivier te werpen? 'Ik weet daar wel kans toe!' had Kummer geroepen; dat verklaarde Behr althans.

Van Anhout bleef stijfjes achter Behr staan, tegen de deur aan gedrukt. Misschien was hij te vroeg gekomen. Hij moest Behr laten uitspreken. Verdiept in zijn betoog schudde Behr met zijn hoofd, alsof hij het nog niet geloven kon: 'Pas toen we op de Korenmarkt kwamen, gaf Kummer me een van de zakpistolen die hij Cock had afgenomen...'

Wie was toch die doldrieste Kummer? vroeg Van Anhout zich af. Een verzinsel leek hij. Geen Duitse korporaal, geen huurling, maar een schim, met de noorderzon vertrokken. Niemand die naar hem vroeg of zocht; een gat in het justitiële net, kwam vaker voor. Kummer moest echt bestaan, hij was ook door de knecht genoemd, en zijn weggeglipt uit het rechtsgebied. Eenmaal in de Duitse landen was het zoeken naar een vlo op een lappendeken van vorstendommen en vrije steden, een vlo die van het ene gebied naar het andere kon overspringen.

Als Kummer het gedaan had, was hij gek of goed betaald. Maar Behr bezat geen cent. Daarom had hij opgezien tegen een proces van Cock.

Opeens, nog zonder dat hij hem kon hebben gezien, ging Behr rechtop zitten. 'Zo is het gegaan. Ik heb Cock niet gestoken.' Behr boog zich voorover naar de schout. 'Dat heb ik ook aan de lutherse predikant verteld. Mijn laatste bekentenis gaf ik op dreigement van pijniging.'

Van Anhout begon zich ongemakkelijk te voelen toen Behr de nummers opsomde van artikelen uit zijn confessie die hij onder angst zou hebben verklaard. 'En ik weet niets,' sprak Behr steeds feller, 'van een brief waarin de vrouw van Cock zou hebben geschreven dat ze *zo gelukkig niet was dat Cock zou zijn doodgestoken*. Maar omdat de heren schepenen hadden gezegd dat ik er wel van moest weten, aangezien ik erover had geschreven, bekende ik; zo is die confessie geschied!'

Maar die brief hadden ze toch?

Behr verloor zijn kalmte. Altijd een zwaktebod. Ze probeerden hem af te voeren, maar hij stribbelde tegen. Van Anhout deinsde achteruit, de gang in.

'Mijn knecht,' riep Behr nog, 'heeft nóóit kennis gehad van de vleselijke conversatie die ik met Cocks vrouw had. Schrijf op!' Van Anhout hoorde het niet zonder sympathie aan. 'Schrijf toch op...!'

Toen spuugde Behr voor zijn voeten op de grond: 'De waarheid ligt niet op een pijnbank! Een zwangere vrouw zal alles bekennen.'

Vonk, 17 januari 1713

Ze was een pissebed onder een vochtige steen geworden, zonder besef van tijd.

Maar de ergste misselijkheid was over. Dat was één. En overal vermagerde ze, maar niet op haar borsten en buik: dat was twéé. Zodra ze ontwaakte, stijf en verkleumd, begon ze stug haar zegeningen te tellen; het was een gewoonte van Cock geweest. Ze legde haar handen op haar buik, speurde naar beweging; niets nog, het was te vroeg. Maar die buik, die lichte bolling, had ze en die gaf haar tijd om eerst het onschuldig leven te baren. Tijd, dat was drie, was alles: als Behr terechtgesteld werd, zou de ergste woede uit de stad verdwijnen, overwaaien.

Aan de details wilde ze niet denken.

Middag was het, laat al vermoedelijk. Het indirecte licht las ze nog niet precies, zwak of zeer zwak was het. In deze schakering grijs scheen het namiddag. Ze moest de tijd opnieuw leren lezen.

Als de wiedeweerga kwam ze overeind toen ze voetstappen hoorde: klompen en laarzen, meerdere mensen? Ze sloeg het stro van haar jurk, kneep haar ogen samen vanwege het helle licht: een kaars, nog een. De steen werd opgelicht: de deur stond open. Een pissebed had zijn pantser om achter weg te kruipen; ze stak haar buik in de vale jurk naar voren.

Boven hun lampen keken ze niet haar aan, ze keken haar buik aan: de schout, zijn dienaar, een bode, de stockmeestersvrouw en moeder Geertrui, de wijsemoeder die haar kinderen ter wereld had helpen brengen. Afstandelijk en toch dichtbij bestudeerde die goeie, ouwe Geertrui haar, zonder ook maar te knikken. Alsof ze al veroordeeld was of dood.

Ze glimlachte. Moeder Geertrui stond ook maar op order van de burgemeesters in haar overvolle cel.

'Omdraaien!' gebood de schout.

Ze bleef staan.

'Vrouw Cock,' zuchtte hij, 'draai u om.'

Langzaam draaide ze zich om.

Al hun lampen schenen nu van vlakbij op haar rug. Het gaf warmte, zegening vier, zelden kwam ze tot vier.

Een koude hand trok haar rok omhoog. Onder andere omstandigheden had ze zich diep geschaamd. Nu plantte ze haar handen in haar zij; zo stond ze vlak voor hen in haar onderrok, die eens wit was, gestreept, van warm flanel, en ze schoot in de lach.

Iemand – wie? – wilde nu ook nog haar onderrok omhoogtrekken maar aarzelde; een koude hand haperde bij haar enkels: de schout! Ze onderdrukte een giechel, ze mocht niet de slappe lach krijgen van spanning.

'Laat mij maar,' hoorde ze moeder Geertrui zeggen. Bekend terrein: Geertrui kende haar – was dat zegening vijf? –, in haar diepste nood en in haar grootste vreugde.

Toen stond ze in haar onderbroek, in wat daarvan over was: een vettige, vlekkerige lap linnen. Ze probeerde onverschillig te blijven, een beproeving. Achter haar neusden ze met z'n vijven in haar onderrok.

'Dit bewijsstuk moet ook mee.' Dat was de schout weer.

'Wacht maar...' Moeder Geertrui kwam voor haar staan en trok haar rokken weer goed. 'Doe hem maar uit onder de jurk.'

Toen pas voelde ze woede opkomen en draaide ze zich om. 'Dat weiger ik. Die sta ik niet af.'

'Dat lijkt me niet verstandig.' Onbewogen keek de schout haar nu pas aan.

'Weet u hoe koud het hier 's nachts is?'

'Trek uit.'

'Toe maar,' suste de stockmeestersvrouw, 'ik kijk straks wel of ik nog ergens een schone heb liggen.'

Ze bleef de schout aankijken toen ze haar jurk hoog optrok, nog dichterbij kwam staan en haar onderrok uittrok; ze hield hem omhoog, vlak voor hem, en legde haar andere hand op haar linnen lap. 'Deze ook nog?' vroeg ze uitdagend.

De schout voelde zich zichtbaar ongemakkelijk. 'Dit voldoet.' Hij greep naar haar onderrok, die ze nog even terughield.

Toen drukte ze hem haar tweede huid toe; het warme flanel. 'Op uw verantwoording. Als ik ziek word...'

'Hoe valt deze vuiligheid te verklaren?' De schout wees al op de bruin bevlekte achterkant van haar onderrok, terwijl moeder Geertrui over haar jurk heen aan haar borsten begon te voelen, stijver dan ze vroeger had gedaan.

'Van mijn laatste maandstonde, van 14 oktober 1712. Zoals iedere vrouw houd ik dat bij. Geertrui heeft nu al uitgerekend dat ik net drie maanden zwanger ben, krap aan.'

'Nee.' Meer zei Geertrui niet.

'Nee? Verklaar u nader!' De schout werd ongeduldig.

'Ze is niet zwanger,' zei Geertrui zacht.

Kwaad begon ze haar lijfje open te veteren om haar tintelende borsten te tonen; ze aarzelde, dat tintelen was niet te zien. Maar Geertrui betastte al een borst, trok hem uit haar lijfje, kneep erin.

'Jullie ook?' daagde ze de schout en zijn dienaar uit. 'Jullie kennen geen schaamte.'

'Ik wil haar liggend visiteren,' zei Geertrui beslister. 'Met alleen de stockmeestersvrouw erbij. Geen manvolk.'

Ze ging op het stro liggen, in de droge hoek. Even was Geertrui vlak bij haar, toen de stockmeestersvrouw buiten de cel nog iets besprak met de schout, nu kon het. 'Hoe gaat het met mijn meisjes en met Hendrik?'

Geertrui haalde haar schouders op.

'Om hen houd ik het vol. Anders gaf ik het op.'

'Zoiets zeg je niet.'

'Ik heb niets met de moord te maken, zeg hun dat! Maar hoe bewijs ik het? Goddank draag ik die bastaard.' Ze trok haar rokken op. 'Een jongen wordt het.'

'Ik zal eens voelen.' Geertrui stak haar vingers al naar binnen. 'Ik heb een eed afgelegd,' en daarna haar hele hand, 'liegen kan ik niet. Dat komt altijd uit.'

'Niet bang zijn, Geertrui, ik weet dat deze cel afschrikt.'

'Ik ben nauwkeurig. Ik geloof niet dat je een kind draagt.'

'Het zal je altijd bijblijven als je me niet helpt... auuuw!'

'Dit moet, en het spijt me, maar het bloed op de rok leek vers, niet zo oud.'

'Laat ze naar mijn raam komen,' fluisterde ze toen gauw. 'Naar dat gat, desnoods alleen Marieke. Auuuw! Leid een schildwacht af, koop hem om of bepraat hem! Neem er een die kinderen heeft. Die zal het begrijpen.'

Toen de stockmeestersvrouw binnenkwam, zweeg ze en beet op haar vuist om niets te voelen. Ze bestudeerde de muren: wat in het duistere, grijze licht demonen hadden geleken, waren schimmels en bruine vlekken.

Vrees moest ze aanzien, zonder knipperen, recht in haar tronie. Aan ontsnappen viel niet te denken.

Müller, diezelfde dag

Stoffel Müller keek het houtwerk aan, geboend eiken, glanzend, rijk versierd, niet de heren schepenen of de burgemeesters, noch de schout: in het hout van de schepenbank was koning Salomo uitgesneden, ontdekte hij, de Salomo van zijn Spreuken – die hem niet hadden geholpen. Met neergeslagen, nederige ogen gericht op Salomo hoorde hij de beschuldigingen aan: hij had brieven bezorgd, op schildwacht gestaan, Cock gezocht en afgeleverd in het bos waar hij vermoord zou worden.

Allemaal waar.

Pas toen een van de burgemeesters beweerde dat hij geholpen had het dode lichaam in het water te gooien, keek hij verontwaardigd op: recht in de ogen achter het knijpbrilletje van Singendonck, die zijn deftige, oude wangen schudde. Maar zijn wenkbrauwen bleven vraagtekens; voor hem stond niet alles al vast, dus ook zijn schuld niet? Andere schepenen krabden onder hun pruik en bestudeerden hun nagels. Hadden ze luizen? Een scheerbeurt zou wonderen doen.

Toen de verzwarende omstandigheden hem voor de voeten werden geworpen, keek hij gauw weer naar de uitgesneden Salomo: hij wist van de dreigementen om Cock te vermoorden, ving hij toch op, uit de brieven. Maar die stonden vol *Blödsinn*! Hij had zich tegenover Cock gedragen als een vriend en hem verraden.

Dat was waar. Beschamend waar.

En in het glanzende hout doemde Cock op, uitgesneden; om een glas achterover te slaan, hem levendig op de schouder te slaan, te lachen, bulderend. 'Het zal wel *schiefgehen!*'

Toen hij door een dienaar van de schout op de schouder werd getikt, kromp Müller verschrikt ineen. Hij was de draad kwijt, hij moest antwoorden: waarop?

Hakkelend verklaarde hij maar weer dat hij zich altijd goed gedragen had, nooit eerder in handen van justitie was gekomen, niet wist van het overspel. Dat hij zijn heer hielp, maar niet in het doden. Dat hij niet wist dat zijn heer Cock die avond kwaad wilde doen.

Een grap had het geleken: brieven aan Cock geven, echte brieven waaruit de namen waren geschrapt. Kon hij het helpen dat de grap uit de hand gelopen was?

Nu pas keek hij de hoge heren aan. Hij had als knecht nu eenmaal orders op te volgen, betoogde hij. Dat begrepen die hoge heren niet!

Bijna vergat hij het belangrijkste. 'Ik heb Cock met geen vinger aangeraakt toen hij in de Waal geworpen werd. Ik stond op schildwacht. Dat was alles.'

Toen sloegen ze hem met een oude wet van Karel de Vijfde om de oren: helpers dienden even hard gestraft te worden als de moordenaar, dat stond daar blijkbaar in, en zo was het ook volgens het Saksische recht. Hadden de heren zich zelfs daarin verdiept? Speciaal voor hem?

Sterker nog, betoogde de burgemeester snel, in moeilijk Hollands: hij, beklaagde Müller, droeg nog meer schuld dan de moordenaar.

'Pardon...?' stamelde hij hardop. Dat moest hij verkeerd begrepen hebben. De zaal viel van verbazing stil, Müller vergat bescheiden omlaag te kijken.

Müllers misdaad was groter dan die van Behr, betoogde de rood aangelopen burgemeester, omdat hij had bijgedragen aan de moord, maar niet handelde uit passie, zoals Behr, die Cock haatte.

Zonder haat handelen – zonder aanwezig te zijn! – was minder gunstig? Passie was beter. Begreep hij het goed? Dit was al net zo bizar als Salomo's oordeel waarbij een kind dat door twee vrouwen was opgeëist, doormidden diende te worden gesneden.

Wat kon hij nog zeggen? Te verbluft om helder na te denken, schoot hem te binnen wat hij op weg naar de schepenhal in de gangen had gehoord: Anna Maria Vonk was niet zwanger, dat had de wijsemoeder officieel verklaard. Maar Griet wel! En Griet had gezegd, wist Müller weer, dat de wijsemoeder het had bevestigd; aan wat die Geertrui zei, werd geloof gehecht.

Zou hij... kon hij het nog verklaren?

Kansloos was hij. Hij keek naar de ramen, zag Griet niet staan en verklaarde toen toch maar: 'Ik ben in ondertrouw. En zij...' Haar naam hoefde hij toch niet te noemen? Stel dat ze in de problemen kwam? Hij keek Singendonck aan omdat die misschien toch iets vaderlijks had. 'Zij is zwanger.'

Het hielp vermoedelijk geen zier.

Naast Salomo, zag hij toen pas, was de beul uitgesneden die het Salomonsoordeel uitvoerde: met in de ene hand een kind en in de andere het zwaard al in de aanslag. Van Anna Maria kon het niet zijn, volgens de wijsemoeder, dan was dat kind van Griet! Van hem. En terwijl de dienaren van de schout hem al wegvoerden, keek Müller om en zag zijn gelijkenis in het houten kind, met die kale kop. Hij lachte hardop, als een zot, hij hoorde zelf hoe verwilderd het klonk; verward. Maar hij begon te vermoeden, en onder de grond was hij er zelfs zeker van, dat het kind hem redden zou.

Vonk, enkele dagen later

Als ze hels ratelende karren of rijtuigen over zich heen kon horen rollen, zwak maar schel, als het drukke namiddaguur aanbrak en ze iets van het leven boven zich opving, al klonk alles vervormd – de gil van een kind of een meid, duister geblaf, een mistige uitroep –, was Anna Maria Vonk niet minder eenzaam dan op stille uren: haar leven in haar eigen straat was dichtbij en zo ver weg. Hemelsbreed, omhoog en schuin de straat over, op nog geen tachtig schreden van haar vandaan, had ze in gedachten nageteld, leefden haar kinderen; als wezen, met een moeder nog. Soms meende ze het zich slechts te verbeelden, maar als de omstandigheden gunstig waren en er geen lawaai uit de kelders doorklonk, kon ze een klok horen luiden in de diepte van haar cel, onder de zware gewelven. Doffer dan buiten, boven, omgetoverd tot iets stils, iets zachts, weemoedigs. En dan moest de wind nog goed staan.

Een windvlaag door haar haren. In de linten in Johanna's krullen. Teuntjes wapperende schortje. Ze probeerde zich de wind weer voor te stellen, beelden doemden vluchtig op; zo ging de tijd voorbij, al putte het herinneren haar uit. Ze lag toch maar in het klamme stro, met opgetrokken benen, kou te lijden. Ze zag haar kinderen vliegeren bij de bleekvelden, tussen opbollend wasgoed weghollen: ze verdwenen alweer, als op prenten in een boek waarin te snel gebladerd werd.

Ze zag Behr, die haar volgde. Een pagina die ze maar niet om kon slaan: aan de overkant van de Burchtstraat, die nu boven haar lag, liep hij met haar mee; ze zag hoogbeladen karren en de mensen tussen hen in, steeds verdween hij achter iets of iemand en doemde weer op om haar onbeschaamd op te nemen. Vrijuit had ze terug kunnen lachen aan de andere kant, niemand die het in de gaten had. Tot hij op de Markt, met voorbedachten rade, zijn hoed weg liet waaien, vermoedelijk had hij hem zelf de lucht in gegooid en goed gemikt; zijn hoed landde voor haar voeten en terwijl hij hem tussen manden met aardperen opraapte, streelde hij haar enkel: door haar hele lijf had ze het gevoeld, begerig, genotziek, zwak, zonder dat iemand haar zwakheid zag – alleen het tandeloze aardperenvrouwtje knipoogde.

En hij had het in de gaten.

Hoeveel vrouwen had hij wel niet versleten? 'Niet één!' had hij geantwoord toen ze het hem eens had gevraagd in De Drie Kroone. 'Ik ben ze vergeten, Mikgelief. Alle honderd!' Behrs lach onder de lakens: die zag ze liever dan de ernst in zijn brieven. Had hij haar maar kunnen vergeten, de schelm.

Ze voelde hun kind bewegen. Het konden ook darmbewegingen zijn, zoals Geertrui beweerde. Honger. Ze kreeg net niet genoeg te eten, de onafgebroken trek versufte haar.

Toen ze zich op haar andere zij draaide, zag ze iets bewegen op de muur; niet de stockmeester of zijn vrouw, die soms als een schim voorbijkwamen. In het lichtvlak op de wand zag ze het silhouet van Marieke. Het grauwe licht was nog zwakker geworden, haar adem stokte: de schaduw van haar dochter lag op de muur. 'Marieke...!'

In het resterende tegenlicht in de opening kon ze haar nauwelijks zien.

'Mama? We weten dat je niets hebt gedaan, Johanna en ik. Teuntje snapt er niets van.'

'En Hendrik? Hoe gaat het?!'

'Hij huilt veel, hij is ziek geweest. Wanneer kom je terug?'

Door haar gortdroge keel slikte ze de pijn weg. 'Herinner je je een meneer Swaen? Hij was een vriend van papa...' Ze fluisterde omhoog en keek naar het silhouet op de muur, iets boven haar; het was geen hersenschim. 'Smeek hem om naar mij toe te komen. Dan kom ik misschien weer thuis.'

'Zwaan?'

'Swaen ja, de advocaat!' Ze had de kruk gepakt, op haar tenen staand wilde ze Mariekes uitvergrote silhouet aanraken.

'Ik moet gaan...!'

Nog geen week later kreeg Valenus Swaen, doctor in de beide rechten, toegang tot haar cel. Ze had hem al eens zien staan in de schepenhal, hij had haar proces gevolgd. Ze kregen niet veel tijd en bespraken razendsnel een strategie. Er mocht geen tortuur plaatsvinden: ze was wel degelijk zwanger, overspel was niet ernstig genoeg om ervoor op de pijnbank te belanden en voor medeplichtigheid aan moord lag er niet genoeg bewijs.

'En de brieven?' vroeg Swaen. 'Die wegen het zwaarst.'

'Die heb ik niet altijd uitgelezen.'

'Het Hoogduits ook niet altijd begrepen?'

'Niet alles, nee, en de bedreigingen nam ik niet serieus.'

'En ze derhalve verzwegen tegenover Cock... Daarop volgt geen straf.' Haastig krabbelde hij op een stuk papier. 'Die bedreigingen waren conditioneel, niet absoluut,' mompelde hij. '*Adulterij*, het overspel, staat los van de moord, als we dat maar duidelijk kunnen maken.'

In de zittingen die volgden, had ze haar verdediging op orde. Swaen verwoordde scherp: 'Overspel wordt dagelijks gepleegd, zonder dat er moord op volgt,' al siste de zaal geschokt. 'Er mag geen tortuur plaatsvinden of het feit moet kapitaal zijn!' Valenus Swaen had maar al te graag berust, gaf hij toe, in de aarzeling van de ene burgemeester en de weigering van de andere om de vrouw van zijn vermoorde vriend te mogen verdedigen; nu stortte hij zich met al zijn krachten op haar zaak, al deed die zoveel stof op-waaien. 'Tortuur is voor vrouwen niet zonder gevaar. Zelfs als ze niet eens zwanger zijn!' Hij somde voorbeelden op. 'Niemand mag tot tortuur gebracht worden zolang de waarheid op een andere wijze kan worden ontdekt.'

Als kruimels veegde hij de aantijgingen van tafel: haar vermeen-de kwade reputatie was niet bewezen, haar ongevoeligheid over Cocks dood was zelfs cóntra bewezen door meerdere getuigen. Even nam Swaen haar toch nog scherp op, voordat hij verder ging: zij, beklaagde, had haar man en kinderen nooit in de steek willen laten, had geweigerd met Behr weg te gaan. Ze had geen enkel be-lang gehad bij Cocks dood: ze zou met vier kinderen blijven zitten.

Ze was, na Cocks vermissing, niet gevlucht. Swaen liet stiltes vallen en praatte dan weer als Brugman. De dreigementen in de brieven, zo ze die al begrepen had en zou hebben verzwegen: die waren slechts geschied om beklaagde bij hem te doen komen, tot zijn wil te krijgen. Laat staan dat ze erin toegestemd zou hebben.

En uit Behrs met bloed ondertekende belofte van trouw kon niet worden afgeleid dat beklaagde aan de moord medeplichtig zou zijn: ze had er niet om gevraagd, ze had het bevlekte document niet eens meegenomen; het was dan ook aangetroffen bij Behr.

Maar misschien kwam Swaen te laat.

Hij werd verguisd, verloor zijn goede reputatie, zij werd gehaat; het was en bleef een liefdesmoord, haar overspel werd nog altijd op één lijn gesteld met de moord. Toch voelde ze ook begrip in de zaal en onzekerheid bij de schepenen. Ze zag hun twijfels en hoorde instemmend gemompel toen ze het zelf nog eenmaal uiteen probeerde te zetten; kort, maar helder als de dag die door het traliewerk de schepenhal in viel: 'Vleselijke conversatie en medeplichtigheid aan de dood hebben geen gemeenschappelijke grond. Het een komt uit zwakheid, het ander uit boosaardigheid voort.'

Kummer, maart 1713

Naamloos en te nuchter liep hij naast een ezel een heuvel op, de wind kon hem niet koud genoeg zijn, de regen was te droog. Alleen zijn met touw omwonden laarzen en zijn onrust wezen erop dat hij korporaal was – geweest! – en voortvluchtig. Van de ene boerderij was hij naar de andere getrokken als hulpje, stalknecht, sjouwer. De lust te leven had hem – idioot genoeg! – doen vluchten en doen besluiten om geen druppel meer te drinken, al wilde hij vergeten; in zijn dronkenschap zou hij zich verraden. Nuchter blijven had hij niet lang volgehouden. Er was een ander besluit voor in de plaats gekomen.

De kou trok door zijn cape, goedkoop op de kop getikt, de ezel liep niet door, mager als een kapstok, maar zwaarbepakt.

Hij had er op het slagveld wel meer gedood. Soms zag hij ze terug in een droom, zonder spijt. Maar de dood van een dronken burger die zijn vrouw slecht behandelde, die het geluk van zijn makker, Behr, belette en die bedreigde, raakte hem maanden later nog steeds; niet alleen omdat hij ervoor gehangen had kunnen worden. Of erger.

Omdat het gevolgen had die hij kon overzien. Vooral op een vervelende heuvel. Hij kende het gezin van Cock.

Zijn nieuwe besluit: hij wilde zich dood werken – of dood drinken, daar was hij nog niet uit. Een besluit had hij nodig, de wereld was te kaal, een plan, een richting.

De oude ezel wilde niet verder. Achter de heuvel moest een dorp liggen, dus een toog. Nooit was hij hier geweest, maar hij kende de weg.

Hij liet de bepakte ezel staan en liep weg, met zijn eigen last, ervandoor; hij zag zichzelf als van bovenaf: een gestalte die doorweekt raakte.

De ezel balkte hartverscheurend.

Hij had Behr opgejut en hem zijn liefde gegund; of, als hij te nuchter was, drong het door: opgedrongen. Hem een moord in de schoenen geschoven, of laten begaan, daar kwam hij ook niet uit.

Natuurlijk, Behr kon de schuld op hem afschuiven – en terecht! Maar uiteindelijk zou Behr worden gepakt. Een lijk komt altijd boven. En misschien was dat zijn opzet geweest; Behr had de enige vrouw in zijn leven van hem weggejaagd: een onbekende en de enige die van belang was geweest. Behr, haantje de voorste, van jongs af aan.

Achter de heuvel lag een naamloos dorp, snel daalde hij af. Hij had wraak genomen, door Cock te steken, één keer, twee keer, dat wist hij niet meer – en hij was onbaatzuchtig gevlucht.

Hij? Een onbaatzuchtige? Een beledigde was hij geweest: toen Behr, die Cock maar één keer had gestoken, nog niet dodelijk, de schildwacht ging halen, had Cock hem uitgescholden: 'Dronken tor!' Razend, moe en zeker niet nuchter stak hij hem toen; en Cock zei niets meer.

Het was zijn straf daarmee te leven, sterven schoot maar niet op. Een naamloze bleef hij, tot hij weer aangeschoten raakte en tegen een paar kromgetrokken boeren, die nergens van opkeken, zei: 'Kummer is de naam. Niet voor niets! *Ich bin an Kummer gewöhnt...*'

In een moment van helderheid dat alleen bestond aan oude togen, merkte een dronken boer aan wie hij alles verteld had op: 'Die man, die Cock, was toch wel gestorven. Ook met één steek in de buik, kwestie van tijd.'

Zelfs in het doden van Cock, drong opeens tot hem door, kwam hij op de tweede plaats; en was Behr weer haantje de voorste geweest.

Van Anhout, 2 maart 1713

Vroeg in de ochtend, toen Van Anhout naar de kooi van Gerrit liep, een rustig ritueel, elke dag het eerste wat hij deed, greep angst hem bij zijn smalle strot; nog geen tien stappen had hij gezet en zijn hart bonkte in zijn keel alsof hij holde als de donder – zoals toen ze hem als jongen hadden nagezeten: 'Bloedhond!'; als aangeworteld stond hij voor zijn zelfgetimmerde kooi: het deurtje stond open, drie veren lagen in het zand onder de lege stok.

Gerrit was verdwenen.

Hij boog diep voorover, stapte de kooi in, al zag hij zo al dat zijn kauw er niet was, hij onderzocht het deurtje: het houtje om mee af te sluiten was verschoven. Kon Gerrit dat hebben gedaan? Dan was hij weggevlogen, met een troep vogels mee. Vaak genoeg had hij, zijn kop scheef, met één oog naar de verre lucht gelonkt.

Of was hij weggeroofd? Door een kwajongen? Van Anhout begon de tuin af te speuren als de schout die de sporen van een misdaad naging. Niemand bezat een kauw die zo jaloersmakend trouw was, zo op hem ingespeeld, met mensenhand opgevoed nadat hij uit de Belvédèretoren was gevallen: een roze geval met spikkels dat was opgegeven, tot Van Anhout brood in zijn mond had laten weken en tussen zijn lippen had gehouden; zo had hij het roze geval gevoerd. Hij had het een naam gegeven. Langzaamaan kreeg het veren, kon het staan, hupte het door de tuin en oefende met vliegen; in zijn bijzijn, vanwege het gevaar van katten.

'Gerrit...?!'

In geen enkele boom achter zijn huis zag hij hem, hij vond hem ook niet tussen de rode kolen waarop zijn zoon zijn slag oefende met het scherpe zwaard, niet bij het varken, niet tussen de potten in zijn praktijk.

'Gerrit is verdwenen!' Door de achterdeur holde Van Anhout naar binnen en door de voordeur, die hij open liet staan, het Kalverenbos in, waar de nacht nog tussen de bomen hing. Hij speurde de takken en de kale hemel af.

'Hij is weggehaald of opgegeten, niet zomaar weggevlogen. Zoeken heeft geen zin,' zei zijn zoon Jan, die toch meezocht.

Zonder Gerrit begaf Van Anhout zich die ochtend naar het stadhuis. Anna Maria Vonk werd na vijf of zes weken uitstel verhoord. Liefde of verknochtheid, zelfs aan een vogel, was zwakheid; ze had gelijk gehad.

Op de achtergrond moest hij bij haar verhoor aanwezig zijn als een vleesgeworden dreiging, die duizend angsten uitstond: verknochtheid was griezelig. Vonk zag ook bleek, zag hij; het werk van de cel, van duisternis, angst.

Was Gerrit opgevreten door een kat? Dan had hij toch sporen moeten vinden... meer veren, bloed. Hij voelde de leegte op zijn schouder, al had Gerrit nu normaal gesproken ook niet op zijn schouder gezeten; niet in de schepenhal – al had hij het geprobeerd. Maar zijn genegenheid voor de kauw was ook lijfelijk geweest, voelde hij, vleselijk.

Vleselijke conversatie komt voort uit zwakheid, had Vonk weken terug verklaard, voordat ze uitstel had gekregen. *Medeplichtigheid aan de dood* – moord?! – *uit boosaardigheid*. Niet in het geval van een kat.

Slapjes en afwezig ving Van Anhout toch de vraag op of ze zwanger was. 'Nee,' verklaarde Vonk. Had ze een misgeboorte gehad? Nog meer bloedingen? Misschien had ze het opgegeven en wilde ze de duisternis van haar cel uit; niet ondenkbaar. Of was de zwangerschap van intussen een maand of vier dan toch geveinsd? Hij hoopte het. Misschien wist ze het zelf niet eens. Nog zeker drie artsen en twee vroedvrouwen hadden haar de afgelopen weken onderzocht omdat de twijfel was gebleven.

Op alles zei ze nu 'nee': ze had niet geweten dat Behr Cock had willen vermoorden. Ze had nooit met Behr overlegd wat te doen als haar man dood zou zijn. 'Nooit, in geen eeuwigheid,' zei ze.

Maar op die eerste van slechts drie vragen had ze dus ook nee gezegd; en erg dik leek ze niet, de schout knikte hem al toe. Hij moest alles in gereedheid brengen. Overmorgen, begreep hij, lag ze op zijn bank.

Tenzij hij haar kon afschrikken. Bij Behr, die meteen had bekend, was daar niet veel voor nodig geweest.

Die middag en de dag erop keek Van Anhout iedere kwajongen onderzoekend aan, katten siste hij weg of liep hij hele stukken na, hij telde de vogels zonder te weten waarom, nut had het niet; in het Kalverenbos, in straten en kromgegroeide steegjes, bij de Waal en zelfs buiten de muren lag hij op de loer. Zonder Gerrit te vinden. Zijn vrouw verklaarde hem voor gek. Tussendoor bracht hij de pijnbank in gereedheid, die was al een hele poos niet meer gebruikt; hij bracht de touwen aan. Hij stalde de beenschroeven opzichtig naast de duimschroeven uit. Martelwerktuigen die nog van zijn voorvaderen waren geweest en die in geen tijden meer waren gebruikt, ontdeed hij van stof; prominent plaatste hij ze in de martelkamer. Vonk kon maar beter bekennen dan pijn uitstaan. Voor hetzelfde geld droeg ze toch '*een teeder schepsel van vier maanden*'. Net als die dievegge in Parijs.

Maar hij wilde haar ook niet op het schavot?! Na een bekentenis? Beide mogelijkheden wekten zijn afschuw op.

Het onschuldige, ongeboren kind, zo het nog bestond of al ooit had bestaan, redde haar niet langer. En hij diende nou eenmaal de justitie.

VII

4 maart 1713

Vonk

Ze kleedde zich uit. Rillend, al was er gestookt voor de goedgeklede toeschouwers. Alle schepenen, de burgemeesters en de schout stonden in een kring om haar heen; ze probeerde zich voor te stellen dat ze niet bij de pijnbank stond maar bij haar bed, thuis, alleen, met een eigen winkeltje, de kinderen. En Cock nog in leven in Oost-Indië.

Zodra de pezige hand van de scherprechter haar schouder raakte, ging ze liggen op de harde bank. Zo kwetsbaar dat ze zich ongenaakbaar waande, even maar; ze klappertandde en kon er niet mee stoppen. Haar smerige onderbroek had ze aangehouden, godzijdank had niemand geprotesteerd.

Een pukkelige jongen die de zoon van de scherprechter moest zijn, al even mager, als een schaduw, keek heimelijk naar haar borsten toen hij haar enkels vastbond; te strak, de scherprechter maakte ze iets losser.

Behr had dit niet gedurfd.

De pukkelige jongen bond haar handen bijeen en klemde haar duimen in een schroef die ribbelig was vanbinnen, als een houtrasp, maar die nog niet werd aangedraaid; toen hij per ongeluk even haar borst aanraakte, kleurde hij.

Een van de schepenen kuchte aldoor nerveus; ze overlegden fluisterend, met een vreemd soort eerbied.

Ze probeerde haar angst te verbergen, haar hart naar beneden te slikken: weg, haar keel uit, naar waar het thuishoorde. Dit was iets waar ze doorheen moest, als een bevalling: de waarheid moest worden gezegd en bevestigd om weg te komen, het duister en de kou uit en naar huis.

Een van de schepenen vroeg of ze op het laatst niet in grote vijandschap met haar man had geleefd.

Het zou haar verdacht maken als ze 'ja' zou zeggen. Huib had haar geslagen, had vrijwel alles vergokt, verpest; maar op het laatst was het beter gegaan. 'Nee,' zei ze.

'Een leugen!' riep iemand.

'Nee,' zei ze weer.

Nu ging het gebeuren, haar antwoord beviel hun niet; de duimschroeven moesten worden aangedraaid. Door die jongen? Die leek zelf bang. Ze vestigde haar blik op een halvemaanvormige versteviging in het gewelf boven haar; en voelde hoe de maan omlaagviel toen de jongen de schroef aandraaide.

Van Anhout

'Ja!' riep ze nu pas. Discreet gaf Van Anhout zijn zoon een por; hij moest de schroef ogenblikkelijk losdraaien.

Heremijntijd, dat het zover moest komen! Had hij de folterkelder niet afschrikwekkend genoeg ingericht?

Al had hij hem nog voller gezet met in onbruik geraakte, griezelige instrumenten – de puntige stoel misschien? –, ze had zich er niet vanaf laten brengen zoals Behr, wist hij en hij knikte ongeduldig: onhandig draaide Jan de schroef los, hij moest oefenen voor zijn meesterproef, de fijne kneepjes van het vak leren. Met beklemd hart zag hij zijn zoon bezig en verbeterde hem alleen onmerkbaar; met een knik, een duw.

'Ja,' hoorde hij Vonk herhalen zonder pijn. 'Eerst was de vijandschap met mijn man wel groot, maar op het laatst niet zozeer,' preciseerde ze met blauwe duimen.

Ze gaf zich niet zomaar gewonnen. Lastig: ze had te veel lef.

Ze bepaalde zelf haar antwoorden nog.

De meeste pijnbankpatiënten lagen hier pas als alles al zo goed als bewezen was, of leek. Weinigen die hij onder handen had gekregen, kozen hun eigen verhaal; Jan kreeg het niet gemakkelijk.

Hij moest het overnemen.

Zachtjes duwde hij zijn zoon opzij.

'Voelde u geen sterke liefde voor luitenant Behr?'

'Nee,' zei ze. En nog eens 'nee'.

Met een resoluut gebaar draaide Van Anhout de schroef zo licht mogelijk aan – zag Jan het?

'Ja,' zei ze nu en zo snel hij kon draaide hij de schroef los; een leermoment voor zijn zoon. Straks moest hij hem op het hart drukken dat hij al te dappere beklaagden ferm maar zacht diende te behandelen, wilde hij ooit zijn meesterproef afleggen. Daar was hij nog niet klaar voor – zo lang hij leefde moest hij Jan sparen.

Zij was voor de hare geslaagd. Al werd ze alsnog laf.

Werd ze het maar.

Liefde voor Behr? Van Anhout schudde het hoofd. Op zijn bank kon daar niet veel van over zijn.

Vonk

Zonder die zwarte vogel op zijn schouder was de scherprechter een kale verschijning. Ze probeerde zich te concentreren op zijn gezicht; licht gespannen leek het, vanwege zijn zoon? Magere Hein, de mensenschender, had een gewoon, bijna breekbaar gelaat: het weinige dat haar af kon leiden van de pijn. Verder zag ze alleen bakstenen, boven haar, die door de cementlaag braken als opkomende tanden; grauwer dan die van Hendrik. Vlak voor haar arrestatie had Hendrik in haar tepel gebeten en had ze de voeding – de hemel zij dank – afgebouwd.

'Maakte luitenant Behr niet ook verschillende keren móndeling bekend dat hij uw man wilde ombrengen?'

'Nee. Hij heeft er nooit met mij over gesproken dat hij zulks van zins was.'

De vraag werd herhaald. Weer ontkende ze.

Daar was het gewone gezicht van de mensenschender weer en de pijn in haar duimen golfde door haar hele lijf, als een wee. 'Nee!' gilde ze uit. 'Nee! Hij heeft het me nooit gezegd.'

De pijn moest ze wegzuchten, zoals moeder Geertrui het haar had geleerd. 'Nee... neeee!'

En de mensenschender draaide de schroef los, eindelijk, maar ruim voordat een van de schepenen zei: 'Hier houdt ze voet bij stuk, dus losdraaien maar.'

Zonder bekentenis, wist ze, kon er geen doodstraf worden opgelegd.

Van Anhout

Een van de minder ervaren schepenen vroeg alweer met hoge, opgewonden stem of ze uitéíndelijk niet had toegestemd in de moord. 'Nee.' Ze zei het klappertandend, maar stellig.

'Aandraaien!' riep een andere schepen al.

Van Anhout reageerde er niet op, hij haalde de schroef weg en controleerde haar duimen: zwart, gezwollen, maar niet gebroken.

'Nee,' zei ze nog eens en hij draaide ze weer aan, nog iets verder. Dit was op het randje. Verder kon hij niet gaan zonder ze te breken. 'Nooit van mijn leven,' zei ze.

'Ze liegt!' riep iemand en een ander vroeg al hoe ze die toestemming had gegeven: 'Vertel op!'

'Die heb ik niet gegeven,' hield ze tot zijn ontzetting vol, met de duimschroef nog aangedraaid, 'die heb ik nóóit gegeven...'

Van Anhout keek de schepenen scherp aan en zette zijn handen in zijn zij, doorvragen had op dit punt geen zin. 'Verder ga ik niet.'

Nooit mocht hij blijvende schade aanrichten.

Zijn zoon keek met open mond toe, als een klein kind. Nerveus kuchend verliet een van de schepenen de kelder; hij kon het niet langer aanzien. Niemand durfde iets te zeggen toen Anna Maria Vonk de pijn uitstond, spartelend met haar bovenlijf, voor zover ze kon; als een vis aan de haak die het water in wil.

Zwanger leek ze niet. Deze vrouw wilde leven, meer dan wie ook in de kelder, meer dan alle heren bij elkaar – die nog altijd zwegen.

'Houd er alsjeblieft mee op!' riep de oude schepen Singendonck toen. 'Ze liegt niet.'

Een ander zei: 'We moeten overgaan tot rekken.' Andere schepenen vielen hem bij.

'Daar hoef ik geen getuige meer van te zijn!' Hard liet Singendonck de deur achter zich dichtvallen.

Vonk

Languit liggend zou ze worden uitgerekt, of opgerekt. Haar polsen waren nu ook vastgebonden, boven haar hoofd. Toch zei ze: 'Nee.' Behr had nooit gezegd dat hij haar man had doodgestoken.

'Nee?'

'Nooit, nee...' perste ze er weer uit. Het was allang niet meer alsof ze zich uitrekte, thuis, in bed; zoals ze zich zojuist nog had voor proberen te stellen – om niet te huilen, om gekrijs te smoren. En er kwam nog een tandje bij; een katrol, waaraan het touw vastzat, werd aangedraaid.

'Nee,' zei ze weer, met een waas voor de ogen.

En toen toch: 'Ja.'

Ze kreeg weer adem: 'Op zondagavond, nadat mijn man de dag ervoor vermist was geraakt, kwam ik bij Behr, inbedroefd dat mijn man weg was.' Ze zag het weer helder en ze moest precies zijn. 'Behr zei: "Hij zal niet meer thuiskomen." Daarop zei ik: "Dan weet gij ook wel waar hij gebleven is." Behr antwoordde: "Vraag er mij niet meer naar, dat u der duivel hale." En zijn laatste woorden waren: "Krijt niet meer, hij zal wel weer komen."'

Die woorden had ze willen geloven. Al te graag, dacht ze, maar daar staat geen doodstraf op.

'Verhaalde Behr niet hóé hij uw man had omgebracht?'

'Nee.' Dit moest ze volhouden.

'O nee?' Met die snijdende pijn. 'Jawel toch zeker?'

'Nee... nee...' hield ze zuchtend vol – wanneer stopte het?

Eindelijk verminderde de pijn in haar armen en benen, in haar hele lijf.

'En had u na de dood van uw man geen vleselijke conversatie met Behr?'

'Nee.'

Er kwam weer een tandje bij. Haar armen schoten net niet uit de kom, maar het kon elk moment alsnog gebeuren. Ondraaglijk werd het: 'Ik wil liever ja zeggen dan pijn lijden!' hoorde ze zichzelf toen roepen. 'Ja', en gauw zei ze nog eens: 'Ja.'

'Overlegde Behr niet met u om uw man van kant te helpen?'

'Nee! Hij dréígde er alleen maar mee. Hij zou niet rusten voordat hij mij tot vrouw had. Ik heb hem gezegd dat hij mij dan nooit zou hebben.'

'Dus u wist dat hij uw man om hals wilde brengen...?' hoorde ze een andere schepen vragen.

Ze schudde haar hoofd. 'Nee...'

De pijn kwam terug, gruwelijk, brandend, en uitgeput verzuchtte ze: 'Ja...'

Een dag later, op 5 maart 1713, moest ze het vrij van banden in de schepenhal bevestigen, maar ze weigerde het. 'Ik wist alleen van zijn dreigementen,' verklaarde ze. 'Ik heb er nooit in toegestemd dat hij hem kwaad zou doen.'

Van Anhout, 4 maart 1713

Nog op zijn bank, met de touwen weer wat losser, bekende Vonk uiteindelijk op een vreemde, vertrouwelijke toon en vermoedelijk met haar laatste kracht dat ze bij Behr had geklaagd over het gedrag van haar man. En dat ze troost had gezocht bij Behr. Meteen stelde een van de schepenen dat ze dan wel tevreden moest zijn geweest, en erin had toegestemd dat Behr haar man om zeep hielp.

'Ja,' stamelde ze en ze loog, zag Van Anhout nog voordat hij de touwen aanspande. Ze gaf het op.

Alles gaf ze daarna toe.

Behr had gedreigd en uiteindelijk had ze geroepen: 'Doet wat ge wilt, als ik het maar niet weet...!'

Haar bekentenis werd voorgelezen en ze bevestigde die, met pijn in haar benen en armen, haar oksels en schouders, met opgerekte beenspieren. Geholpen door zijn zoon maakte hij haar los. Moeizaam kleedde ze zich aan. Struikelend liep ze terug naar haar cel; hij ondersteunde haar – wat kon hij anders doen? – met de stockmeestersvrouw. En hij gaf haar zijn kalkhoudend poeder.

De volgende dag, in de schepenhal, ontkende ze weer op verschillende punten; tot zijn ontsteltenis. Ze wist toch dat ze opnieuw aan een scherp verhoor werd onderworpen?

Schichtig keek ze naar de ramen. Maar haar kinderen stonden er niet, die werden weggehouden of waren weggestuurd.

Wankelend – zijn werk – deed ze een stap naar voren. 'Ik verzoek de heren schepenen om drie gunsten.' Bleek en moe, maar niet gebroken, vroeg ze om verlichting van haar gevangenschap: 'Opdat ik me zou kunnen bekeren.'

De Bijbel lezen? Probeerde ze de heren milder te stemmen? In het reine te komen met God? Of het duister uit te komen? Ondraaglijk moest het zijn na al die tijd, toch was het nog niet binnengedrongen in haar ziel.

Het werd niet toegestaan.

Met smekende stem en toch dwingend vroeg ze: 'Of het wel-edele en waarde schepengericht mijn vier onmondige kinderen in protectie gelieft te nemen en voor hen zórg te dragen?' Of ze het weeshuis in mochten als zij de doodstraf kreeg; daar moesten de heren over nadenken. Ze kreeg geen ja en geen nee.

'Dat is wreed,' hoorde Van Anhout fluisteren.

Met gebogen hoofd en opeens jaren ouder verzocht ze toen nog bijna onverschillig of het haar kon worden toegestaan om haar ledematen, die door de tortuur waren ontwricht, te laten smeren.

Vonk

Ze kromp ineen toen de koude handen van de scherprechter haar schouders insmeerden: 'Ontspan de ledematen,' hoorde ze hem zeggen.

'Hoe zou ik dat kunnen?' Uw handen zullen mij doden, mompelde ze er onhoorbaar achteraan.

Door het wrijven over haar hals, haar armen en polsen werden zijn handen warmer en verzachtten de pijn, die uit diezelfde handen was voortgekomen; de handen namen de pijn terug, probeerden hem ongedaan te maken. Maar als ze had geweten dat alleen de scherprechter haar ledematen mocht smeren, had ze er niet om gevraagd.

'Het is toch geen mensenvet?'

'Het is een probaat middel, tegen velerlei kwalen.'

Het obscure middeltje begon te tintelen op haar huid; wat het ook was, het hielp. Even vergat ze de pijn, bijna dommelde ze onder zijn handen in; niets meer voelen...

Straks werd ze nog door de dood verleid. Ze sperde haar ogen weer open en zag een blauwgrijs rechthoekje hemel; een wolk dreef voorbij, een echte. Bovengronds lag ze op een tafel, in een opslagkamertje met stoelen, bezems en een klein raam.

'Vader?' hoorde ze roepen toen de scherprechter haar enkels inzalfde en deed tintelen. 'Kunt u heel snel komen?'

De handen verdwenen, de deur vloog open.

Kon ze ervandoor gaan? Snel naar buiten, schuin de straat over...

Van Anhout

'Vader, ik heb een kauw gezien!'

'Waar?'

'En hij zou het kunnen zijn...'

Met tintelende handen van het vet holde hij al achter zijn zoon aan, de Grote Markt over.

Uit duizenden herkende hij hem: alleen, los van een troep luidruchtige kauwen verderop, zat hij op de Sint Steven. Van Anhout stak zijn hand uit en de vogel vloog zwart glanzend op hem af, landde op zijn gloeiende hand, ging al op zijn schouder tekeer van blijdschap. 'Ka-kaa!'

Waar Gerrit geweest was, zou hij wel nooit te weten komen. Maar hij verbeterde het slot van de kooi.

Hij moest alert blijven; toen hij achter zijn zoon aan de bezemkamer uit was geheld, had hij maar net op tijd een dienaar van de schout naar binnen geduwd om Vonk weg te voeren.

VIII

Vonk, 9 maart 1713

Bij het zien van de scherprechter en diens toestellen bekent ze: zo werd drie dagen later vastgelegd. *Verklaart dat ze van tevoren heeft geweten dat Behr haar man heeft willen ombrengen, en ook dat hij hem omgebracht heeft.*

Anna Maria Vonk zag erop toe dat al haar woorden werden opgeschreven. Ook de woorden die aan haar bekentenis voorafgingen: '*Ick wil ja zeggen want ick wil geen tormenten meer uytstaan.*'

Van Anhout, 16 maart 1713

Alleen de stockmeestersvrouw had na haar bekentenis nog toegang gekregen tot Vonk, niemand anders, zelfs haar advocaat niet. Luider dan nodig – omdat ze er zelf graag in geloofde? – legde de stockmeestersvrouw een verklaring af bij de schout: Anna Maria Vonk zou tot inkeer zijn gekomen nadat ze acht dagen achtereen gesprekken hadden gevoerd in haar cel. ' "Ik heb nooit geweten dat God zo rechtvaardig is, als dat ik dat nu pas heb ondervonden," zei ze op die achtste dag,' verklaarde de stockmeestersvrouw. 'En ook zei ze: "Wee degene die het weet en er niet naar handelt, die zal met veel slagen geslagen worden! Daarom," ' liet de stockmeestersvrouw uit Vonks mond optekenen, "heb ik de pijnigingen moeten uitstaan." '

Van Anhout had zijn kop naar binnen gestoken en zag de stockmeestersvrouw op de rug. De dienaar van de schout die erbij was geweest moest haar verklaring bevestigen, maar haalde zijn schouders op: 'Over pijnigingen heb ik haar niet horen spreken.'

Dat moet liggen aan zijn slechte gehoor, besloot Van Anhout. Het was een te prettige gedachte – en toch óók zijn werk – dat Vonk in het reine was gekomen met God; via zijn pijnbank.

Dan was hij een werktuig in Gods handen...! – nee, dacht hij hoofdschuddend, dat was al te mooi.

'"Zou er wel genade zijn voor zo'n grote zondares als ik ben?" vroeg ze me nog,' verklaarde de stockmeestersvrouw. 'En ik antwoordde: "Bij God is alles af te bidden."'

Swaen, Vonks advocaat, liet het er niet bij zitten, hoorde Van Anhout in de gangen zeggen. Hij zou het 'Weledele en Waarde Schepengericht' al meermaals deftig doch driftig hebben geschreven dat toegang tot de beklaagde 'ten uitersten nodig' was voor haar verdediging; in eerdere criminele procedures was het altijd toegestaan.

Negen dagen later zag Van Anhout de stockmeestersvrouw en ook Swaen in de schepenhal, in een laatste zitting. Maar als het waar was dat Vonk zichzelf een 'grote zondares' had genoemd, dan had ze daarmee alleen gedoeld op het overspel, dat ze ook zonder zijn pijnigingen toegaf. Swaen herriep haar bekentenis, die was alleen door pijn gedaan. 'In het bijzonder deze drie punten...' tierde Swaen in een laatste poging en Van Anhout wendde zich af, alsof hij zelf geslagen werd. De eerste klap in zijn gezicht: 'Behr heeft nooit tegen beklaagde gezegd dat hij haar man om hals zou brengen...' werd al gevolgd door klap twee: '... nooit tegen haar gezegd: ik heb hem omgebracht', en een laatste klap, punt drie: 'Beklaagde heeft er nooit in toegestemd, heeft raad noch daad gegeven om haar man om te brengen.'

Het was dus voor niets geweest.

Ze had zich mogen wassen. In haar grauwe jurk had Vonk weer iets weg van de vrouw die ze geweest was, een vale variant van vrouw Cock; niet de houding van 'een grote zondares'.

Kennelijk had Swaen haar alsnog kunnen spreken. Behr, voerde hij aan, ontschuldigde haar in de verklaringen die hij eerder had gedaan: zij was niet medeplichtig. 'Een rechter,' zei Swaen indringend, 'moet de wet ten zachtsten interpreteren.'

Behr zelf kwijnde vermoedelijk weg in zijn cel, wekenlang al had Van Anhout niets meer van hem vernomen. Van Müller evenmin, hij leek al vergeten.

IX

26 maart 1713

Behr

Verdwaald in zijn cel zonder bomen tastte Johann Ligorius Behr naar de muren, zonder paden of uitwegen, en staarde in het niets. Duisternis benam hem het zicht. Zelfs in zijn herinneringen. De duisternis van zijn cel, al was hij overgeplaatst naar een gevangenis achter het stadhuis, een voormalig broederklooster, en de duisternis van het Kalverenbos, vier maanden terug; in de regen, tussen dorre lindebomen, was het maanlicht nauwelijks doorgedrongen: verdund, melkachtig wit scheen het te zwak op Cock, en zijn pistool. De lamp van Kummer had slecht gebrand, en flakkerde; die lamp moest gevonnist worden! De hoofdschuldige was de nacht, zag hij helder als een broeder in gebed.

Hij verkende zijn geheugen als een bos. In het worstelen met Cock, die hij weer wanhopig en toch dreigend kon zien staan met zijn pistool; dat achteraf ongeladen bleek te zijn: in het worstelen was de lamp – medeplichtig! – uitgegaan. Van wat er daarna was gebeurd, wist Behr niet alles meer.

Hij moest, na die worsteling, zijn weggelopen. Maar of Cock toen nog geademd had? Eén keer had hij hem met zijn degen in de buik gestoken; ja, zo was het – geen officier kan het lijden bedreigd te worden. En daarna had hij Kummer met Cock alleen gelaten; had hij het Kummer laten opknappen? Hij had niet nog eens gestoken, hij had zichzelf in de hand gehouden, voor háár – maar Kummer niet.

Kummer, die zijn grap met de brieven zo vermakelijk had gevonden. 'Allicht doe ik mee!'

De nacht ging onverhoeds en met scherp geraas over in de ochtend toen een cipier de deur opengooide en hem meevoerde. Hij mocht zich wassen en kreeg een kam in handen gedrukt door een heuse monnik; een gevangenishulp, kaal, met lange baard. Alsof het klooster nooit was omgebouwd tot gevangenis, na de Reformatie. Alsof de tijd kon worden teruggedraaid.

Vandaag werd hij gevonnist.

Behr stak zijn hoofd diep in een tobbe met water, proestend kwam hij boven; zijn natte haar was niet te kammen, zat vol klitten. Hele plukken trok hij uit.

De monnik zag het aan, langzaam schudde hij zijn hoofd, zonder de minste haast. Zo had ook de schildwacht zijn hoofd geschud, Behr zag hem weer verschijnen, bij de Belvédèretoren aan de rand van het Kalverenbos: hij had de schildwacht willen halen om Cock de pistolen af te nemen, maar op het laatste moment had hij staan aarzelen. Omdat hij Cock toch gestoken had. Niet dodelijk, wist hij weer, of beredeneerde hij; anders was ik die schildwacht niet gaan halen, en had ik die schildwacht – die alles had kunnen weerleggen – niet genoemd in de kamer van de schout. Toch was de schildwacht nooit als getuige opgeroepen, voor zover hij wist.

Gewassen, geschoren en geketend werd Behr de gevangenis uit gevoerd en bij het vroege daglicht zag hij het weer: de schildwacht had zijn hoofd geschud, durfde zijn post niet te verlaten. Dus hij had het hem gevraagd. Dus zijn steek kon niet dodelijk zijn geweest.

Maar zeker wist hij het niet.

Müller was ook uit zijn cel gehaald en liep voor hem naar de schepenhal, niet langer zijn knecht.

Mikgelief moest nog in de duisternis onder het stadhuis zitten.

Müller

Zijn rechters bleven op het puntje van hun zetels zitten, alsof ze haast hadden. Met zijn lot – op dat kladje? – in handen; een van de burgemeesters kreukelde het tussen zijn ongeduldige vingers. En dat op een zondag, op de Jongste Dag.

Christoffel Müller bekeek hen allesbehalve nederig. Zijn misdaad? Hij was knecht geweest.

Van een losbol, een piraat, geen luitenant, die als eerste werd gevonnist: *'Luitenant Behr wordt ertoe veroordeeld levend geradbraakt te worden, waarna de hand...'* waarmee hij Cock vermoord had, vroeg Müller zich af, nog altijd was hij daar niet zeker van, *'... en het hoofd'*, waarin zijn meester gedroomd had van een ander leven met de vrouw van een ander, *'met den bijl zullen worden afgehouwen en het lichaam'*, waarmee hij haar bemind had, *'op het rad gelegd zal worden, het hoofd op een pin gesteld en de hand tegen de as van het rad genageld.'* De burgemeester hapte naar adem.

Singendonck sloeg de ogen neer, Müller kon zijn blik niet vangen, maar vertrouwde op de oude schepen.

'Müller wordt ertoe veroordeeld...' alle ogen, ook die van Singendonck, waren op hem gericht; behalve de grijze ogen van Griet, de duiven uit het Hooglied, ze stond niet voor de ramen, *'met het koord gestraft te worden...'* De strop! Dus toch? *'... tot de dood erop volgt.'*

Gelukkig heeft Griet het niet gehoord, dacht hij en het leek wel of hij zweefde.

Vonk

Ze had Behrs blik ontweken; de zwaarste straf kreeg hij, het duizelde haar nog van de afgehakte hand, de pin met zijn hoofd. Hij keek, voelde ze, alleen maar naar haar en naar haar buik zonder kind. Zijn ogen streelden haar, zonder te troosten, zoals in De Drie Kroone.

'De weduwe Cock,' begon de burgemeester en toen hield ze het niet meer en keek Behr aan, 'wordt ertoe veroordeeld aan de paal gewurgd te worden.' Ze wilde verdrinken in die ogen, niet sterven aan een paal.

'Een schande!' riep iemand. 'Ze is niet medeplichtig!' Het drong niet meteen tot haar door dat het de weduwe Louwen was, die zonder de kinderen buiten stond.

Van Anhout

Een ketting had hij helpen spannen tussen het stadhuis en een huis aan de overkant, niet eens zo ver van het hare, om elke kar en elk rijtuig tegen te houden; al was het zondag en dus toch al rustig.

Het oordeel was geveld en alleen de schepenen en burgemeesters droegen verantwoordelijkheid. Behr werd als eerste naar het raam met het diepe traliewerk geleid om getoond te worden; een trapje op, zo ziet een moordenaar eruit – een echtschender op z'n minst. 'Hij zal geradbraakt worden...' verkondigde een gerechtsdienaar luidkeels. 'Smeerlap!' jouwden een paar mannen Behr uit. 'Duivels zwijn!'

Een gewijde stilte trad in toen Behrs knecht aan de beurt was; Müller zocht alleen maar naar zijn meisje, alsof hij niet sterven zou. '... met het koord, tot de dood erop volgt!'

Vonk

Door het venster stapte ze naar buiten. Als een dier stond ze in de kooi, boven haar straat, in het traliewerk; van terzijde, schuin tegenover haar, zag ze na al die tijd haar huis, de luiken waren dicht.

Maar het stond er, niets was er veranderd. Al dromden al die mensen ervoor, bekenden en onbekenden; een enkeling riep haar iets toe, maar dat hoorde ze niet.

Zíj staan te kijk, zag ze. Niet ik.

Ze zocht de gezichten af naar een verklaring; daar stond Becking! Zonder zijn vrouw, de zus van Cock. Becking was maar een stukje van een verklaring – hij had Cock opgejut – en keek beschaamd weg toen ze hem aankeek. Zijn zoons, haar neefjes, wezen naar haar; zouden ze het aan haar dochters vertellen? Dat hun moeder als een wild dier in een kooi had gestaan?

Ze zag buurvrouwen met de armen tevreden over elkaar en buurvrouwen die weenden. Mijntje zag ze, die mager was geworden en bemoedigend probeerde te kijken, en de benige weduwe Glasemaker, die haar gewaarschuwd had. Sighman stond er, met zijn buik die nog altijd spande, naast kinderen uit de straat; met een katapult, op haar gericht, met een hoepel die kletterend neerviel op de kasseien: zo stil was het geworden.

Door de ketting die de straat afsloot, stond alles stil; de stad poseerde voor haar, dáárom stond alles stil, even maar: zodat zij niet vergeten zou waar ze geleefd had. De hoge gevels keken op haar neer, duiven versteenden op de daken, stugge heren, lossere meiden en knechts poseerden met ernst, haat of schaamte, groepjes militairen grijnsden, de hondenkar met de hond van de bakker reed niet verder, een buurman verstijfde – door haar aanblik – naast zijn bezem; ze sloot haar ogen, ademde de smalle straat in en onthield alles.

'*De weduwe Cock,*' gilde een gerechtsdienaar die vroeger in haar keuken op de koffie was geweest, '*zal aan de paal worden gewurgd!*'

Toen ze de kooi uit moest, zag ze de weduwe Louwen; ze was gekomen zonder Marieke, zonder Johanna, Teuntje en Hendrik. Die zaten achter de gesloten luiken.

Van Anhout, maandag 27 maart 1713

Van Anhout kreeg het plotseling zo druk dat hij nergens over na kon denken, al had hij het gewild. Hij moest een rad laten timmeren, het grote schavot bij elkaar zoeken dat in onderdelen lag opgeslagen onder de vleeshal en op meerdere zolders, het laten oprichten. Toch hoorde hij tussen de bedrijven door dat de stockmeestersvrouw bij Vonk en Behr een bestelling opnam – als in een hemelse herberg –, maar dat Müller geen galgenmaal kreeg, en later toch weer wel. Ook de knecht mocht aangeven wat zijn laatste maal zou zijn: één klein brood.

Er hing twijfel in de lucht, voelde Van Anhout, twijfel was dodelijk voor een scherprechter en hij zag erop toe dat het rad goed werd verstevigd, zodat hij het nog drukker kreeg; hij onderhandelde langer dan anders over de prijs, van acht gulden, instrueerde tussendoor zijn zoon en stelde – op een verloren moment, om de twijfel buiten te houden – alvast een kladversie op van een rekening: die zou fors zijn. Door het radbraken vooral, dat hij al in geen tijden meer had uitgevoerd. De galg zette hij tussen haakjes.

Honderdzestien gulden, desondanks.

Toen hij die avond naar het stadhuis ging om in de kerker te zoeken naar een pin voor Behrs hoofd, zag hij uit de burgemeesterskamer een delegatie van hoge officieren vertrekken; de kolonel zelfs van Behrs regiment, ene Schlottenbach. Een van hen knikte Van Anhout toe; een ziek ogende kapitein, dat moest de lang afwezige kapitein Drost zijn: Behr had hem vervangen. Droeg hij nog gunstige verklaringen aan voor Müller of voor Behr?

Alle drie de terdoodveroordeelden zaten nu gevangen in de stock van het stadhuis; zoete wijn had de stockmeester laten aanrukken, evenals een jonge dominee en zelfs de lutherse predikant die eerder was gevlucht uit de cel van Behr. 'Hij wil met iemand kunnen proosten!' lachte de stockmeester. 'Begrijpelijk.'

Müller wilde geen predikant zien. Jammer, een godsdienaar had altijd een rustgevende invloed tot op het schavot; dat nu bijna gereed was.

Ondanks zijn drukke bezigheden betrapte Van Anhout zichzelf erop dat hij toch even naar Vonks celdeur toe was gelopen en daar stond te snuffelen: lam at ze. Met munt, rook hij. Veel munt.

Voor de celdeur kwam een bode naar hem toe met een laatste wijziging.

X

28 maart 1713

Müller

Nooit was Stoffel Müller zo wakker als in zijn laatste nacht, alleen in een cel met een kruik wijn, brood en een kaars; zonder Bijbel of predikant. De dominee drong aan op een gesprek en ook de lutherse predikant die uit de cel van Behr kwam en te veel had gedronken, bonkte op zijn celdeur. Hij stuurde ze weg.

Zijn laatste nacht was van hem.

Hij dacht aan de ouwe reus met zijn vogels en aan zijn moeder, tot in kleine bijzonderheden zag hij het voor zich: hoe hij Griet aan hen voorstelde, zijn kind toonde. Verrast waren ze en vrolijk; en dat was zijn laatste nacht dus ook. De wijn en het kleine brood waren zijn feestmaal. Eenvoudig, zo moest het zijn, dat maakte het echt: tastbaar.

De nacht was te kort, net als zijn leven. Hij moest zijn cel al uit; zijn laatste ochtend drong zich op en bonkte op de celdeur, nog luidruchtiger dan een dronken predikant. Maar de stockmees-ter behandelde hem met egards. Losjes, en met een zeker ontzag, bonden de dienaren van de schout zijn handen op zijn rug.

De weduwe Cock en Behr, die niet langer zijn meester was, mochten elkaar nog zien in haar cel; tegen de regels in stond de stockmeester het toe.

Müller wachtte wel voor de celdeur. Hij stond niet langer op schildwacht. En elk moment telde. Hij wilde niet sterven aan de galg.

Maar sterven zou hij, en wonderen bestonden niet.

De ogen van de weduwe Cock waren betraand, zag Müller, toen ze de cel al uit kwam. Behr glimlachte.

Boven, in de schepenhal, scheen de zon feller dan ooit. Schepenen liepen druk heen en weer en overlegden met de burgemeesters. Müller werd naar een plek vlak bij de openstaande deur geleid; vóór de weduwe Cock en zijn heer, die als een knecht achter hem stond. Buiten zag hij de scherprechter praten met de trommelslager die voorop zou lopen in de stoet naar het schavot.

Het weer was te mooi om aan een galg te bungelen. Müller rilde niet, hij kon het zich niet voorstellen.

Een burgemeester schraapte zijn keel, maar een van de schepenen stootte hem aan en trok een papier uit zijn handen, zag Müller met een half oog; hij keek liever door de deur naar buiten, nu het nog kon, naar de lichtval op de daken, hij ving iets op over een verzoekschrift, iets over Schlottenbach, de baas van het regiment, en daarna, toen hij een vogel volgde in zijn vlucht, hoorde hij zijn naam vallen: '...*Christoffel Müller...*' en toen pas keek hij naar de schepen, de oude Singendonck was het, hij had staan dromen; het ging over hem, Christoffel Müller! '... *die wegens medeplichtigheid in de begane doodslag aan den persoon van wijlen de procureur Cock bij sententie van de Heren Schepenen is veroordeeld om te sterven, verzoekende en biddende...*' Langer dan de hele nacht duurde dit ogenblik, waarom las Singendonck niet wat sneller? Toch lag er verheuging op zijn gezicht; barmhartigheid? '... *voornoemde sententie des doods goedgunstelijk gelieven te verzachten en de veroordeelde*' – mij dus?! – '*te pardonneren. Waarop gedelibereerd zijnde...*' – wat was er besloten? Müller wilde het vel al uit zijn handen rukken, een wonder voltrok zich, toch nog, '... *de veroordeelde zal worden gepardonneerd.*' Ik... ik gepardonneerd! Müller wilde Singendonck al op zijn hangende wangen kussen. '*Soo nochtans, dat hij zich buiten deze stad zal moeten begeven...*' Kon het waar zijn? Terug naar huis... '*zonder hier ooit weder te mogen binnenkomen.*'

'Gratie!' riep iemand buiten, het was de vader van Griet. 'Stoffel heeft gratie gekregen!'

Müller deed al een stap naar voren, stond in de deuropening;

daar kwam ze, tussen de mensen door, haar ogen vlogen als duiven uit het Hooglied op hem af.

Zijn thuiskomst, 's nachts in de cel, was echt geweest, geen waan. Morgen, nee, vandaag nog zou hij vrij zijn. En vertrekken.

Behr

Als Müller vrijkwam, moest Mikgelief ook gratie krijgen. Hoe lang wachtten ze daar nog mee?

Müller hadden ze tot het laatst in onwetendheid gelaten; des te vrijer was hij nu. Generaal Schlottenbach en kapitein Drost keken buiten het stadhuis tevreden toe hoe de rossige, kale knecht, bijna zijn eigen meester, werd weggevoerd, het gedrang uit – tot ieders opluchting, zag Behr. Griet volgde hem.

Na wat rituele vernederingen zou Müller straks door de scherprechter de stad uit worden gezet; als hij met mij klaar is. Niet met Mikgelief! Als mijn warrige, verliefde kop op een pin staat; niet zonder eer.

'Wie des mensen bloed vergiet, diens bloed zal door de mens vergoten worden,' had de lutherse predikant – weinig origineel – gezegd aan het begin van hun nacht samen. Met een stevige kater, nog maar het begin daarvan, drentelde de lutheraan nu grauw en gapend op en neer in de buurt van de scherprechter, zag Behr.

Om mij bij te staan?

Hij probeerde kolonel Schlottenbach aan te kijken, maar die deed alsof hij hem niet zag. Kapitein Drost keek hem aan. En haalde machteloos zijn schouders op.

De stoet formeerde zich; met hem, monster, voorop. Maar hij had gedood uit liefde. Tegen het ochtendkrieken had zelfs de sullige lutherse predikant er, naast kritiek, ook waardering voor op kunnen brengen; die hij meteen geschrokken terugnam.

In de oorlog, alleen al in de Spaanse Successieoorlog, was zoveel bloed vergoten, om niets, om soldij, om een vage, verre troon, om macht, in de grond niet nobeler.

Hij probeerde weer om te kijken; waar stond Anna Maria? In de stoet, of binnen nog? Maar telkens trok de uitbundig uitgedoste hellebaardier hem terug.

Al had hij één keer gestoken, hij was een moordenaar. Maar ook een minnaar. Een minnaar-moordenaar: dat was de volgorde, en daar had het predikantje dat daar nu schaapachtig stond te wachten tussen al die brave lieden, toch op geproost in het holst van de nacht in de dodencel, met een stuk in zijn kraag.

Er werd aan hem getrokken. Meer naar voren moest hij staan, dan weer meer naar rechts; wanordelijk werd hij in positie gebracht. Voor zijn laatste strijdtoneel, een verloren slag.

Met Mikgelief achter hem aan? Hij kon haar niet zien. Wanneer kwam het moment toch waarop zij gratie kreeg? Dat was de inzet. Lieten ze haar eerst een stuk meelopen, langs haar huis? Straf genoeg! Dat was zeker hun plan.

Hun grap, een spel...

Met strikte slagen bracht de Sint Steven de stoet in beweging: op de tiende, klokslag tien uur, correct, volgens de regels – niet de zijne. Fantasie was het! Van burgers.

Hij zou acht slagen krijgen, twee op elke arm, op ieder been, en als hij geluk had nog een negende; de genadeslag op zijn misdadige hart.

Omkijken naar waar ze zijn kon, mocht niet en lukte niet. Dan keek hij de burgers van de stad maar aan. Zoveel mannen en vrouwen waren toegestroomd, echtgenoten en echtgenotes: maar wie van hen was bereid te sterven voor zijn rechtmatige geliefde? Nutteloos als de oorlog – zijn leven – was geweest; hij zou dit volk een lesje leren.

Door te sterven. Niet voor niets. In een stad die op de kaart niet meer was dan een schelp; aan zomaar een rivier, hij moest het niet ernstiger maken dan het was: hij was een zandkorrel op die schelp met scherpe randen: de vestingwerken, waar ze zich had laten kussen.

Op het ritme van zijn hartslag sloeg de trommelslager op de trom. Behr kreeg tranen van ontroering in zijn ogen.

Ter hoogte van haar huis kreeg hij pas buikpijn. Zijn keel kneep zich dicht van verdriet toen hij zag dat de luiken van zijn oude kamer boven niet helemaal dicht waren. Hij keek om, al werd hij teruggetrokken; zag zij het ook?

De trommelslager sloeg sneller, of zijn hart sloeg een paar slagen over: in zijn raam, tussen de luiken, stond Teuntje toe te kijken, met zijn generaalspruik op. Anna Maria zag het niet, ze keek naar de dichte luiken beneden, niet omhoog; wild zoekend keek ze om zich heen.

Als hij nu weer omhoogkeek, zou zij het misschien ook doen; hij keek haar generaaltje in de ogen.

Er kwam geen gratie.

De stoet liep verder.

Anna Maria wist niet of haar kinderen het weeshuis in mochten: dat was haar enige, vurige wens, had ze zojuist in haar cel gezegd. En ze had, zei ze ook, al had ze er spijt van en verachtte ze hem erom, om hem gegeven.

Voorbij haar huis, ver onder De Drie Kroone in de Grote Straat, glinsterde de Waal, zag hij in een glimp. Zijn triomfantelijke gevoel was verdwenen. Hoog, schuin voor hem op de Markt doemde het schavot al op; het rad stond klaar, het ijzerwerk waarmee het was verstevigd blonk in de zon. Daarnaast stond de wurgpaal.

Nu moest er een schepen komen of een burgemeester met een verklaring; ze moest gratie krijgen. Hij niet. Hij had geleefd en gaf zich over, hij had op het verkeerde moment liefgehad en hij ging sterven. Niet voor het eerst.

Zij, zijn weduwe Cock, mocht niet sterven, nog lang niet, niet aan een paal: elke stap naar het schavot was een gebedsregel. Van een goddeloze, wel zo bijzonder, van een monster.

'Duivelsgebroed!' bad de menigte mee. 'Brand eeuwig in de hel!'

Van Anhout

Zijn zoon zette de ladder recht; correct. Behr betrad zijn schavot in een hemd zonder kraag die in de weg kon zitten bij het afhouwen van het hoofd; niets mocht er misgaan op zijn toneel, in dit spektakel, ook na het radbraken niet.

'Aartsschelm! Beest...'

Het geschimp leek Behr goed te doen, zag Van Anhout toen hij hem naar zijn plaats op het schavot bracht: voor het rad waarop hij hem moest radbraken, levend. Maar halverwege zou hij Behr bewusteloos maken, onmerkbaar voor de toeschouwers, het was erg genoeg.

'Lichtekooi!'

Daar kwam ze, gefluit en gesis begeleidden Vonk, haar been sleepte.

'Duivelin...!'

Zijn zoon hield haar hand even vast toen ze de ladder betrad; en het kon zijn dat Van Anhout het zich in alle opwinding inbeeldde, maar in een flits meende hij een trek op haar gezicht te zien die op een glimlach leek, bitter – van de zenuwen.

'Karonje!'

'Moordenares!'

Zodra ze naast Behr op het winderige schavot in de zon stond, werd het stiller. Van Anhout plaatste Behr nog een stap naar achteren en bond hem vast. Vonk was als eerste aan de beurt en het hoorde bij Behrs straf om toe te kijken hoe ze stierf.

De dominee die beneden bij de ladder nog even met Vonk had staan bidden, keek vol ongeloof naar hen op. De lutherse predikant keek niet meer omhoog, met zijn ogen dicht stond hij te bidden, of bij te komen. De heren schepenen beraadslaagden nog, enigszins nerveus, goed gekleed en op afstand; ze leken het oneens. Over het vonnis?

Zo kon hij zijn werk niet doen!

De Sint Steven sloeg nog eenmaal, plechtig. Op het hoge schavot klonk het dichtbij. Hij bond haar vast aan de paal; met een stuk touw onder haar knieën, om haar middel.

Zijn zoon hield kinderen op afstand met zijn stok. Al was er een afzetting met militairen, er drongen er al een paar tussendoor. Tot onder zijn schavot moest Jan ze wegjagen.

Oponthoud werkte ontregelend. Ging er iets mis, dan kon alles misgaan. Niet aan denken nu: een verre voorvader zou na een mislukte executie zijn gestenigd en door honden zijn aangevreten – lang geleden, niet meer dan een angstbeeld was het, er ging niets mislukken! Het kwam goed, precies anderhalf brandewijntje had hij gedronken, voor een rustige hand. Hij beheerste zijn vak, vlot zou het – en moest het! – verlopen.

Maar de schout die bij het groepje schepenen en burgemeesters stond, gaf met opgestoken hand te kennen dat hij moest wachten. Van Anhout zuchtte, sloeg zijn ogen ten hemel, herstelde zich. En bekeek zijn publiek.

Bij toeval zag hij toen Vonks oudste dochter staan, die niet ouder was dan zijn Aletta: Marieke stond terzijde, vrij ver weg, met een zuigeling op de arm. Ze deed hem denken aan het Mariabeeld van de Wymelpoort dat nooit verwijderd was; een gehavende heilige maagd, in miniatuur. Maar de zuigeling op haar arm was levensecht.

Vonk zocht in de menigte, maar leek hen nog niet te hebben gezien. En in een opwelling greep hij naar de stinkende zwarte lap in zijn zak en blinddoekte haar.

De stilte die altijd kwam, leek nu volkomen.

De zuigeling krijste.

'Mama...!' hoorde hij van ver opzij.

Kon dan niemand haar kinderen weghalen, ontsnapten ze nu al aan hun voorlopige voogd? Als ze die hadden. Hij vloekte onhoorbaar. Alleen Vonk kon het horen, en Behr misschien.

Hij wachtte op een teken dat hij verder kon, of niet, al zou dat raar zijn, zelden vertoond. De hele stad wachtte. Niets was erger voor het verloop van de terechtstelling, en toch wilde hij niets liever dan wachten met het wurgen van deze vrouw, om wie een moord was gepleegd.

Nooit had hij, die alles te weten kwam – tot op het bot, tot in de laatste minuut –, nooit had hij haar kern kunnen vatten; zelfs niet op de pijnbank, waar ze nooit echt brak. Was dat Cock ooit gelukt? Of Behr?

Haar geest werd opgelicht door iets mysterieus, een inwendig soort sproeten, iets dat hij nog niet eerder was tegengekomen en waarover hij in het boek dat sinds generaties in de familie was, bondig alle geheimen bevattend, een losse aantekening had gemaakt: *Standvastig, doch niet van godsvr. of devote aard.* Op een los blad. Niet bedoeld om te bewaren voor toekomstige generaties scherprechters, laat staan voor zijn zoon, die stevig optrad met de stok.

Niet langer gemijmerd nu! De menigte werd ongeduldig en kwam in beweging.

In lichte paniek nam Van Anhout zijn kalme pose aan, zijn armen losjes in de pezige zij, om de massa onder hem rustig te houden.

Vonk fluisterde hem iets toe. En nog eens: '... losmaken.'

Losmaken? Hij had het goed gehoord. Die blinddoek was zwakheid geweest. Hij vroeg zich af wat hem bezield had haar – in dit stadium! ongevraagd! – te blinddoeken, hij beroerde haar krullen en trok hem los, net ruw genoeg; en ze zocht, zag hij, ze wilde de dood – die uit zijn handen kwam en die haar kinderen tot wees zou maken – recht in het gezicht zien, zelfs in hun ogen weerspiegeld. Ze waren verder naar voren gekomen en stonden te snotteren, al probeerde hij er niet op te letten. Hij zag het toch, de hele stad zag het of voelde het; niets laten merken! Waren het de jaren die hem zwakker maakten?

Zij leek nog sterker dan hij. Daarom had hij zich in haar verdiept. En in haar geval. Een 'liefdesmoord', zoals de sentimentele volksmond wilde. Zelfs op de daken zaten mensen te kijken. Nooit eerder kreeg hij twee geliefden op zijn schavot. Door zijn hoofd schoot de oude spreuk: *Hangen en huwen wordt door het lot bepaald.* Het lot. Dat was maar een woord. Mooiigheid! Hij moest het uitvoeren: bij de les blijven.

Heremijntijd...! Niet op haar kinderen letten. Hij gebaarde gauw en onopvallend naar de stockmeestersvrouw dat ze weg moesten.

Waren de heren er nou nog niet uit?

Gerrit kwam aanvliegen met zijn poten naar voren en landde al op zijn schouder; alsof hij niet aan de slag hoefde. Voorzichtig duwde hij de krassende kauw van zich af, zijn geduld kende grenzen. Weer maakte hij het gebaar: haal die kinderen daar weg!

Eindelijk trok de stockmeestersvrouw hen weg. Marieke sputterde het langst tegen. En liet zich niet wegsturen; ze drukte de zuigeling in de grauwe doeken tegen zich aan en holde weg, met nog een zusje. Ze verdwenen tussen de mensen.

Vonk probeerde te glimlachen, hij zag die trek weer: trots, weemoedig.

Vooraan doken ze weer op. Haar een na jongste dochtertje kwam er nu ook bij; met een groteske militaire pruik op? Ze klommen op een biervat om hun moeder beter te zien staan.

Eindelijk maakte een van de schepenen zich los van de andere heren en waggelde haastig naar het schavot: het was de oude Singendonck, zag Van Anhout.

Zijn publiek speculeerde, bad en schreeuwde.

'Geteisem! Brandhout voor de hel!'

'Heb medelijden met een moeder!'

'Gratie!' gilde een oude vrouw in het publiek die hij uit de getuigenbank herkende als de weduwe Louwen. Dat biervat kwam uit Het Swarte Schaep.

Van Anhout was op zijn hoede. De stemming kon op het laatste moment omslaan; dan kregen de terdoodveroordeelden de sympathie en kon hij de boosdoener worden. Of zijn zoon!

Dat mocht nooit gebeuren.

Hij legde het koord in een lus om haar hals.

Met zijn oude, zware lijf en zijn wapperende hoed – die wegwoei! – kwam Singendonck de ladder op; traag en vastberaden. De Grote Markt keek toe, met duizend ogen. Met opengevallen mond. Jan had beide handen nodig om de wiebelende ladder vast te houden.

Vonk

Dit is erger, dacht ze. Ik had het langer moeten volhouden op de pijnbank.

Ze slikte de vieze smaak weg, met het koord – nog losjes – om haar hals. Ze proefde doodsangst. Het hoofd moest ze fier rechtop houden, het minste wat ze kon doen; want ze waren gekomen, alle vier. Daar stonden ze. Op een biervat, een vlot tussen de mensen. Hendrik in vuile doeken, maar hij was groter geworden, en flink; zeker op Mariekes smalle arm. Johanna deed Teuntjes pruik af – die van Behr – en dwong haar op de rand te gaan zitten; Teuntjes benen bungelden over het biervat.

Anna Maria Vonk slikte de angst weg en de onzegbare ontroering.

Waar keek iedereen naar? Naar iets schuin onder haar, voor haar al niet meer te zien.

Haar bleke Johanna was eerder kleiner geworden dan gegroeid. Maar ze huilden niet meer, ze stonden met open mond te kijken.

Naar de ladder: die kon ze horen kraken.

Ze hoorde voeten op de treden naderbij komen, wankel en traag. De smaak in haar mond veranderde in gewone angst.

Met zichtbare hoogtevrees verscheen Singendonck ten tonele; hij viel zowat het schavot op, blij weer vaste grond onder de voeten te hebben: een buikige schutsengel die van beneden kwam, met piekend haar. Verbaasd keek hij het toegestroomde publiek aan, een enkeling lachte. De Grote Markt volgde iedere stap.

Hij kwam voor haar, maar sprak de scherprechter aan.

'Die strop weghalen, even maar.' Kortademig was hij. 'Ik heb een mededeling.'

'U wilt de mensen nog toespreken?'

'Nee, alleen de ter dood veroordeelde weduwe.'

De strop werd weggehaald. Singendoncks gezicht parelde van het zweet. 'Ik ben een middelmatig man. Beperkt... beperkt in mogelijkheden. Middelmatig, en niets meer. Ik... ik heb u toch iets willen zeggen. Binnen mijn bescheiden mogelijkheden heb ik iets voor u kunnen doen. Niet wat u denkt! Geen gratie. Maar de kinderen...'

'Daar staan ze.'

Singendonck draaide zich even om. 'Ondanks uw vonnis mag ik u in mijn bescheiden mogelijkheden mededelen dat er permissie is bereikt omtrent...' Hij slikte, veegde het zweet van zijn voorhoofd en zei: 'Ze mogen het weeshuis in.'

'Ze kijken naar u.' Nu pas kon ze huilen.

Singendonck maakte een gebaar alsof hij iets wegwierp. 'Een kruimel is het, meer niet...' Hij wilde zijn hoed afnemen, maar droeg er geen. 'God hebbe uw ziel,' mompelde hij nog.

'En de uwe, maar zorg dat ze goed behandeld worden. Ze hebben niets misdaan.'

Met minachting keek Singendonck nog even naar Behr.

'Ik heb nog een verzoek,' zei ze. 'Haal ze weg! Ik wil niet dat ze me zien sterven.'

Singendonck knikte, zei iets tegen de scherprechter en verdween van het schavot.

Het koord werd weer in een lus om haar hals gelegd.

Ze glimlachte voluit. Haar tranen kon ze niet wegvegen; ze brandden in haar wangen, vervlogen tot zout.

De Grote Markt moedigde Singendonck aan en joelde hem uit. Marieke zou ooit haar eigen kind op de arm dragen, Hendrik zou baardharen krijgen, ze zouden een vak leren, een betrekking krijgen. Singendonck haastte zich met dribbelpasjes naar het biervat, fluisterde Marieke iets in het oor; ze aarzelde. En volgde hem, met Johanna en Teuntje, die bleven omkijken. Mensen weken uiteen onder de vinnige zon. Zo liepen ze van de Grote Markt af, de wind onder hun rokken stuwde hen voort, de Korte Burchtstraat in.

Op 28 maart 1713 werd Anna Maria Vonk gewurgd aan de paal.

Johann Ligorius Behr werd levend geradbraakt.

Marieke, Johanna, Teuntje en Hendrik werden aangenomen in het Burger Weeshuis. Marieke verliet het in 1724 als dienstbode, met een uitzet van zestig gulden aan geld en linnengoed. Hendrik werd timmermansleerling, maar kwam zwaar ten val en stierf in 1726, veertien jaar oud. Teuntje vertrok in 1727 met haar uitzet en Johanna vertrok in 1728, naar Rotterdam.

Müller en Kummer keerden nooit terug naar Nijmegen.

Andries van Anhout bleef scherprechter tot zijn dood in 1720, Jan volgde hem op.

De stukken over de Nijmeegse Liefdesmoord bleven bewaard in het Oud Rechterlijk Archief, driehonderd jaar lang. Met getuigenissen en bekentenissen, de met bloed ondertekende verklaring van Behr. Met veertien liefdesbrieven met de woorden van Behr: *'Ik zal u vandaag zo dikwijls kussen in mijn gedachten, als er deze hele zomer bladeren in het Kalverenbos geweest zijn.'* En die van Vonk: *'Ik zal niet weggaan, al trekken ze mij met vier paarden uitzen.'*

Met hun woorden en de mijne schreef ik dit verhaal. Het is mijn interpretatie, gebaseerd op alle verklaringen en brieven. Op onderzoek en intuïtie.

Uit de brieven en verklaringen – en uit het martelverhoor – is letterlijk geciteerd; met kleine aanpassingen, vanwege de leesbaarheid. Sommige scènes komen letterlijk uit getuigenverhoren, zoals de uitroep van Vonk vlak voor haar arrestatie: 'Er is geen vrouw in Nijmegen zo bedroefd als ik ben...' – en Marieke, die daarop bij haar op bed springt. Andere scènes ontstonden in mijn fantasie. Om het – incomplete – verhaal recht te doen.

Ik dook in de oude stukken, die spannend waren en ontroerden. Die mij bij de kladden grepen en verbaasd deden staan. Het verhaal was niet eenduidig, en leek aanvankelijk onlogisch. Maar terwijl ik het schreef en het vier centimeter dikke dossier met gekleurde, soms tegenstrijdige én ontbrekende feiten terzijde schoof, begon ik het te begrijpen.

Dank!

Dit boek had niet geschreven kunnen worden zonder: Wouter Daemen van het Regionaal Archief Nijmegen (hij wees mij op de Nijmeegse Liefdesmoord toen ik hem achteloos vroeg of er nog spannende verhalen in het archief lagen), Evert Kam (dook uit de diepte van het archief onbekende feiten op; zoals de gratie van Müller op het laatste moment), Esther Aarts (dacht steeds mee en was zelfs bereid scènes na te spelen), Cees Snijder (nazaat van een scherprechter, verdiepte zich als een van de weinigen in de positie van stadsbeulen; zonder hem had ik Andries van Anhout geen gestalte kunnen geven), Willem van Bennekom (oud-rechter en bevlogen kenner van historische rechtspraak, aan wie ik deze zaak toetste), Claartje van Well, Jennifer Laarman, Raymond Waagen, Judith van Santen, Jeffrey Chotekhan, Robert Spanings en Pieter van Wissing van het Regionaal Archief Nijmegen (zij zochten en dachten onvermoeibaar mee), Harm Oosting (dankzij wie ik ontdekte dat Behr zijn met bloed ondertekende verklaring verzegelde met de afdruk van een Duits muntje; en niet met een zegelstempel), Maija van der Schaft (kent de oude kelders onder het Nijmeegse stadhuis als geen ander en was altijd bereid mij daar op te sluiten), Hans Giesbertz, Ine Kunst, Mieke van Veen-Liefrink, Anneleen Verhaegen en Els Heitkamp (de 'Gorissengroep': onderzoekt de geschiedenis van elke kavel in Nijmegen, niets was voor hen onleesbaar, stokoude hanenpoten waren geen probleem), Jan Kaspers (die eens een trouwe kauw had: Gerrit), Rieks Dikkers (zat bij de waterpolitie, borg talloze ontzielde lichamen uit de Waal en was bereid daarover te vertellen), Peter Nissen (hoogleraar Cultuurgeschiedenis van de Religiositeit en kenner van de sfeer van toen), Martijn Vermeulen (stadsgids Nijmegen), Henny Franssen (schrijft over de geschiedenis van Nijmegen), Charles Derksen (oud-politieman en kenner van oude vuurwapens), Henk Rullman (oud-archivaris), dhr. Meeuwissen (ook oud-archivaris), Louis Kolkman (*history re-enacter*), dhr. Moorman van Kappen (rechtshistoricus), Corjo Jansen (ook rechtshistoricus), Dirk Boomsma (conservator Nationaal Gevangenismuseum), Joop Geurts (oud-rechercheur), Anton van de Sande (historicus, dol op de achttiende eeuw; 'de mooiste eeuw'), Toon Janssen (historicus en aanmoediger), dhr. Bekelaer (historicus), Gerard Lemmens (oud-directeur van museum Commanderie van Sint-Jan), Suzanne Hendriks (geschiedenisnerd en researcher), Koen Ingels (KNO-arts), Marcel Snijders (rechter), dhr. Dibbets (filoloog), Peter Paalvast (cultuurhistoricus, gespecialiseerd in de historie van martelpraktijken), Guus Pikkemaat (schrijver en journalist), Marcel Claassen (barbierszoon), Marloes Morshuis, Gerald Roebers, Eef van Hout, Annemiek Jansen, Ron van Swelm, Anton de Wildt, Barbara Krantz, Bertram Mourits. En Ton Hirdes!

Aan het vermelden van bronnen zou geen einde komen. Eén bron wil ik noemen: Peter G.H. Vullings: '*Geacht en veracht, genezer en beul. Scherprechters van het Overkwartier van Gelre 1582-1811*'.